古典詩歌研究彙刊

第二七輯

龔鵬程 主編

第 **7** 冊

重啟的對話：明人選明詩研究
（第一冊）

王 曉 晴 著

國家圖書館出版品預行編目資料

重啓的對話：明人選明詩研究（第一冊）／王曉晴 著 — 初版
— 新北市：花木蘭文化事業有限公司，2020〔民 109〕
目 6+210 面；17×24 公分
（古典詩歌研究彙刊 第二七輯：第 7 冊）
ISBN 978-986-485-977-1（精裝）
1. 明代詩 2. 詩評
820.91   109000188

ISBN-978-986-485-977-1

9 789864 859771

古典詩歌研究彙刊
第二七輯　第 七 冊   ISBN：978-986-485-977-1

重啓的對話：明人選明詩研究（第一冊）

作　　者　王曉晴
主　　編　龔鵬程
總 編 輯　杜潔祥
副總編輯　楊嘉樂
編　　輯　許郁翎、張雅淋　美術編輯　陳逸婷
出　　版　花木蘭文化事業有限公司
發 行 人　高小娟
聯絡地址　235 新北市中和區中安街七二號十三樓
　　　　　電話：02-2923-1455／傳眞：02-2923-1452
網　　址　http://www.huamulan.tw 信箱 hml810518@gmail.com
印　　刷　普羅文化出版廣告事業
初　　版　2020 年 3 月
全書字數　466326 字
定　　價　第二七輯共 19 冊（精裝）新台幣 32,000 元

重啓的對話：明人選明詩研究
（第一冊）

王曉晴　著

作者簡介

王曉晴，臺灣臺北人，天主教輔仁大學中國文學研究所博士，現任臺北市立明倫高中國文教師。著有《重啓的對話——明人選明詩研究》、《《唐詩歸》之詩學觀研究》、〈「二體合爲夫婦之義」——《周易》〈咸〉卦、〈恒〉卦初探〉、〈沒有敘事，就沒有歷史——論《尙書‧金縢》的敘事性〉、〈論王羲之〈蘭亭詩〉的抒情特質〉、〈論錢謙益的宋詩觀〉、〈張謙宜《繭齋詩談》創作論探析——以杜甫爲例〉、〈論沈德潛對李白七絕之評價——以《唐詩別裁集》爲探討重心〉等。

提　　要

　　既往關於明代詩歌的品評，大多仰仗《四庫全書總目》。近年來，隨著對《四庫全書總目》的檢討愈形深入，重新省視明代詩歌之面貌已然成爲一個新的課題。然而，如何徹底的「還原」？重新返歸明代的文化語境，瞭解明人對當代詩歌之見，把握明詩之生成發展，顯然是必要的任務。而選本，相較於批評專著，具有強大的流行性與影響力。明代的詩歌選本，在論詩風氣、刊印技術的促成下，尤顯蓬勃，清楚呈現著明人對明詩的接受情況。即便基於不同的編纂動機與目的、審美要求，選本編纂內容互有區別，但差異性正突顯著這是一個動態的接受過程。何況，事實上，選本間乃是相互聯繫，選者群共同參與了明代詩歌發展史的編寫，彼此集體構擬出了一幅眞實的明代詩歌圖像。

　　援是，本書以「重啓的對話：明人選明詩研究」爲題，目的正在透過明人編輯之當代詩選，重新開啓一場關於明代詩歌的對話，期望掘發明代詩歌之總貌、揭櫫其時代精神，從而體現明人選明詩彰顯之選本價值。

獻給

我的父親　王伯虎先生

我的母親　王顏美代女士

我的丈夫　張哲維先生

第一章　緒　論

第一節　論題的提出

　　關於明代文學，戲曲、小說固然是不可忽視的論題〔註1〕，但是作爲一個亮點，透露的不一定是其它體裁的黑暗。即便不乏論者以明詩乃中國古代詩歌史上的衰落〔註2〕，視爲「舊體文學的衰微」〔註3〕。甚或，對其文學價值產生懷疑〔註4〕，明代詩人的種種努力，彷若早先聞一多（1899～1946）所謂的：「我們只覺得明清兩代關於詩的那許多運動和爭論，都是無味的掙扎。每一度掙扎的失

〔註1〕徐朔方亦言：「小說、戲曲無疑是明代最有特色、最重要的內容。」徐朔方、孫秋克：《明代文學史》（杭州：浙江大學出版社，2006年），前言，頁1。

〔註2〕史鐵良指出：「就整個詩歌發展來看，明詩是中國古代詩歌衰落期中的一環。」史鐵良、陳立人、鄧紹秋撰著；鄧紹基、史鐵良主編：《明代文學研究》（北京：北京出版社，2001年），頁20。

〔註3〕劉大杰《中國文學發展史》論及明代，於「舊體文學的衰微」一節，嘗云：「明代文人雖也作了一定的努力，在古文、詩、詞一類的舊體文學方面，很少獨創的成績。」相關討論參見氏著：《中國文學發展史》（臺北：華正書局，2011年），下冊，頁1033～1036。

〔註4〕徐朔方以爲：「明代詩文的一個特點是作品卷帙浩繁，而說得上是文學作品的卻不多。……我說這些作品恐怕只有文獻價值了。承認它們的文獻價值，實際上就是否定它們作爲文學作品而存在的價值。」徐朔方、孫秋克：《明代文學史》，緣起，頁1。

敗，無非重新證實一遍那掙扎的徒勞無益而已。」〔註5〕然而，無法抹滅的是，詩歌在明代文學中，確然扮演著舉足輕重的角色，「傳統的詩文在它們的作者看來，甚至是創作白話作品的作家看來，幾乎永遠是更為重要也更為核心的」〔註6〕。郭英德主編《中國古代文學通論・明代卷》有云：

> 詩文研究與小說戲曲研究、主流文學研究與非主流文學研究的易位，這實際上與明代文學的本來面貌是不相符合的。在明代文學中，無論是就作家作品的絕對數量來說，還是就文學的社會作用來說，詩文等正統文學和「師古崇雅」的文學思潮都始終占據著中心地位，聲勢最為浩大，影響最為深廣。〔註7〕

是以，姑不論成就如何，以時代精神之反映、文人生活的體現〔註8〕，明代詩歌自有其值得深究之處，理應予以關注。

事實上，「80年代以來，便出現了重新評價明代詩文的態勢」〔註9〕。近年來，明代詩歌的關注度更為提昇，從文學史的章目安排，隱約可見端倪〔註10〕。縱未若早先錢基博（1887～1957）所發

〔註5〕 聞一多：〈文學的歷史動向〉，收於氏著：《神話與詩》（臺中：藍燈文化事業股份有限公司，1975年），頁203。

〔註6〕 〔美〕梅維恆（Victor H. Mair）主編：馬小悟、張治、劉文楠譯：《哥倫比亞中國文學史》（北京：新星出版社，2016年），上卷，頁430。

〔註7〕 傅璇琮、蔣寅主編：郭英德分卷主編：《中國古代文學通論・明代卷》（瀋陽：遼寧人民出版社，2005年），頁453。

〔註8〕 對明代士人而言，詩歌雖非科舉考試要目，但「仍是一般士人養成教育之一環」，士人或收斂詩情，以舉業為重，或忘返文藝美感之中，成為「文人」。無論如何，詩歌對明代文人、士子的生活，或隱或顯地都產生了影響。相關說法參見王鴻泰：〈迷路的詩──明代士人的習詩情緣與人生選擇〉，《中央研究院近代史研究所集刊》（2005年12月），第50期，頁12。

〔註9〕 史鐵良、陳立人、鄧紹秋撰著：鄧紹基、史鐵良主編：《明代文學研究》，頁22。

〔註10〕 比方由未有明確章目，如葉慶炳《中國文學史》明詩討論僅附於〈明代文學思想與散文〉一章；到分二或三期討論，如游國恩等《中國文學史》分〈明代前期詩文〉、〈明中葉後的詩文〉二章、

出「中國文學之有明，其如歐洲中世紀之有文藝復興乎」之讚嘆，
以明詩係「出入漢魏盛唐，以救宋詩之粗硬，革元風之纖穠」〔註11〕，
但論述上明顯有了一些轉變。除了強調明代詩歌在詩歌史上的定
位，更進一步掘發它所帶有的獨特性。如郭英德主編：《中國古代
文學通論・明代卷》著眼「清代詩歌的演變，大多與明代的詩歌思
潮相互傳感，或相互刺激，或相互補救」，指出明代詩歌「它有承
上啓下即繼承傳統與開創未來的歷史作用」。並由明代詩家、批評
家在詩歌創作與理論上的探究，包括詩歌所呈現的「明代的政治、
經濟、思想文化、民風民俗演變的歷史」、「明代文人之心靈史」等，
肯定明代詩歌所具有的歷史、審美與認識價值〔註12〕。左東嶺則於
《中國詩歌通史・明代卷》以明詩「擁有其他朝代難以替代的獨特
性」，具體勾勒出明代詩歌的三大特徵：「明詩的基本發展線索由復
合詩學思想與性靈詩學思想構成」、「明詩的發展往往具有流派論
爭、理論批評與創作實踐密切結合的特徵」、「明詩發展中呈現出明

袁行霈主編《中國文學史》分〈明代前期詩文〉、〈明代中期的文
學復古〉、〈晚明詩文〉三章；再到分期、章目的益趨仔細，如中
國社會科學院文學研究所編《中國文學史》於〈明初文學〉、〈成
化至隆慶文學〉、〈萬曆時期文學〉、〈明末文學〉四章，均列詩文
一節、章培恒、駱玉明《中國文學史新著》分〈明初詩文的厄運
和臺閣體的興起〉、〈文學在明代中期的復蘇和進展〉（分弘治、正
德與嘉靖二節以爲討論）、〈晚明的文學高潮〉。參見葉慶炳：《中
國文學史》（臺北：臺灣學生書局，1997 年）、游國恩等主編：《中
國文學史》（北京：人民文學出版社，2002 年）、袁行霈主編：《中
國文學史》（臺北：五南圖書出版股份有限公司，2011 年）、中國
社會科學院文學研究所編：《中國文學史》（北京：知識產權出版
社，2010 年）、章培恒、駱玉明主編：《中國文學史新著》（上海：
復旦大學出版社，2011 年）。
〔註11〕錢基博：《明代文學》（臺北：臺灣商務印書館，1999 年），頁 1。
〔註12〕參見傅璇琮、蔣寅主編：郭英德分卷主編：《中國古代文學通論・明
代卷》，頁 37～39。另外，章培恒亦曾將五四時期新文學運動聯繫到
明詩所帶來之思想影響，強化其關鍵性地位。相關論述參見全明詩
編纂委員會編：《全明詩》（上海：上海古籍出版社，1991 年），前言，
頁 1～2。

顯的地域特徵與相互之間的詩風互動」〔註13〕。

　　同時，對於明代詩歌的思考，亦開始轉向了那些文學史上的「空白」與「忽略」。比方漢學家美・梅維恆（Victor H. Mair）主編《哥倫比亞中國文學史》論及十四、十五世紀的明詩，曾一再提及：「不管怎麼樣，這一時代許多詩的質量是上乘的，可是得到細緻研究的情況卻相當罕有」、「在中國文學史上，沒有哪個時期像十五世紀那樣吸引的目光如此之少」〔註14〕；孫康宜於《劍橋中國文學史》亦稱：「在目前已有的文學史書寫中，明代前中期往往是被忽略的」〔註15〕。包括臺灣學者龔鵬程由明人說法回觀文學史的論述，指出：「在後來明朝人自己評價中，多認爲這段時間（指明初）才是文學的盛世。……這是跟近代文學史書評價截然異趣的。」〔註16〕皆不約而同地對既往的文學史進行了反省。

　　伴隨著對明代詩歌的關注，不惟文學史論述上的改變，相關研究亦愈發顯得深入〔註17〕。相關研究論著，史鐵良、陳立人、鄧紹秋撰著；鄧紹基、史鐵良主編：《明代文學研究》、傅璇琮、蔣寅主編；郭英德分卷主編：《中國古代文學通論・明代卷》已多有臚列〔註18〕，此處不再重覆。就近十年的趨向，以專書來看，針對作家、作品進

〔註13〕相關討論參見趙敏俐、吳思敬等主編；左東嶺等著：《中國詩歌通史・明代卷》（北京：人民文學出版社，2012年），頁1～4。

〔註14〕〔美〕梅維恆（Victor H. Mair）主編；馬小悟、張治、劉文楠譯：《哥倫比亞中國文學史》，上卷，頁430、440。

〔註15〕孫康宜、宇文所安主編，劉倩等譯：《劍橋中國文學史》（北京：生活、讀書、新知三聯書店，2013年6月），下卷，頁22。

〔註16〕龔鵬程：《中國文學史》（臺北：里仁書局，2010年），頁217。

〔註17〕傅璇琮、蔣寅主編；郭英德分卷主編：《中國古代文學通論・明代卷》亦嘗提及：「從1978年以來，明代文學研究進入了前所未有的多元發展期，無論是在大陸還是在臺灣，都是如此。」傅璇琮、蔣寅主編；郭英德分卷主編：《中國古代文學通論・明代卷》，頁450。

〔註18〕參見史鐵良、陳立人、鄧紹秋撰著；鄧紹基、史鐵良主編：《明代文學研究》，頁20～88。傅璇琮、蔣寅主編；郭英德分卷主編：《中國古代文學通論・明代卷》，頁453～485。

行個人或詩派群體的探究仍見〔註19〕，但更多著眼於演變進程，如馮小祿、張歡《流派論爭：明代文學的生存根基與演化場域》〔註20〕、陳書錄《明代詩文創作與理論批評的演變》〔註21〕；又或分就明詩不同時期、地域（含家族）進行考索，並以地域討論尤多。就分期研究來看，有湯志波《明永樂至成化間臺閣詩學思想研究》〔註22〕、鄭禮炬《明代洪武至正德年間的翰林院與文學》〔註23〕、余來明《嘉靖前期詩壇研究（1522～1550）》〔註24〕；地域、家族部分則見：周成強《明清桐城望族詩歌研究》〔註25〕、周薇《明清淮安詩歌與地方文化關係之研究》〔註26〕、韓梅《明清山左即墨地區望族文化與詩歌研究》〔註27〕、宋豪飛《明清桐城桂林方氏家族及其詩歌研究》〔註28〕、徐楠《明成化至正德間蘇州詩人研究》〔註29〕、鄭家治、

〔註19〕如段景禮：《明代前七子詩曲大家王九思研究》（西安：三泰出版社，2014年）、劉坡：《李夢陽與明代詩壇》（天津：南開大學出版社，2013年）、鄺波：《王世貞文學研究》（北京：中華書局，2011年）等。

〔註20〕馮小祿、張歡：《流派論爭：明代文學的生存根基與演化場域》（北京：中國社會科學出版社，2015年）。

〔註21〕陳書錄：《明代詩文創作與理論批評的演變》（南京：鳳凰出版社，2013年）。

〔註22〕湯志波：《明永樂至成化間臺閣詩學思想研究》（上海：上海古籍出版社，2016年）。

〔註23〕鄭禮炬：《明代洪武至正德年間的翰林院與文學》（北京：中國社會科學出版社，2011年）。

〔註24〕余來明：《嘉靖前期詩壇研究（1522～1550）》（武漢：武漢大學出版社，2009年）。

〔註25〕周成強：《明清桐城望族詩歌研究》（武漢：武漢大學出版社，2017年）。

〔註26〕周薇：《明清淮安詩歌與地方文化關係之研究》（上海：上海三聯書店，2016年）。

〔註27〕韓梅：《明清山左即墨地區望族文化與詩歌研究》（北京：中國社會科學出版社，2016年）。

〔註28〕宋豪飛：《明清桐城桂林方氏家族及其詩歌研究》（合肥：黃山書社，2012年）。

〔註29〕徐楠：《明成化至正德間蘇州詩人研究》（北京：社會科學文獻出版社，2010年）。

李詠梅《明清巴蜀詩學研究》〔註 30〕。亦有從文學思潮、詩歌理論出發，進行專題探究者，如陳英傑《明代復古派杜詩學研究》〔註 31〕、李小貝《明代「性靈」詩情觀研究》〔註 32〕、廖可斌《明代文學思潮史》〔註 33〕、連文萍《詩學正蒙：明代詩歌啓蒙教習研究》〔註 34〕、鄭婷尹《明代中古詩歌批評析論》〔註 35〕、孫學堂《明代詩學與唐詩》〔註 36〕、蘆宇苗《江蘇明代作家詩論研究》〔註 37〕。包括援引文化學、社會學的觀點，檢視明代詩文，如羅時進《文學社會學——明清詩文研究的問題與視角》〔註 38〕、陳文新《明代文學與科舉文化生態》〔註 39〕、鄭禮炬《明代福建文學結聚與文化研究》〔註 40〕等。上述諸作，論者各由不同的角度切入，對明代詩歌、詩學的內涵都有了更爲細膩、深入的討論。

乃若由詩歌在明代文學實際佔有的核心地位，重新反省文學史何以有所「忽略」、背離了明人自己的評價。論者或稱：「時至今日（二十一世紀初），也許我們還不得不略帶悲觀地承認，明代詩文等正統文學的研究尚未走出《四庫全書總目》的巨大陰影」〔註 41〕，

〔註 30〕鄭家治、李詠梅：《明清巴蜀詩學研究》（成都，巴蜀書社，2008 年）。
〔註 31〕陳英傑：《明代復古派杜詩學研究》（臺北：學生書局，2018 年）。
〔註 32〕李小貝：《明代「性靈」詩情觀研究》（北京：中國社會科學出版社，2016 年）。
〔註 33〕廖可斌：《明代文學思潮史》（北京：人民文學出版社，2016 年）。
〔註 34〕連文萍：《詩學正蒙：明代詩歌啓蒙教習研究》（臺北：里仁書局，2015 年）。
〔註 35〕鄭婷尹：《明代中古詩歌批評析論》（臺北：文史哲出版社，2013 年）。
〔註 36〕孫學堂：《明代詩學與唐詩》（濟南：齊魯書社，2012 年）。
〔註 37〕蘆宇苗：《江蘇明代作家詩論研究》（南京：南京大學出版社，2010 年）。
〔註 38〕羅時進：《文學社會學——明清詩文研究的問題與視角》（北京：中華書局，2017 年）。
〔註 39〕陳文新：《明代文學與科舉文化生態》（北京：高等教育出版社，2016 年）。
〔註 40〕鄭禮炬：《明代福建文學結聚與文化研究》（北京：人民文學出版社，2015 年）。
〔註 41〕傅璇琮、蔣寅主編；郭英德分卷主編：《中國古代文學通論・明代卷》，

或謂：「直到二十世紀九十年代，文學史才漸漸脫離《總目》明代文學史觀的侷限，並對《總目》中的明代文學評價問題有所辨析。」〔註42〕無非證明《四庫全書總目》確然影響著明代詩歌的品評。曾守正嘗提出：「《總目》對於歷史文獻的述評，有著自己一套主觀標準；此外，館臣對於明代文學發展、文學主張的印象，存有退化的、充滿門戶之見的印象。」〔註43〕若然，以「目前《總目》仍然是一部引用率極高的權威性著作」〔註44〕，每每連接著明代詩歌的討論，如何擺落《四庫全書總目》可能有的偏頗，掌握明代詩歌的真實面貌？近五年陸續已有不少論著進行考索，論題集中明代者，如何宗美、劉敬《明代文學還原研究——以《四庫總目》明人別集提要為中心》、曾令愉《四庫全書總目「公論」視野下的明代詩文》、許逢仁《《四庫全書總目》中的明代臺閣體派述評研究》等；內容涉及明代者，如何宗美《四庫全書總目的官學約束與學術缺失》、蔡智力《審視、批判與重構：《四庫全書總目》文人觀研究》〔註45〕等。

　　其中，何宗美、劉敬《明代文學還原研究——以《四庫總目》明人別集提要為中心》以宏觀的角度，嘗試掌握《總目》對明代文學的

　　頁 452。

〔註42〕何宗美等：《《四庫全書總目》的官學約束與學術缺失》（北京：人民文學出版社，2017 年），頁 299。

〔註43〕曾守正：《權力、知識與批評史圖像：四庫全書總目「詩文評類」的文學思想》（臺北：臺灣學生書局，2008 年），頁 115。

〔註44〕何宗美、劉敬：《明代文學還原研究——以《四庫總目》明人別集提要為中心》（北京：人民出版社，2014 年 2 月），頁 5。

〔註45〕舉例之論著以專書為前，學位論文為後，若性質相同則以時代先後為序。相關內容參見何宗美、劉敬《明代文學還原研究——以《四庫總目》明人別集提要為中心》、曾令愉《四庫全書總目「公論」視野下的明代詩文》（臺北：政治大學碩士論文，2016 年）、許逢仁《《四庫全書總目》中的明代臺閣體派述評研究》（臺北：政治大學碩士論文，2015 年）、何宗美《四庫全書總目的官學約束與學術缺失》、蔡智力《審視、批判與重構：《四庫全書總目》文人觀研究》（臺北：輔仁大學博士論文，2018 年）。

總體認識，微察其版本、文獻、史實、材料之引用等，具體評述《總目》之看法與侷限。對館臣眼中之明初文學、臺閣體、茶陵派、復古派、公安派、竟陵派等均有細膩、精到之見解。比方，由《總目》對元末明初作家的歸屬，整理出館臣對「明初」文學的認定。指出「四庫館臣在對待元明易代文人的斷限問題上有其強烈的政治傾向性」，認爲「如果完全死守以政治劃定易代文人的斷限的話，無論對元代文學還是明代文學研究來說客觀上都會帶來不便甚至造成缺失。」〔註46〕然而，假若明初文學的起點、明初文學中包含的作家、作品具體是哪些，「這兩大問題對研究『明初』文學乃至整個明代文學史是需要回答的」〔註47〕。那麼，撇開了館臣的偏失，明初文學究竟該如何界定？

固然，瞭解《總目》的偏誤，館臣所持之立場、看法與侷限性，對於還原明代文學確實有其助益，有以「保證知識在其源頭上不出問題，促進明代文學研究的正確思想之形成」〔註48〕。特別是，「即使在現代學術背景下，對於明代文學的評價仍然只能是夾雜著自明以來各個時期遺存下來的不同聲音，其中尤以明代文學批評自身的聲音和清代的明代文學批評聲音最突出，有時雜糅一體，莫辨誰爲」〔註49〕。但是，既是雜糅一體，莫辨誰爲，釐清《總目》之見，是否就能確保明代文學的「還原」〔註50〕？

〔註46〕何宗美、劉敬：《明代文學還原研究——以《四庫總目》明人別集提要爲中心》，頁57～58。

〔註47〕何宗美、劉敬：《明代文學還原研究——以《四庫總目》明人別集提要爲中心》，頁2。

〔註48〕何宗美、劉敬：《明代文學還原研究——以《四庫總目》明人別集提要爲中心》，頁6。

〔註49〕何宗美、劉敬：《明代文學還原研究——以《四庫總目》明人別集提要爲中心》，頁3。

〔註50〕何宗美、劉敬：《明代文學還原研究——以《四庫總目》明人別集提要爲中心》提到：「近年來，『還原』研究，已漸成一種重要的學術方法和思想路徑。……不僅是『還原』研究結成的果實，而且更重要的是這種研究昭示：面對所有研究對象尤其是文化生成史與文化

　　亦即，既定思維、刻板印象的拋開確有必須，只是正如蔣寅所言：「每個時代的詩學都有自己的問題與答案。」〔註51〕明代詩歌的問題與答案，應是明人自己的課題。即如明初文學的界定，最終亦須回觀明人之見。以元、明易代文人的歸屬來看，係明人編纂明代詩歌勢必得思考的問題。那麼，檢視明人選明詩，聚焦他們所認定的「明詩」、對易代詩家的取捨，儼然更能貼近所謂的「明初」文學。擴大來看，倘若館臣立場上的不夠公允，著實營構出了一個《總目》視野中的明代詩歌，那麼，如何找回明代詩歌的真實樣貌？作為同情性的理解，返歸明代詩歌本身，以明人眼光進行省視，應當是最直接、明朗的方式。綰合著時代背景、詩家、詩作、時人論述，相信能更為全面、細緻地還原明代詩歌的總貌，從而揭櫫其時代意義，在詩歌史上的定位，進以拓展明代文學研究的新境。

　　而詩歌選本，以選本作為中國古代文學批評之重要形式〔註52〕，選者藉以流布個人主張之手段，過往已有不少論者強調之於作家全集、批評專著，選本更為強大之流行性與影響力〔註53〕。對於理解文

接受史共同作用結果的文化載體，我們需要一種探究真相、還原事實的興趣與態度。求真求實，是『還原』研究的宗旨所在。」何宗美、劉敬：《明代文學還原研究——以《四庫總目》明人別集提要為中心》，頁2。

〔註51〕蔣寅：《古典詩學的現代詮釋》（北京：中華書局，2009年4月），頁10。

〔註52〕張伯偉指出：「在中國古代文學批評中，選本是一種非常重要的批評形式。」所著《中國古代文學批評方法研究》即立有〈選本論〉一章，針對選本之形成、發展、影響進行討論。參見氏著：《中國古代文學批評方法研究》（北京：中華書局，2002年），頁277～325。

〔註53〕如：魯迅〈選本〉提及：「凡選本，往往能比所選各家的全集或選家自己的文集更流行，更有作用。……凡是對於文術，自有主張的作家，他所賴以發表和流布自己的主張的手段，倒並不在作文心，文則，詩品，詩話，而出在選本。」收於氏著：《魯迅全集》（北京：人民文學出版社，1991年），第7冊，頁136；王瑤就選本影響性，亦指出：「舉例說，《文心雕龍》和《詩品》都是文學批評的專著，但不只在當時沒有發生廣大的影響，唐宋人徵引的也並不多；特別《詩品》，到明清才有人注意。但作為的總集的《昭明文選》就不同了，從蕭該曹憲到

學史、文學理論，選本所具有的重要意義，也有著進一步的確認。如
〔美〕余寶琳（Pauline Yu）具體指出：

> 至於中國，眾所周知對於選集所扮演的角色的思考於文學
> 史、理論與價值的理解至爲重要。……詩集就提供了對於
> 理解中國詩歌傳統的一些關鍵問題來說極爲重要的材料。
> 這些選集廣泛涉及了文學與文化研究的各個範疇，包括文
> 學的界定及其本質、文學與歷史的關係、文學分期與變化
> 的概念、文類的概念及其與個體作者間的關係、評價的標
> 準和它對詩人的命運的影響及其闡釋的模式。〔註54〕

〔美〕田安（Anna M.Shields）亦稱：「選本有助於我們理解文學史，
把握推動文學演變的動力，摸清文體超越時代的因素」〔註55〕。既然，
選本「廣泛涉及了文學與文化研究的各個範疇」，在文學史的撰寫中，
基於文學文化的關注，選本自然也就成爲了不可遺漏的對象〔註56〕。

唐朝的李善許淹公孫羅諸人，成立了所謂『選學』，以後不只每代都有
研究的人，而且作者與讀者所受的影響也是極爲巨大的。」王瑤：〈中
國文學批評與總集〉，收於氏著：《王瑤全集》（石家莊：河北教育出版
社，2000年），第2卷，頁268～269。另外，楊松年〈詩選的詩論價
值──文學評論研究的另一個方向〉一文，則由具體的選詩情況，探
究選本的理論價值及其影響力，相關內容參見楊松年：〈詩選的詩論價
值──文學評論研究的另一個方向〉，《中外文學》（1981年），第10
卷，第5期，頁36～45。相關見解，另發表於以下兩篇文章：楊松年，
〈文學選集的評論價值與史料價值〉，《文訊》（1987年6月），第30
期，頁164～170、楊松年，〈選集的文學評論價值──兼評中國文學
批評史的寫作〉，收於氏著，《中國文學批評問題研究論集》（臺北：文
史哲出版社，1994年），頁43～60。

〔註54〕〔美〕余寶琳（Pauline Yu）：〈詩歌的定位──早期中國文學的選集
　　　　與經典〉，收於樂黛雲、陳珏編選《北美中國古典文學研究名家十年
　　　　文選》（南京：江蘇人民出版社，1996年5月），頁255～256。

〔註55〕〔美〕田安（Anna M.Shields）等著；馬強才譯：《締造選本：《花間
　　　　集》的文學語境與詩學實踐》（南京：江蘇人民出版社，2015年），
　　　　頁4～5。

〔註56〕孫康宜有云：「將『文學文化』看作是一個有機的整體，這不僅要包
　　　　括批評（常常是針對過去的文本），也包括多種文學研究成就、文學
　　　　社團和選集編纂。這是一種比較新的思索文學史的方法。」孫康宜、
　　　　宇文所安主編，劉倩等譯：《劍橋中國文學史》，下卷，頁3。

是則，關於明代詩歌，無論從文學史、文學理論，甚或文學文化的觀察，明人選明詩已然有著無可迴避的重要性。

　　依照陳國球的說法：「『文學史』既指文學在歷史軌迹上的發展過程，也指把這個過程記錄下來的文學史著作。」〔註57〕那麼，透過刪選，選本事實上已經在進行一種近似於文學史的書寫。當選者嘗試理解作品，在盡可能的範圍內，依著時代的先後次序，收錄了那些他所認知的優秀詩家及作品。以劉大杰（1904～1977）對「文學史者」的任務說明：

　　　　文學史者要集中力量於代表作家代表作品的介紹，省除繁
　　　　瑣的不必要的敘述，因爲那些作家與作品，正是每一個時
　　　　代的文學精神象徵。〔註58〕

倘若將詩人名氏、籍貫視爲初步的介紹，以明詩選者而言，他們多數達成了這個任務，更別說對詩人及其作品進行圈點、評述，選者確實精鍊地，嘗試要帶出那個時代的文學精神象徵——那些被他們認爲堪作或期待成爲經典的詩歌作品。或依余寶琳（Pauline Yu）所云：

　　　　選集，就如經典自身，不僅被視爲文化範例的儲藏，甚至
　　　　更具體地被視爲歷史的作品。……因此，選集也發揮了編
　　　　年史的作用。〔註59〕

是則，當選本將文學的經典作品儲藏下來，作爲歷史軌跡的記錄，遑論是否嚴謹、周備，發揮著的編年史作用，適足以讓它成爲一部文學史的著作，書寫、體現著作品及作家的文學史意義，並「直接或間接地表達那個時代價值」〔註60〕。

〔註57〕陳國球：〈文學史的探索——《中國文學史的省思》導言〉，收錄於
　　　　氏著：《文學史書寫形態與文化政治》（北京：北京大學出版社，2004
　　　　年），附編一，頁317。

〔註58〕劉大杰：《中國文學發展史》（天津：百花文藝出版社，2007年），自
　　　　序，頁1。

〔註59〕〔美〕余寶琳（Pauline Yu）：〈詩歌的定位——早期中國文學的選集
　　　　與經典〉，收於樂黛雲、陳珏編選《北美中國古典文學研究名家十年
　　　　文選》，頁259。

〔註60〕余寶琳（Pauline Yu）〈詩歌的定位——早期中國文學的選集與經典〉：

　　換言之，當選者眞實參與、見證當代的文學發展〔註61〕，是爲文學史的撰寫者，明人選明詩無疑成爲了一個序列，每一部選本承載著的，關於那個時期、選者、詩家乃至作品，作爲文學史內容的敘述對象、撰寫者、時空背景等等，都將成爲一個有機的組合，與同時期包括爾後的選本產生聯繫，反映出明代詩家及其作品總體的升降起伏，呈現明代詩壇風尙的流動變化、趨勢所向。於是，選本群所構築的，將會是一個由明人集體編纂的明代詩歌發展史，較爲眞切而實際地，對明詩發展脈絡的全面性梳理。

　　特別是，明代詩歌選本的發展頗爲蓬勃，據王文泰的統計，「現存明人編選的明代詩歌總集約有五百餘種。」〔註62〕而《四庫全書總目》對明代諸家選本卻罕有著錄，總集類（不含存目）所錄明詩選集僅有十部，且逐批諸家選本乃是「堅持畛域，各尊所聞」〔註63〕。顯然，重新檢視明代的詩歌選本有其必須。陳正宏亦謂：

> 在中國傳統的斷代文學總集中，明詩總集是一個特異的存在。所謂特異，主要是指它有以下兩個方面的不同於前朝後代詩歌總集的情狀：其一是明人編刊的明詩總集在當時頗不乏影響巨大者，但入清後由於受到以《四庫全書總目》爲代表的官方文獻批評權威的貶斥而漸不爲人所知；其二是明清兩代編刊的明詩總集，多因選家選詩旨趣迥異，而

　　「文集顯然隱喻地和歷史地將詩歌置於它們的位子上以期直接或間接地表達那個時代的價値。」余寶琳（Pauline Yu）：〈詩歌的定位——早期中國文學的選集與經典〉，收於樂黛雲、陳珏編選：《北美中國古典文學研究名家十年文選》，頁276。

〔註61〕王兵提及斷代詩選，嘗指出：「最有特色的莫過於當代選本，它不僅僅是當代文學發展的總結，同時選者選親歷其中，是文學發展的參與者和見證者。」見氏著：《清人選清詩與清代詩學》（北京：中國社會科學出版社，2011年），頁8。

〔註62〕王文泰：《明代人編選明代詩歌總集研究》（上海：復旦大學博士論文，2005年），頁4。

〔註63〕〔清〕永瑢等撰：《四庫全書總目提要》，收於王雲五主編：《萬有文庫簡編》（上海：商務印書館，1940年），第5冊，總集類5，卷190，頁85。

　　呈現斷代文學總集編刊史上前所未有的基本選目不定、少
　　有公認名作的局面。〔註64〕

明詩選集是為「特異的存在」。它有以影響四庫館臣對明詩的認識，抑
或作為四庫館臣評價明詩後的延伸討論，適為省思四庫館臣明詩論見
的觀察對象。同時，即便「選家選詩旨趣迥異」，「前所未有的基本選
目不定、少有公認名作的局面」，不過證成明詩選集在明代確然呈現一
種眾聲喧嘩的情狀。那麼，捨除對單一選本的集中論述，著眼這部由
明人共同撰寫的明代詩歌發展史，總合眾多意見，找出相近的頻率，
匯聚選者在詩家、詩作上的「共見」，也就格外來得有意義。不僅有以
探察明人選明詩所展現之時代精神，亦得重新掘發明詩之價值。

　　援此，延續著文學史對明詩的關注與反省、《四庫全書總目》對
明詩評價的猶待商榷，本書以「重啓的對話：明人選明詩研究」為
題。留意選本之為文學批評的重要形式，有以理解文學史、文學理
論的功能，包括選本自身已經在進行的，近似於文學史的書寫。期
望重新返歸明代之文化語境〔註65〕，以明人的眼光，明人選明詩之
視域，探究選者編纂詩歌選本此一文化行為，如何促使他們共同撰
寫一部動態明代文學史，確立出明詩之經典範式。無論是對既往文
學史、前行研究的呼應，抑或對《總目》之說的再行檢證，相信「每
一種聲音都有它獨立存在的價值。理解與寬容，也就構成了一種對
話的精神」〔註66〕，藉由明人選明詩的考索，重新開啓一場關於明
代詩歌的對話。

〔註64〕陳正宏：〈明詩總集述要〉，《古典文學知識》（1997 年），第 1 期，頁
　　　　107。
〔註65〕王一川指出：「如果說，本文（text）是供接受的一個相對完整的具
　　　　體符號表意組織，那麼，文化語境（cultural context）就是本文所據
　　　　以創作、接受、批評或產生感染效果的更大而複雜的社會性符號表
　　　　意情境。要理解本文的意義，就需要把它置放在文化語境之中。」
　　　　見氏著：《修辭論美學：文化語境中的 20 世紀中國文藝》（北京：中
　　　　國人民大學出版社，2009 年），頁 3。
〔註66〕何雲波、彭雅靜：《對話：文化視野中的文學》（合肥：安徽文藝出
　　　　版社，2003 年），頁 234～235。

第二節　文獻述評

本論題之發想係源於對「明代詩歌」的關心，是以，涉及明代詩歌之相關論著自然皆爲參酌範圍。唯明代詩歌研究累積下來的成果豐碩，前述〈論題的提出〉已就部分論著略作說明，此處不擬逐一列舉，逕就「明人選明詩」部分以爲述評。

選本雖爲文學批評之重要形式，但早先的中國文學批評史對明人選明詩卻罕有論述。楊松年《中國文學評論史編寫問題論析：晚明至盛清詩論之考察》即指出：

> 每一部中國文學批評史的著作，都提及鍾惺、譚元春的「竟陵派」，對於代表他們詩觀的《詩歸》，郭紹虞只表示深切地了解到鍾、譚選此書的原因及它對當時詩風所產生的影響，但沒有予以進一步的分析。……陳子龍等爲首的雲間詩派，尊奉七子，在明末清初的詩論界，別開生面。郭紹虞、黃海章、周勛初等都沒提及陳子龍；朱東潤、復旦大學中文系古典文學教研組提及陳子龍，後者甚至闢設一節專論，實爲難得，但都是利用書信、序跋之資料，而不及陳氏與宋徵璵、李雯合選並加批點的《皇明詩選》。〔註67〕

此前，楊松年亦嘗發表〈詩選的詩論價值——文學評論研究的另一個方向〉，針對詩選之組成——選詩（數量、體裁、組詩取捨）、箋註評點、詩人小傳等進行討論。明代詩選舉鍾惺（1581～1624）、譚元春（1586～1637）《詩歸》、陳子龍（1608～1647）、李雯（1607～1647）、宋徵璵（1618～1667）《皇明詩選》爲例，以期點出詩選之理論價值〔註68〕。

近些年，中國文學批評史的撰寫，已能注意到明人選明詩的重要性，但大多點到爲止，討論範圍依舊有限。如李建中主編《中國文學批評史》有云：

〔註67〕楊松年：《中國文學評論史編寫問題論析：晚明至盛清詩論之考察》（臺北：文史哲出版社，1988 年），頁 303。

〔註68〕相關內容參見楊松年：〈詩選的詩論價值——文學評論研究的另一個方向〉，《中外文學》（1981 年），第 10 卷，第 5 期，頁 36～45。

> 選評體濫觴於魏晉時期，明代文壇在各種思想的論爭中，
> 通過選本宣揚自己的文學思想極爲盛行，高棅《唐詩品
> 彙》、李攀龍《古今詩刪》和《唐詩選》、茅坤《唐宋八大
> 家文鈔》、鍾惺、譚元春《詩歸》、陳子龍等《皇明詩選》
> 都有其明確的文學批評意圖。〔註69〕

其中，明詩選僅提及李攀龍（1514～1570）《古今詩刪》、陳子龍等
《皇明詩選》。倘若明代「通過選本宣揚自己的文學思想極爲盛
行」，顯然，猶有許多的明詩選本可供掘發。

　　又或袁震宇、劉明今《中國文學批評通史・明代卷》論述楊愼
（1488～1559）之詩歌主張，曾提及楊愼對高棅（1350～1423）《唐
詩正聲》的批評，以及其擇取六朝儷篇，編有《五言律祖》、《選詩
外編》二書，藉以闡明楊愼對漢魏六朝詩歌的取法。這些敘述雖然
精采，但假若楊愼所論係出於對明代詩壇的反省，如「在當時對七
子派的批評中，楊愼是最尖銳的」、「對於李何本人及其復古的觀點，
楊愼還是有所肯定的」〔註70〕。楊愼所選《皇明詩抄》，收有大量李
夢陽（1472～1529）、何景明（1483～1521）詩，適得證成他對兩人
作品的認可，是否理應納入討論？包括，文中雖能指出「李攀龍的
《古今詩刪》在當時影響甚大」，但並未對選錄詩歌進行分析，僅援
引許學夷之評述，即謂「他對李攀龍的指責並無門戶之見，所論還
是切中其弊的」〔註71〕，又是否有失客觀？

　　即如著眼中國文學之批評形式，張伯偉《中國古代文學批評方
法研究》專立選本論一章，逐一探究選本之形成、發展、影響。但
述及明代，僅論高棅《唐詩品彙》，如何徹底彰顯文中所云：「正因
爲選本影響大，有人動輒操持選柄，以聳動天下，於是批評界就提

〔註69〕李建中主編：《中國文學批評史》（武漢：武漢大學出版社，2008 年），
　　　　頁 310～311。
〔註70〕袁震宇、劉明今著；王運熙、顧易生主編：《中國文學批評通史・明
　　　　代卷》（上海：上海古籍出版社，2011 年），頁 195。
〔註71〕袁震宇、劉明今著；王運熙、顧易生主編：《中國文學批評通史・明
　　　　代卷》，頁 238～239。

出了對選家的要求」〔註72〕？尤其，明人對選者詩識之強調，每見於明人選明詩之序跋〔註73〕。是以，若能針對明代明詩選本進行討論，相信更能補全張氏之見。

是知，縱然瞭解到明代的當代詩選有其影響力，選錄詩歌乃爲選者詩觀之具體反映，抑或留意到選本之爲文學批評形式，能夠綜觀其發展進程，兼談選本選錄詩數、評點文字，明人選明詩的討論仍然留有大量的空白，且範圍往往跳不開李攀龍《古今詩刪》、陳子龍、李雯、宋徵輿等《皇明詩選》。

或者，應該說，以李攀龍——後七子、陳子龍——幾社六子的詩壇地位，其選本本來就容易獲得矚目，討論度相對較高。專書論著，基於對著作的考索，或出於詩學觀點的把握，多半將其選本納入討論〔註74〕，如許建崑《李攀龍文學研究》〔註75〕、蔣鵬舉《復古與求眞：李攀龍研究》〔註76〕、謝明陽《雲間詩派的詩學發展與流衍》〔註77〕、張亭立《陳子龍研究》〔註78〕、李新《陳子龍詩文創作與文學思想》〔註79〕等。唯其中，除謝明陽以《皇明詩選》爲雲間三子——陳子龍、李雯、宋徵輿詩學觀之體現，係渠等對明詩正宗譜系之建構，對選本編選內涵有較爲深入的分析外，其餘諸作的討論並不多〔註80〕。

〔註72〕因配合行文，標點與原文有別，但不致影響張氏原意。見張伯偉：《中國古代文學批評方法研究》，頁 312。

〔註73〕參見第四章〈識詩能力與實踐型態——編選者及其編選特點〉。

〔註74〕此處所述專書，含博、碩士論文，先敘李攀龍，後述陳子龍，論著排序上以專書爲先、博碩士論文爲後，並依時間序。

〔註75〕許建崑：《李攀龍文學研究》（臺北：文史哲出版社，1987 年）。

〔註76〕蔣鵬舉：《復古與求眞：李攀龍研究》（北京：中國社會科學出版社，2008 年）。

〔註77〕謝明陽：《雲間詩派的詩學發展與流衍》（臺北：大安出版社，2010 年）。

〔註78〕張亭立：《陳子龍研究》（上海：華東師範大學碩士論文，2007 年）。

〔註79〕李新：《陳子龍詩文創作與文學思想》（天津：南開大學博士論文，2009 年）。

〔註80〕如許建崑《李攀龍文學研究》主就《古今詩刪》各版本進行整理；

　　當然，亦有逕就選本進行探討者，如《古今詩刪》的部分，撇除討論焦點爲漢魏古詩、唐詩〔註81〕，主要有楊松年〈李攀龍及其「古今詩刪」研究〉〔註82〕一文。楊氏統計《古今詩刪》各朝、各體選錄詩數，嘗云：

> ……但所收明詩，却多達八百三十二首，比對詩作鼎盛的唐代所選的詩作還要多，這固然反映出他對明詩亦有如對唐詩一樣的重視，但是從另一個角度來看，這也反映出他通過明詩的選輯，大量錄用當時文人的作品，以籠絡文人的用心。〔註83〕

李攀龍大量選錄當時文人之作，是否爲了籠絡文人，猶可再議。但所錄明詩數量高於唐詩，倘若「反映出他對明詩亦有如唐詩一樣的重視」，明詩儼然爲選本之重要組成。那麼，論者多半著眼《古今詩

蔣鵬舉《復古與求眞：李攀龍研究》雖論及《古今詩刪》之刊刻、編選宗旨，及其反映出的文學觀，甚或留意到明詩佔全書選詩近 40% 之比例，但論述重心主要仍擺放在選唐部分；張亭立《陳子龍研究》、李新《陳子龍詩文創作與文學思想》則於論述陳子龍詩學理論時，乃稍涉《皇明詩選》的選錄情況、評述文字。

〔註81〕篇名直接表明所論在漢魏古詩、唐詩者，如陳岸峰：〈《唐詩別裁集》與《古今詩刪》中「唐詩選」的比較研究──論沈德潛對李攀龍詩學理念的傳承與批判〉，《漢學研究》（2001 年），第 19 卷，第 2 期，頁 399～416、張日郡：〈試論《古今詩刪》、《詩歸》中陶淵明詩之編選意識〉，《語文與國際研究》（2016 年），第 16 期，頁 125～144、黃嘉欣：〈《古今詩刪》「唐詩選」與《唐詩別裁集》之五言古詩選比較〉，《思維集》（2017 年），第 20 期，頁 223～246；篇名未提，實則亦就漢魏古詩、唐詩著眼者，如景獻力：〈李攀龍《古今詩刪》刪詩標準與理論主張的偏離〉，《福州大學學報》（哲學社會科學版）（2006 年），第 4 期，頁 51～54、李樹軍〈略論李攀龍《古今詩刪》對樂府與古詩的選錄與區別〉，《樂山師範學院學報》（2011 年），第 26 卷，第 1 期，頁 27～29、岳進：〈性靈與格調對抗視域下的明代詩選──以《古今詩刪》、《詩歸》爲中心〉，《北方論叢》（2012 年），第 3 期，頁 16～20。

〔註82〕楊松年：〈李攀龍及其「古今詩刪」研究〉，《中外文學》（1981 年），第 9 卷，第 9 期，頁 38～53。

〔註83〕楊松年：〈李攀龍及其「古今詩刪」研究〉，《中外文學》（1981 年），第 9 卷，第 9 期，頁 41。

刪》對漢魏古詩、唐詩的選錄，忽略了明詩，是否有些可惜？

　　而陳子龍、李雯、宋徵輿等《皇明詩選》，大抵見吳永忠《皇明詩選研究》〔註84〕、司徒國健《皇明詩選研究：雲間三子與幾社經世之學》〔註85〕。其中，吳永忠嘗試歸納《皇明詩選》中的明詩史觀，聯繫所選詩家與清・沈德潛（1673～1769）《明詩別裁集》間的差異。並針對《皇明詩選》的詩學觀進行分析，釐出「雅與情」、「合與變」、「風人之意」以建構選本的詩論體系，從而摘出評點中的「秀」字，探究其詩學意蘊。司徒國健《皇明詩選研究：雲間三子與幾社經世之學》則從《皇明詩選》的版本、幾社之淵源著手，聚焦在《皇明詩選》編旨之經世思想、格調觀與體裁宗尚。兩人所論不無發明，唯多有援引，較乏申論。比方前者雖拈出「秀」字以爲發揮，卻未能由詩歌內涵回應評語所述；後者於體裁宗尚一節雖分各體爲敘，但內容大多臚列選本評語未予討論，是較爲可惜之處。

　　至於，在文學批評史中討論度相對較低的明代明詩選本，隨著總集索引、提要目錄〔註86〕，以及明詩總集編纂文獻的整理——陳正宏、朱邦薇〈明詩總集編刊史略——明代篇〉〔註87〕、陳正宏〈明詩

〔註84〕吳永忠：《皇明詩選研究》（江西：江西師範大學碩士論文，2007年）。

〔註85〕司徒國健：《皇明詩選研究：雲間三子與幾社經世之學》（臺北：文津出版社，2017年）。

〔註86〕面對明代總集、選集全面研究的開展，馬漢欽嘗指出：「這一方面的研究，開始於章培恒、倪其心等先生所領導的跨世紀工程《全明詩》的編選工作。……在編選過程中，他們對收有明詩的各種總集、選集進行了調查、編目及編制索引。現在已經編製出了兩套目錄和兩套大型索引。兩套目錄是《明詩總集草目》《明詩總集分館目錄》，兩套大型索引是《明詩總集人名索引》《明詩總集詩名索引》。此外，他們還編製了一套學術性相對較強、適用性更爲廣泛的收有明詩的《明清總集提要目錄》。」見氏著：《明代詩歌總集與選集研究》（哈爾濱：哈爾濱工程大學出版社，2009年），頁8。

〔註87〕陳正宏、朱邦薇：〈明詩總集編刊史略——明代篇（上）〉，收於復旦大學中文系編：《中西學術》（上海：學林出版社，1995年），第1輯，頁106～127；陳正宏、朱邦薇：〈明詩總集編刊史略——明代篇（下）〉，收於復旦大學中文系編：《中西學術》（上海：復旦大學出版社，1996年），第2輯，頁124～139。

總集述要〉〔註88〕、王文泰《明代人編選明代詩歌總集研究》〔註89〕、
馬漢欽《明代詩歌總集與選集研究》〔註90〕等，陸續也得到了一些關
注。相關論著〔註91〕，如：張冰《盛明百家詩》〔註92〕、徐衛《徐泰
《皇明風雅》及其詩歌理論研究》〔註93〕、鄭玉堂〈曹學佺和他的煌
煌巨著《石倉十二代詩選》〉〔註94〕、朱偉東〈《石倉十二代詩選》全
帙探考〉〔註95〕、孫秋克〈滄海遺珠考〉〔註96〕、張清河〈論《明詩
歸》偽書的價值〉〔註97〕、許建崑〈曹學佺《石倉十二代詩選》再探〉
〔註98〕、戰立忠〈《國朝名公詩選》對「性靈」與「學問」的折中〉
〔註99〕等。

其中，張冰、徐衛、戰立中三文在選者、體例、編選內涵上都作
了一定的分析，頗有可觀；孫克秋主就沐昂《滄海遺珠》所錄詩家之
生平事跡進行補充；張清河則試圖掘發作爲「竟陵派後期作家的一次

〔註88〕陳正宏：〈明詩總集述要〉，《古典文學知識》（1997 年），第 1 期，頁
　　　107～116。
〔註89〕王文泰：《明人編選明代詩歌總集研究》。
〔註90〕馬漢欽：《明代詩歌總集與選集研究》。
〔註91〕所舉論著含學位論文與期刊論文。排序上以學位論文爲先，期刊論
　　　文爲後，並依時間序。
〔註92〕張冰：《盛明百家詩》（北京：北京語言大學碩士論文，2007 年）。
〔註93〕徐衛：《徐泰《皇明風雅》及其詩歌理論研究》（上海：上海師範大
　　　學碩士論文，2012 年）。
〔註94〕鄭玉堂：〈曹學佺和他的煌煌巨著《石倉十二代詩選》〉，《福建師大
　　　福清分校學報》（1999 年），第 4 期，頁 43～55。
〔註95〕朱偉東：〈《石倉十二代詩選》全帙探考〉，《中國典籍與文化》（2000
　　　年），第 1 期，頁 79～85。
〔註96〕孫秋克：〈滄海遺珠考〉，《昆明學院學報》（2010 年），第 2 期，頁
　　　38～42。
〔註97〕張清河：〈論《明詩歸》偽書的價值〉，《貴州師範大學學報》（社會
　　　科學版）（2011 年），第 3 期，頁 76～83。
〔註98〕許建崑：〈曹學佺《石倉十二代詩選》再探〉，收於氏著：《曹學佺與
　　　晚明文學史》（臺北：萬卷樓圖書股份有限公司，2014 年），頁 137
　　　～256。
〔註99〕戰立忠：〈《國朝名公詩選》對「性靈」與「學問」的折中〉，《太原師
　　　範學院學報》（社會科學版）（2018 年），第 17 卷，第 5 期，頁 33～36。

抗爭」〔註100〕，《明詩歸》即爲僞書，保存相關詩學史料的價值性。
而討論較多的曹學佺《石倉十二代詩選》，因卷帙龐大，兼有散佚，
鄭玉堂、朱偉東大多集中考訂版本卷次，許建崑則進一步分析選詩，
嘗試釐出曹學佺對各朝詩歌的編選要求。唯獨明詩選部分，受限曹
氏未及竣工，資料散佚嚴重，許建崑主就各卷編選情況進行歸納，
詳細整理曹氏所收明代詩家名錄、身份（進士、舉人），勾勒明詩選
大致之編選輪廓，爲《石倉十二代詩選》提供了進一步深究的空間。

　　然而，即便明人選明詩的研究範圍已有拓大，倘由上述陳正
宏、朱邦薇，又或王文泰、馬漢欽所整理之明詩總集進行核對，便
會發現仍有許多明人選明詩猶待探究。比方盧純學（隆慶時人）《明
詩正聲》，王文泰認爲反映著明人對本朝詩歌總集編選經驗的汲取
〔註101〕；李騰鵬（1535～1594）《皇明詩統》，陳正宏指出「選詩
的標準更爲客觀全面，代表了一種前所未見的主要從文獻徵存角度
從事明詩總集編纂的新趨向」〔註102〕。換言之，藉由這些選本的
考索，適可對明人選明詩的發展脈絡、編選趨向有更清楚的認識，
但是，目前卻仍未有專著進行討論。

　　且，王文泰《明代人編選明代詩歌總集研究》、馬漢欽《明代詩
歌總集與選集研究》基本上是以文獻學的角度，對明人選明詩之體
例、編選目的、版本等進行概括性分析〔註103〕，與陳正宏〈明詩總

〔註100〕　張清河：〈論《明詩歸》僞書的價值〉，《貴州師範大學學報》（社會
　　　　　科學版）（2011 年），第 3 期，頁 76。
〔註101〕　王文泰指出：「盧純學《明詩正聲》與《國雅》一樣，在編選過程
　　　　　中，也吸取了明人本朝詩歌總集編選的經驗。」見氏著：《明人編
　　　　　選明代詩歌總集研究》，頁 31。
〔註102〕　陳正宏：〈明詩總集述要〉，《古典文學知識》（1997 年），第 1 期，
　　　　　頁 109。
〔註103〕　王文泰談到論題的研究現狀時，曾云：「到目前爲止尚未有從文獻
　　　　　學的角度，對明人所選本朝詩集編纂的體例、目的、特點等方面的
　　　　　系統研究」，並指出「本文的寫作，以對明人本朝詩歌總集的調查
　　　　　爲基礎。」馬漢欽亦言：「本文的研究設想是：在前人整理和研究
　　　　　工作的基礎上，對明、清人所編選的明代詩歌總集和選集進行儘可

集述要〉針對部分總集作綱要式的介紹，性質頗為類近。

　　大抵而言，陳正宏〈明詩總集述要〉所錄明人纂輯之詩選有五：劉仔肩（洪武時人）《雅頌正音》、俞憲（嘉靖進士）《盛明百家詩》、李騰鵬《皇明詩統》、毛晉（1599～1659）《明僧弘秀集》、曹學佺（1574～1646）《石倉明詩選》，主就編選特色、版本稍加說明。王文泰則將明代詩歌總集釐為四階段：洪武至弘正時期、嘉靖、隆慶時期、萬曆時期、泰昌至明代末。各階段再分本朝詩歌總集、通代詩歌總集作介紹。王氏針對部分總集的選錄特點頗有指明，如劉仔肩《雅頌正音》，謂其收有陶安（劉仔肩應召之推薦人）、交遊者詩、遺民詩、個人詩作，點出《雅頌正音》在體例上的不夠完備；沐昂（1379～1445）《滄海遺珠》，稱其收錄詩作主要分為三類：描寫雲南各地風景、讚頌沐氏，與貶謫者思鄉之作，並以第一類所佔比例尤大。然而，多數總集但由序跋、凡例進行編選簡介，更不乏一語帶過者，如楊慎（1488～1559）《皇明詩抄》，逕云：「其選錄詩歌的標準幾與《皇明風雅》同，茲不具論」〔註104〕、穆光胤（萬曆時人）《明詩正聲》，徒曰：「《明詩正聲》採用《唐詩品彙》的分類編排方式」〔註105〕，選本的編選內涵實難具體把握。而馬漢欽於各選本均立有編選述評一節，分別討論入選詩人、詩歌與體例。唯所述明代明詩選本與王文泰幾乎重疊（除朱之蕃（？～1624）《盛明百家詩選》），殆為王氏之見的補充。即便馬漢欽還根據選本入選者的活動時間、籍貫及身份作數據上的統計，但亦未加以申論闡明。至於陳正宏、朱邦薇〈明詩總集編刊史略──明代篇〉，旨在對「明詩選集的編刊歷史作一簡略述評」〔註106〕，探

　　　　能全面的介紹、疏理和分析，並研討其得失，從而為明代詩歌總集與選集的進一步挖掘、整理和研究，提供一個必要的文獻基礎。」王文泰：《明人編選明代詩歌總集研究》，頁4；馬漢欽：《明代詩歌總集與選集研究》，頁9。

〔註104〕王文泰：《明人編選明代詩歌總集研究》，頁17。

〔註105〕王文泰：《明人編選明代詩歌總集研究》，頁32。

〔註106〕陳正宏、朱邦薇：〈明詩總集編刊史略──明代篇（上）〉，收於《中西學術》，第1輯，頁106。

究編刊型態、內涵之發展歷程，對於選錄詩家、詩歌的分析自然涉及較少。

總此，不難發現明人選明詩在編選內涵上的討論，仍舊留有著相當大的發揮空間。

值得留意的是，陳正宏曾以〈明詩總集編刊史略──明代篇〉爲基礎〔註107〕，即「明清兩代學者有關明朝詩文的實證性研究成果」之一，結合「明清兩代學者有關明朝詩文的評論」，撰爲《明代詩文研究史》。分爲上篇──明代的本朝詩文研究、下篇──清朝的明代詩文研究，嘗試梳理出「明清兩代學者研究明代文學中的詩文部分的歷史」〔註108〕。文中，他大量地運用詩文選集的資料，依不同時期的選錄趨向，勾勒出明、清時人對明代詩文批評態度上的轉變。這樣的關懷點，有別於單一選本的考索，不僅是選本編刊歷史的掌握，同時也體現了選本確能作爲研究明代詩歌的一個重要組成。意即逐一就當代詩歌選本進行討論，雖能清楚看出諸家選本之特色，但在編選標準之外，選家何以如此看待詩作、詩家如何奠定其詩壇地位，乃至選本反映著的當代意義，卻未必能具體展現。如陳正宏曾由明代前期選本的選錄傾向，點出何以高啓（1336～1374）作品難有選錄。陳氏有云：

> 明代的本朝詩文研究，在起步之初便深受非學術性的正統的政治與道德觀念的嚴重束縛，從而沒有也不可能以準確的眼光，給後人指示明代前期本已極爲罕見的閃耀著人性光芒又富於美的意韻的文學作品──高啓作品在現存的明代前期編刊的明詩總集中幾乎見不到影子，在晚出的《皇

〔註107〕 陳正宏曾謂是書之取材，大致包括兩個方面：「明清兩代學者有關明朝詩文的實證性研究成果」、「明清兩代學者有關明朝詩文的評論」。關於前者，有言：「這類成果從撰述形式上看，有明詩明文總集，明別集的整理箋註，對明代詩文的札記性的考證文字等等。」見氏著：《明代詩文研究史》（上海：上海文化出版社，2000年11月），頁3。

〔註108〕 陳正宏：《明代詩文研究史》，頁2。

明文衡》中雖有所選載而數量不多，便是最顯著的一個例子。〔註109〕

陳氏把握明人選明詩的發展軸，詩家、詩作在不同階段可能受到選者青睞抑或忽視的原因隱然浮現。此一歷時性的考索，以明人選明詩的討論而言，實有其意義與代表性，對本論題深有啟發，亦帶來了新的思考方向。意即，假若「高啟作品在現存的明代前期編刊的明詩總集中幾乎見不到影子」。那麼，明代不同時期的明詩選集收錄高啟詩歌的具體情況為何？在此一過程中，高啟及其詩作的地位又是如何被逐步建立起來？

簡言之，在留意不同階段選本編纂型態、編選傾向的轉變之外，全書進一步要掘發的是，那些被選者視為明詩範式的詩家、詩作，在不同選本間究竟有什麼樣的起伏變化？明人選明詩總體的選錄情況到底建構出了什麼樣的明代詩歌發展史（或者說接受史）？因此，撇開單一選本的討論，筆者期望的是總合諸家之見，歸納選本所錄，在明人選明詩的「差異」之間，嘗試找出「共同」呈現著的時代精神，關懷著作為文學批評形式的選本，所以展演著的文學史的意義。

如同〔美〕宇文所安（Stephen Owen）論及手抄本文化之忽略時所提到的：

> 我們知道詩人李廓是賈島和姚合的朋友，但他現存的詩篇卻都是風流詩（風流詩很難翻譯成英文，此詞綜合了聲色、憂傷和虛張聲勢的瀟灑等意思），那麼原因可能僅是由於收存那些詩篇的特定選集的重點在此〔註110〕。

倘若我們或是古人對於詩人的認識，脫不開選本的提供，那麼選本是如何帶領著人們認識詩人？選本與詩人的隱形互動，形構出了什麼樣的文學現象？後人對於明代詩歌的理解，如何在選本所呈顯的

〔註109〕　陳正宏：《明代詩文研究史》，頁 23。
〔註110〕　〔美〕宇文所安（Stephen Owen）著；賈晉華、錢彥譯：《晚唐：九世紀中葉的中國詩歌：827～860》（北京：生活‧讀書‧新知三聯書局，2014 年 3 月），頁 12。

資料間得到印證？目前這些論題仍留有著相當大的討論空間，有待深掘、體察。因此，本論題期望能在前行研究成果上，綰合眾見，糾謬補白，以爲進一步的發揮。

第三節　研究範圍與進路

一、研究範圍

　　本論題雖名爲「明人選明詩」，然而實際內涵更明確地說，乃是由「明人編選」的「明代詩歌選本」。以「明人編選」而言，爲了集中探究明代人對當代詩歌的看法，考量詩文合選、兼收詞賦的選本，選家編選心態未若專收詩歌者之聚焦明詩，更能彰顯明人對當代詩歌之見，且選本兼錄不同體類，編選標準難免有別，無法一概而觀。是以，採用的選本以成書於明代〔註111〕，且專收詩歌者〔註112〕爲

〔註111〕 署名鍾惺、譚元春《明詩歸》，經王士禎（1634～1711）、紀昀（1724～1805）等人查考評語，或作於鍾惺、譚元春已歿之時。是以，一般已認定爲僞書。唯據今人查考，此書主體部分殆作於順、康之際，由邑人王汝南等人借鍾、譚名義以抒黍離之悲。今就王汝南所爲序，所云：「予生也晚，幸而地接寒河，時親几席……所授明詩一選，在昔豈矜絕筆，不意於今竟作人琴，又不意二先生往，而國祚隨之，非人琴也，又黍離也，痛何忍言？」考量《明詩歸》所錄是否全無經過鍾惺、譚元春之選，實難定論。因此，爲求其全，保留明末時人對明代詩歌之見，故仍將之納入討論。若選本內容涉於鍾、譚評語，將標註「署名鍾惺」、「署名譚元春」以論。王汝南序，見署名鍾惺、譚元春：《明詩歸》，收於《四庫全書存目叢書》（臺南：莊嚴文化出版社，1997 年），第 338 冊，頁 531。關於《明詩歸》僞書問題之討論，可參張清河：〈論《明詩歸》的僞書價值〉，《貴州師範大學學報》（社會科學版）第 3 期（2011 年），頁 76～83。另外，活動於明、清二朝，錢謙益（1582～1664）選有《列朝詩集》，雖錢氏於明代詩壇頗具份量，唯考量選本初稿成於順治六年（1649），至順治九年（1652）始刊刻完畢，論者亦多半將是書歸爲清代明詩選集，如陳正宏《明代詩文研究史》、尹玲玲《清人選明詩研究》（蘇州：蘇州大學出版社，2017 年），今則暫作割捨。關於《列朝詩集》的編選始末，參見侯丹：〈論《列朝詩集》的編纂始末及其託意微旨〉，《西安建築科技大學學報》（社會科學版）

主。若通代詩歌選本錄有明代詩歌，如李攀龍（1514～1570）《古今詩刪》、曹學佺《石倉歷代詩選》，亦將列入討論。

　　而「明代詩歌選本」，以本論題期望掌握的乃是明代選家對當代詩歌之總體意見，因此，研究範疇主爲總集類作品，不涉詩家別集。又，總集所成，按《四庫全書總目》的說法，有云：

　　　　文籍日興，散無統紀，於是總集作焉。一則網羅放佚，使零章殘什，並有所歸；一則刪汰繁蕪，使菁稗咸除，菁華畢出。是固文章之衡鑒，著作之淵藪矣。〔註113〕

可知，總集編纂之方式、目的有二：其一，重在網羅篇章；其二，重在刪劣錄優。是則，本論題既強調在「選」，意在透過選家的刪選，瞭解渠等眼中的明詩範式，那麼，除了必須是總收各家外，選本所錄得經選家選擇，爲「刪汰繁蕪，使菁稗咸除，菁華畢出」，堪見選家選錄情況的詩歌選集，方在討論之內〔註114〕。

　　如楊慎《皇明詩抄》雖有「予漫錄之而已」〔註115〕之語，然程旦（嘉靖時人）〈皇明詩抄後語〉嘗云：「是之取爾，其必有以也，其遺之者可知也」〔註116〕，又陳仕賢（嘉靖時人）〈皇明詩抄敘〉亦稱：「雖不以選名篇，而遺意固有在也」〔註117〕。可知，《皇明詩抄》當有楊慎之刻意刪選，因此，歸入討論範圍。

　　而俞憲《盛明百家詩》主將平生所藏示於眾人，序中有謂：「庶

　　　　（2015年），第34卷，第2期，頁79～81。
〔註112〕　如〔明〕朱之蕃：《盛明百家詩選》，收於《四庫全書存目叢書》（臺南：莊嚴文化出版社，1997年），第331～332冊。雖稱爲詩選，然實亦兼錄賦（43首）、詩餘（93首）。因此，未列入討論。
〔註113〕　〔清〕永瑢等撰：《四庫全書總目提要》，總集類1，卷186，頁79。
〔註114〕　爲了避免文字累贅、基於行文上的豐富，全書除了以「明人選明詩」總稱研究範疇指涉之選本，或稱「明代明詩選本」、「明代當代詩選」等名稱。若前後文中乃就明代而論，或逕稱之「明詩選本」、「明詩選集」。
〔註115〕　〔明〕程旦：〈皇明詩抄後語〉，見〔明〕楊慎：《皇明詩抄》（嘉靖37年（1559年）陳仕賢刊本），頁2。
〔註116〕　〔明〕程旦：〈皇明詩抄後語〉，見〔明〕楊慎：《皇明詩抄》，頁2。
〔註117〕　〔明〕楊慎，《皇明詩抄》，頁2。

幾海內興文之士，一覽可盡，雖不免遺珠之詆，似亦可供大嚼之歡矣」〔註118〕。雖是「卷帙浩繁，不免微有刪定」〔註119〕，但由俞憲自云所錄乃「廣博爲貴，不務刻削，緣集與選不同也」〔註120〕，已將《盛明百家詩》排除選集之外，自然割捨不論。

　　至若爲特定地域、人士、題材、詩體所選者〔註121〕，選本所以著眼部分明詩，刻意彰顯的意圖自是強烈。如韓陽（景泰時人）《明西江詩選》，收有「洪武至正統年間八十七位江西詩人」〔註122〕。序文中不乏稱美江右詩家之文字，如李奎（1417～？）爲之序，稱：

〔註118〕 此序未收於《四庫全書存目叢書》，見〔明〕俞憲：《盛明百家詩》（隆慶間（1567～1572）刊本），頁9。

〔註119〕 〔明〕俞憲：《盛明百家詩》，收於《四庫全書存目叢書》（臺南：莊嚴文化出版社，1997年），第304冊，凡例，頁402。

〔註120〕 〔明〕俞憲：《盛明百家詩》，第304冊，凡例，頁402。或有論者認爲此作仍有刪選，從而探究其編選標準，如張冰《《盛明百家詩》研究》以俞憲收高啓作品200多首，與高啓《缶鳴集》收有900餘首作品差距甚大，認爲「余憲『選』詩的成分還是相當大的」。然而，選詩數的差異固然可見，但俞憲實際能見、能蒐集到的高啓作品是否確能到900餘首，實未能知。又俞憲自言此作本意並不在「刻削」，因此，本文以此作網羅放佚之成分居大，故未列入討論。張冰說法，參見張冰：《《盛明百家詩》研究》，頁18。

〔註121〕 一、特定地域：如：韓陽《明西江詩選》專收江西詩人、徐熥《晉安風雅》專收福建詩人；二、特定人士：如：釋正勉、釋性𣵀《古今禪藻集》專收僧人、田藝蘅《詩女史》專收女詩人、《廣州四先生詩》但收廣州黃哲、李德、王佐、趙介四人詩。而楊二山《弘正詩抄》主收弘治、正德期間詩家，僅錄李夢陽、何景明、康海、薛蕙、徐禎卿、鄭繼之、王廷相、邊貢、孫一元、殷雲霄十家；朱隗《明詩平論二集》依其發凡，可知所收詩家乃自天啓辛酉至崇禎甲申爲斷，二者因未涉明初詩人，故亦未列入討論；三、特定題材：如：馮琦《海岱會集》收石存禮、藍田、馮裕、劉澄甫、陳經、黃卿、劉淵甫、楊應奎八人唱和之詩；舒芬編；舒琠增補；楊淙注《新刊古今名賢品彙註釋玉堂詩選》分天文、地理、人物等類取詩。四、特定詩體：如：穆文熙《批點明詩七言律》。另外，范士衡《群英珠玉》輯有宋元以來詩家作品，惟考量詩作僅各錄一首爲例，難以進一步探察選家對詩家及其詩作之品評態度，暫歸爲特定取材之選本，未列入討論之列。

〔註122〕 王文泰：《明代人編選明代詩歌總集研究》，頁9。

「大江以西，號稱最盛。」〔註123〕韓陽自序，亦云：「國朝以詩著名者非一人，而江右居多。」〔註124〕呈現在選錄上，韓陽有言：

> 第所選者止於江右諸名公，而山林韋布之士，豈無長篇大章詠歌盛治者乎，惜一時莫能盡見，亦未免有掛漏之憾焉。〔註125〕

可知，選本所錄不只限於江右詩家，且撤除了布衣之士作品。雖是「一時莫能盡見」，亦也表示《明西江詩選》隱然帶有對詩家身份上的考量〔註126〕。是則，如欲透過《明西江詩選》觀察洪武以來之明詩表現，恐怕真有「掛漏之憾」。

　　換言之，這一類特定取材的選本，雖清楚可見選家之「選」，對於觀察明代某一地域、人士、詩體、題材表現確有其重要性，然而選家如何看待在此之外的作品，卻難以覽觀，所持態度、立場顯得模糊。甚或成為了爾後編纂明詩者亟欲補強的缺失〔註127〕。

　　援是，為了瞭解選家對明詩總貌之意見，把握明詩之總體發展，特定取材之選本只能暫且割捨不論。除沐昂（1379～1445）《滄海遺珠》，雖《四庫全書總目》謂所收乃「明初流寓遷謫於雲南者」〔註128〕，考量是作乃「都督沐公以其所得名人之作，擇其粹者」〔註129〕，有沐昂之刪選，且收錄範圍非僅限於雲南詩家，故仍列入

〔註123〕〔明〕韓陽：《明西江詩選》，收於《叢書集成・續編》（臺北：新文豐出版公司，1989 年），第 115 冊，頁 5。

〔註124〕〔明〕韓陽：《明西江詩選》，收於《叢書集成・續編》（臺北：新文豐出版公司，1989 年），第 115 冊，頁 3。

〔註125〕〔明〕韓陽：《明西江詩選》，收於《叢書集成・續編》（臺北：新文豐出版公司，1989 年），第 115 冊，頁 3。

〔註126〕如陳正宏、朱邦薇〈明詩總集編刊史略──明代篇（上）〉即指出：「全書各卷中存在的一個明顯趨向，即是詩人被入選的詩歌數量與詩人所任官職的大小基本上成正比。」見復旦大學中文系編：《中西學術》，第 1 輯，頁 111。

〔註127〕相關論述參見第四章第二節〈編選動機與目的〉。

〔註128〕〔清〕永瑢等撰：《四庫全書總目提要》，總集類4，卷189，頁 48。

〔註129〕〔明〕楊士奇：〈滄海遺珠序〉，見〔明〕沐昂：《滄海遺珠》，收於《景印文淵閣四庫全書》（臺北：臺灣商務印書館，1986 年），第

討論。

根據上述原則，本論題由王文泰整理《明人編選明代詩歌總集知見書目》，計四百七十一部〔註130〕，進一步翻檢《千頃堂書目》〔註131〕、《中國古籍善本書目》〔註132〕、《四庫全書總目》等書目。扣除非專收詩歌、特定取材之選本，確爲總收各家，得見選家選錄情況，有以提供明人對於當代詩歌發展之思索、理解者，寓目所見，計有明人選明詩十九種（選本雖版本不同，仍計爲一種）〔註133〕，將爲本論題之研究範圍。論述資料包含選本所錄、序跋、體例及評點，並參酌選者、詩家之相關別集、詩話、傳記文字等。引證資料主以明代資料爲先，力求所論皆爲明人意見之反映。

以下將選本名稱（若另有別稱，以括號標註）、編選者、卷數、使用版本（以時間較早者爲主），及書目來源，整理如表〔註134〕。選本館藏地除穆光穆《明詩正聲》爲國立臺灣大學圖書館外，均可見於國家圖書館。

1372 冊，頁 451。

〔註130〕 王文泰《明代人編選明代詩歌總集研究》曾指出：「現存明人編選的明代詩歌總集約有五百餘種，這五百餘種包括明代詩歌總集、通代詩歌總集、明代詩文總集以及通代詩文總集。」然實際計算王氏所輯《明人編選明代詩歌總集知見書目》僅 471 部，。見王文泰《明代人編選明代詩歌總集研究》

〔註131〕 〔清〕黃虞稷撰；瞿鳳起，潘景鄭整理：《千頃堂書目》（上海：上海古籍出版社，2001 年 7 月）。

〔註132〕 中國古籍善本書目編輯委員會編：《中國古籍善本書目》（上海：上海古籍出版社，1998 年）。

〔註133〕 依王文泰所輯《明人編選明代詩歌總集知見書目》，應尚有慎蒙《皇明詩選》、曹學佺《明詩存》、《明詩選存》、周詩雅《明詩選》、范惟一《明詩摘鈔》、卓文通《明賢詩》等六部選本可符合本論題研究範圍。惟以臺灣現存書目未能得見，受限時間、物力，難以親赴館藏地查考，只能暫作割捨。

〔註134〕 因明詩選本所採版本已見於此，以下不另加註，僅於文中標註卷次、頁碼。

表一：明人選明詩之編選者、卷數、使用版本、書目來源一覽

	選本名稱	編選者	卷數	使用版本	書目來源	其它版本
1	雅頌正音	劉仔肩	5	明洪武三年（1370）王舉直刻本——景印文淵閣四庫全書（第1370冊）	四庫全書總目、中國古籍善本書目、千頃堂書目	
2	皇明詩選	沈巽、顧祿	20	明洪武間刊本	千頃堂書目、中國古籍善本書目	
3	滄海遺珠	沐昂	4	浙江範懋柱家天一閣藏本——景印文淵閣四庫全書（第1372冊）	四庫全書總目、中國古籍善本書目、千頃堂書目	1.叢書集成·續編（第114冊） 2.清吳縣黃氏士禮居鈔本，八卷〔註135〕 3.清古歡堂鈔本，八卷
4	士林詩選〔註136〕	懷悅	2	清刻本——四庫全書存目叢書補編（第11冊）	中國古籍善本書目、千頃堂書目	
5	皇明風雅	徐泰	40	明嘉靖四年（1525）襄陽知府徐咸刊，癸巳（1533）補刊張沂跋文本	中國古籍善本書目、千頃堂書目	

〔註135〕　《滄海遺珠》另有明人葉福刊刻之八卷本。據今人考查，八卷本所收之選詩數，與楊士奇〈滄海遺珠序〉所言詩數未合，應非《滄海遺珠》原本，故不採用。相關說明見馬漢欽：《明代詩歌總集與選集研究》，頁19。

〔註136〕　《千頃堂書目》標為十卷，唯於今未見，無法查考版本差異，姑錄此以明。

6	皇明詩抄〔註137〕	楊慎	10	明嘉靖三十七年（1558）陳仕賢刊本	中國古籍善本書目、千頃堂書目	
7	明音類選	黃佐、黎民表〔註138〕	12	明嘉靖三十七年（1558）潘光統刊本	中國古籍善本書目、千頃堂書目	
8	古今詩刪	李攀龍	34	明萬曆間新都汪時元校刊本	四庫全書總目、中國古籍善本書目、千頃堂書目	1.景印文淵閣四庫全書（第1382冊）
9	國雅	顧起綸	20	明萬曆元年（1573）勾吳顧氏奇字齋刊本	四庫全書總目、中國古籍善本書目、千頃堂書目	1.四庫全書存目叢書補編（第15冊）2.今人藍格鈔本
10	續國雅	顧起綸	4	明萬曆元年（1573）勾吳顧氏奇字齋刊本	四庫全書總目、中國古籍善本書目、千頃堂書目	1.四庫全書存目叢書補編（第15冊）2.今人藍格鈔本
11	明詩正聲	盧純學	60	明萬曆十九年（1591）廣陵江氏刊本	中國古籍善本書目、千頃堂書目	
12	（皇明）詩統	李騰鵬	42	明萬曆間刊本	中國古籍善本書目、千頃堂書目	
13	明詩正聲	穆光胤	18	和刻本漢詩集成——皇和享保十一年京兆書坊奎文館刊本	中國古籍善本書目、千頃堂書目	
14	明詩選（盛明百家詩選）	華淑	12	明萬曆刻本——四庫禁燬書叢刊（第1冊）	中國古籍善本書目	

〔註137〕 書名於《千頃堂書目》、《中國古籍善本書目》皆作《皇明詩鈔》，今從所見刊刻版本作《皇明詩抄》。另於卷次部分，《千頃堂書目》標爲七卷，唯於今未見，無法查考版本差異，姑錄此以明。

〔註138〕 選者或單作黃佐，如《千頃堂書目》。唯因黃佐〈明音類選序〉嘗云：「然所見人人殊，門人黎子民表乃更定」，黎民表所爲序亦謂：「先生嘗取先正遺集，指授去取，俾與同志參訂之。積有歲年，始克成編。」是以，選者部分，依《中國古籍善本書目》作黃佐、黎民表。

15	明詩選最	華淑	8	明末武陵華氏刊本	中國古籍善本書目	
16	國朝名公詩選（皇明詩選）	署名陳繼儒〔註139〕	12	明天啓元年（1621）書賈童氏刊本	中國古籍善本書目	
17	石倉歷代詩選〔註140〕	曹學佺	506	明崇禎四年（1631）原刊本——景印文	四庫全書總目、中國古籍善本書目、千	1.清乾隆間寫文瀾閣四庫全書本-3卷

〔註139〕 晚明託名陳繼儒之作頗多，近年來已有學者針對作品進行辨僞，如李斌：〈陳眉公著述僞目考〉，《學術交流》（2005年5月），第134期，頁147～150、高明：《陳繼儒研究：歷史與文獻》（上海：復旦大學博士論文，2008年4月）。其中，《國朝名公詩選》未得見確，今考量文獻實證性，又以該書序言並未提及陳繼儒選詩，錢恊和〈皇明詩選序〉僅述書賈童君「近得眉公帳中所藏皇明百家詩選一帙」（頁4），因所藏不一定爲其所選。是以，選者部分標爲「署名陳繼儒」，並依此作仍可見得晚明時人對明詩的看法，將之納入討論。

〔註140〕 《千頃堂書目》、《中國古籍善本書目》皆題爲《石倉十二代詩選》。其中，《千頃堂書目》明詩選部分共六集608卷；《中國古籍善本書目》則有八集，以及明詩續、明詩再續、明詩三續、明詩社集、明詩楚集、明詩閩集、明詩閨閣秀集等卷。關於選本名稱，《四庫全書總目》有云：「舊一名十二代詩選，然漢、魏、晉、宋、南齊、梁、陳、魏、北齊、周、隋，實十一代，既錄古逸，乃綴於八代之末，又倂五代於唐、倂金於元，於體例名目，皆乖剌不合。故從其版心所題，稱歷代詩選，於義爲諧。」不同於館臣之見，許建崑嘗試提出解釋，以爲曹學佺乃是「有意排除沒有統治過南方而屬於北方的朝代：十二代實指前八朝，加上唐、宋、元、明等四朝之謂。」而選本卷次，《總目》有云：「學佺所錄《明詩》尚有三集一百卷，四集一百三十二卷，五集五十二卷，六集一百卷，今皆未見，殆已散佚。」據許建崑的考證，指出目前《石倉十二代詩選》的知見卷數應爲1354卷，最爲完整的版本當存於日本京都大學，計有1261卷。由於資料收集上的困難，以及考量《石倉十二代詩選》續集版次上的混亂，本文以爲四庫所收雖未爲全貌，僅至明詩次集。但就初集、次集所錄，已能大致反映曹學佺對洪武至弘治間諸詩家之見，於本論題不無參考之處，因此仍將選本列入討論，並以所據版本主爲四庫本，故以《石倉歷代詩選》名之。另外，國家圖書館所收《石倉歷代詩選》崇禎四年原刊本微卷將一倂參酌。關於曹學佺《石倉十二代詩選》編選情況，參見〔清〕永瑢等撰：《四庫全書總目提要》，總集類4，卷189，頁59；許建崑：〈曹學佺《石倉十二代詩選》再探〉，收於氏著：《曹學佺與晚明文學史》，頁137～256。

				淵閣四庫全書 （第1387～ 1394冊）	、千頃堂書目	2.明崇禎四年 （1631）原 刊本（國圖 館藏）
18	皇明詩選	陳子龍 、李雯 、宋徵輿	13	明崇禎十六年 （1643）李雯 等會稽刊本	中國古籍善 本書目、千頃 堂書目	四庫禁燬書叢 刊補編（第55 冊）
19	明詩歸	署名鍾惺 、譚元春	12（含 卷首 、補 遺）	清鈔本──四 庫全書存目叢 書（第338冊）	四庫全書總 目	

二、研究進路

朱光潛在〈談文學選本〉中曾經提到：

> 有選擇就要有排棄，這就可以顯示選者對於文學的好惡或
> 趣味。這好惡或趣味雖說是個人的，而最後不免溯原到時
> 代的風氣，選某一時代文學作品就無異於對那時代文學加
> 以批評，也就無異於替它寫一部歷史，同時，這也無異於
> 選者替自己寫一部精神生活的自傳，敘述他自己與所選所
> 棄的作品曾經發生過的姻緣〔註141〕。

本論題既旨在探究明人對當代詩歌之編選，試圖把握明代詩歌之總
貌。論題關懷層面將由選本編纂之發展背景、明詩選者所持之立場、
觀點，逐步聚焦渠等所構築之明代詩歌發展史，包括明詩代表作家、
經典範式之確立與生成，乃至綜觀明人選明詩、明代詩歌間所發生之
「姻緣」──所彰顯之時代精神與價值。

職是，除〈緒論〉係為本論題之導出、前行研究成果、研究範疇
之說明、〈結論〉乃就明人選明詩及其所呈現之明詩價值進行省視外，
各章之安排、開展，亦本論題之研究進路，大抵說明如下：

一、選本的發展與流布：以明人選明詩的生成條件、流傳狀況
作切入點，分第二章〈承繼、蓄勢與推進──明人選明詩的發展條

〔註141〕 朱光潛：〈談文學選本〉，收於朱光潛全集編輯委員會編，《朱光潛
全集》（合肥市：安徽教育社出版社，1993年），第9冊，頁218。

件〉、第三章〈刊刻、地域與存錄——明人選明詩的流布〉進行討論。
第二章先由當代詩選的發展，把握明人選明詩編選型態的承繼與開
拓。從而回觀明代有以推進選本發展之時空環境，包括由舉業與明
詩間的聯繫，留意反映在選本編纂上如選者身份、評選方式之變化，
以及從明人別集、詩話的流行，瞭解論詩風氣對選本內涵與編選傾
向所發揮之效應。第三章進一步就明人選明詩的刊刻方式——官
刻、私刻（家刻、坊刻），以及書目存錄——官方書目、私人書目，
具體查考明人選明詩的流通情況，延續第二章所述，觀察明人選明
詩在明代所以蓬勃開展，以及實際可能產生的影響力。

　　二、選者的論述立場：繼明人選明詩發展情況的討論後，開始
針對影響選本編之主要因素作一探究，即第四章〈識詩能力與實
踐型態——編選者及其編選特點〉。本章著眼於明人對選者詩識之重
視，以識詩爲出發點，連結選本所錄，探究選者的身份、交遊（所
屬地域、參與詩社），如何左右選者選詩，影響其識力之判斷。從而
由選者詩識之實踐型態，分就編選動機與目的、編選標準與體例安
排，根據總體傾向上的變化，以觀明詩選者乃是站在什麼樣的立基
點對詩歌進行評選，作爲下一步實地分析選本選詩情況之前提。

　　三、明詩史圖像的建構：選者的詩歌主張，既影響著選本的刪
選，反映著他們對詩歌的不同接受，總合明人選明詩所錄，恰可觀
見選者群所建構之明詩史圖像，能夠檢證四庫館臣之見——明代文
學乃是「走向倒退的文學史」〔註142〕，亦得瞭解明代詩家詩名之確
立進程，擺脫鑑賞詩家各體創作的平面式敘述。由是，在選者論述
立場的探究後，將就選集命名、序跋、體例文字等，歸納選者對明
詩發展之相關論見，逐一比照各部選本所錄詩家。透過實際的數據
資料，由不同時期詩家選錄之差異，宏觀選本構築之明詩發展脈絡。
而後，聚焦選本共同選錄之詩家，追索詩家每每入選的優勢條件，

〔註142〕　參見何宗美、劉敬：《明代文學還原研究——以《四庫總目》明人
　　　　　別集提要爲中心》，頁2。

並具體舉例爲證，由代表詩家各體創作表現，微察分析其詩壇地位之確立過程。另外，針對缺席選本之詩家，分析未獲入選之因由，以瞭解明人對明詩的不同論見，如何影響著明詩作家的詩壇定位、詩名之升降起伏。以上所述，內容龐雜，茲分第五章〈歧異裡的「共見」——明詩流變與名家的在場〉、第六章〈「共見」外的空白——詩家的缺席現象〉以爲討論。

　　四、明詩詩體範式的釐定：明人選明詩分體選詩的情形普遍，即便以人繫詩，詩歌的排列亦大多依照古體、近體爲序，選者的辨體意識不言可喻。按吳承學的說法，明人的最終目的在於「通過辨體推崇某種理想」〔註143〕。這種理想難免有追步前賢的意圖，然而更大的可能在於掘發當代。意即，明人的復古不純然是復古，在復古過程中找到前進的方式，釐定當代可行的創作路徑，儼然才是他們的眞實冀盼。是則，延續著明詩代表作家的討論，選者對於詩家各體創作既是有所偏重，適得進一步抽繹選者對詩歌體製之論見。透過選本所錄，五律、五古的偏重，大多帶有著漢魏古詩、唐詩的追求；七律、七絕的關心，每每體現出明詩創作上的求新企圖。茲分二節，於第七章〈「復古」與「求新」的雙重思維——選錄詩體分析〉進行探究，瞭解選者所以重視辨體，在選錄詩體的偏好中，摻雜著哪些創作考量，連帶地影響到他們對詩家的品評，包括有哪些詩家因此成爲了選者的參考範式。

　　此外，正文後另編有附錄本，歸納選家、選本體例、選本所錄明詩名家詩作、詩歌數量等資料，係本書之論證來源，以供查考。

　　總之，如〔德〕姚斯（Hans Robert Jauss，1921～1997）所言：
> 在這個作者、作品和大眾的三角形中，大眾並不是被動的部分，並不僅僅作爲一種反應，相反，它本身就是歷史的一個能動的構成。一部文學作品的歷史生命如果沒有接受

〔註143〕吳承學：《中國古代文體學研究》（北京：人民出版社，2011年），頁372。

者的積極參與是不可思議的。因爲只有通過讀者的傳遞過程，作品才進入一種連續性變化的經驗視野。在閱讀過程中，永遠不停地發生著從簡單接受到批判性的理解，從被動接受到主動接受，從認識的審美標準到超越以往的新的生產的轉換。〔註144〕

換言之，明人所以編纂明詩，乃是明人的「主動」，之於明代詩家、詩歌所產生的一種「反應」。這種「積極參與」延續著明詩的歷史生命，動態地展演著明代的詩歌接受史。通過選者的傳遞，明詩紛陳多彩的風貌有以呈現，選本適爲他們閱讀心得的成果。由是，從選本、選者層面的關懷，再至選錄詩家、詩歌的具體分析，本論題期望揭開的，正是那些不停地發生著的各種接受、理解、審美標準的轉換，所謂明人眼中的明代詩歌。意即，關於明人之於明詩的閱讀過程。

〔註144〕 〔德〕姚斯：〈文學史作爲向文學理論的挑戰〉，見〔德〕姚斯（Hans Robert Jauss）、霍拉勃（Robert C. Holub）著；周寧、金元浦譯：《接受美學與接受理論》（瀋陽：遼寧人民出版社，1987 年），頁 24。

第二章　承繼、蓄勢與推進——明人選明詩的發展條件

選本反映了時代，時代亦促成了選本。明人選明詩的發展，並非憑空而來。過往的當代詩選奠定了哪些基礎，讓明代的明詩選本有以承繼、拓展？明代的時空環境，攸關文學生態的科舉制度，蓄積了哪些能量？包括詩壇的創作、論詩風氣，塑造出什麼樣的氛圍？彼此如何直接或間接地影響、推動著選本的編選，讓選者得以營構出自己的選本特點，呈現豐碩的成果？凡此種種，影響著明人選明詩的編選，係為明人選明詩所以快速發展的背景條件，它們共同孕育了明代明詩選本的出場。職是，本章即由此三方面綜論之，並述其因由。

第一節　當代詩選的承繼——明代以前的選本發展

王兵嘗指出，清詩選本所以繁榮，當代人選當代詩選的積累實為重要的內驅力，並特別強調明人選明詩的示範性意義，以為調動了清人選清詩的熱情〔註1〕。顯示，除了選本自身體製的沿革，

〔註1〕王兵指出：「若將清詩選本放置於古代選本領域中考察，我們發現，歷代選本的發展特別是當代人選當代詩選本的積累也是清詩選本繁榮的重要內驅力。唐人選唐詩、宋元人選宋元詩特別是明人選明詩等編選活動的寶貴經驗，一方面調動了清人選清詩的熱情，另一方面也為清人選清詩樹立了典範性的榜樣作用。」見氏著：《清人選清詩與

就選本內容而言，當代人選當代詩歌（包括古今兼選）〔註2〕，較之於純粹選錄前人詩作，應有著不同的發展意義。

畢竟，有別於選前人詩，對過往詩歌進行探索，選收當代詩歌，撇除選者是否具有良好的鑑評能力，其目的既在提供佳作，選者對當代詩歌（至少那些入選作品），顯然帶有著一定的自信與肯定，其「選」的意義似乎才更見正當。即使古今兼收，重視當代詩作的程度或許不及徒選今人詩作的選本，但當選者將古今詩歌並置於同一品評準則上，難免予人一種藉古以自重，認為今作堪與古詩相較的意味。換言之，當代詩選實呈顯選者對當代詩歌的認同，是選者對於當代詩歌價值與定位的再思索。

在明代明詩選本的序跋中，即不只一次提及選今詩之難〔註3〕，暗示選者所面臨的嚴峻挑戰。除了反映對「選」事的慎重，亦也表示明人已能正視此一編選活動，進以思考其理論意涵。尤其，文字間越是強調選今詩的困難，越發突顯入選詩作的可貴。即便這裡面蘊含著作序者對選者選詩能力的褒揚，亦無礙於他們對入選詩歌的認可。

而明人所以開始省視選詩之事，促發他們思考、推動當代詩選的編纂，讓他們得以有所發揮的，無疑來自前人在此一領域上的累積。援是，在前代詩選，特別是當代詩選上，明人如何承繼當代詩選的編纂，體現對自身時代詩歌的肯定？今循其脈絡，考察如下：

一、魏晉六朝選本：《玉臺新詠》的示範性意義

關於選本的形成，一般以摯虞（250～300）《文章流別集》為標

清代詩學》（北京：中國社會科學出版社，2011年），頁82～83。

〔註2〕一般論及各朝詩選大多分為通代詩選、斷代詩選兩種。其中，斷代詩選即當代人選當代詩。然通代詩選，部分亦兼及當代詩歌，同樣能視為當代人對當代詩歌之評選。因此，為求其全，此處從寬將古今兼選亦納入當代人選當代詩的範圍。

〔註3〕如：鄒迪光〈盛明百家詩選序〉：「為詩非難，選詩難。選詩非難，選今人詩難。」（華淑《明詩選》，頁7）、李維楨〈盛明百家詩選序〉：「詩不易選，選本朝詩尤不易。」（華淑《明詩選》，頁5）

志。該作對所選詩文的論源辨體、選評要求，在往後選本區分優劣的性質上，帶來了一定的影響〔註4〕。唯若純粹就選錄詩歌，且為當代人選當代詩者，迄今現存之作應為徐陵（507～583）《玉臺新詠》。全書收漢魏至梁的豔歌，以五言詩為主，兼有七言、雜言詩，共十卷，為特定題材之選本。

　　大抵而言，這類有特定選材的當代詩選，魏晉六朝時期雖亦有見，但多半為宴飲唱和集〔註5〕，其「編」的性質可能遠較「選」來的大〔註6〕。而《玉臺新詠》不僅書名有見安排，比方透過與婦女相關之「玉臺」為稱〔註7〕，直謂選詩為「新詠」。〔明〕胡應麟（1551～1602）即謂：「其有篇目，蓋起自徐氏《玉臺》。」〔註8〕在編纂上，

〔註4〕張伯偉有言：「前人討論選本的形成，往往以摯虞的《文章流別》作為重要的標志，如《隋書‧經籍志》和《四庫提要》」、「從摯虞開始，選本就有區分優劣，也就是文學批評的作用。這不僅對後世的選本有所影響，……而且對於其它的文學批評專著，《文章流別論》也起到了先導性作用。」有關摯虞《文章流別論》的選本意義，參見氏著：《中國古代文學批評方法研究》（北京：中華書局，2006年），頁283～285。

〔註5〕盧燕新據《玉海》所載12部詩歌選集進行考察，其中宴飲唱和集即佔6部。參見氏著：《唐人編選詩文總集研究》（北京：中國人民大學出版社，2014年），頁26～29。

〔註6〕盧燕新指出：「據《隋書經籍志》、《通志》、《玉海》等典籍所錄，魏晉時期已經編撰了約十種本朝人選編本朝詩什之總集。從總體上看，其主要特點為『編』而非『選』。」相關討論參見盧燕新：《唐人編選詩文總集研究》，頁26～29。唯盧氏以為《陳郊廟歌辭》乃迄今可考本朝人選本朝詩較早的選本，其說係針對斷代詩選而論，並未包含古今兼選之作。且，盧氏針對《隋書經籍志》所述魏晉諸多選集，但就集名以為判斷，詩集如有選錄存者之作，又不予採計，比方《今詩英》八卷。是以，盧氏說法實有待商榷。另外，劉和文《清人選清詩總集研究》亦嘗就《隋書經籍志》著錄之魏晉詩歌總集，提出「收有『當代詩歌』，僅有《玉臺新詠》傳世」的說法。援是，當代人選當代詩謹依現存可考之《玉臺新詠》為據。參見劉和文：《清人選清詩總集研究》（蕪湖：安徽師範大學出版社，2016年），頁62。

〔註7〕關於《玉臺新詠》書名意涵，參見胡大雷：《《玉臺新詠》編纂研究》（北京：人民文學出版社，2013年），頁75～84。

〔註8〕〔明〕胡應麟：「六朝人類輯諸詩，但名《詩集》，猶曰《文選》云爾。……

依徐陵〈玉臺新詠序〉：

> 無怡情於暇景，惟屬意於新詩。庶得代比皋蘇，微蠲愁疾。
> 但往世名篇，當今巧製，分諸麟閣，散在鴻都。不籍篇章，
> 無由披覽。於是燃脂暝寫，弄筆。晨書，撰錄艷歌，凡爲
> 十卷。〔註9〕

可知，所選著意於「新詩」，且基本上是「豔歌」的性質。將此「當
今巧製」與「往世名篇」爲輯，以便覽閱，蠲除愁疾，乃是他的編纂
動機。

　　而《玉臺新詠》屬意的「新」，所指稱的「當今巧製」，背後反
映的實是當時詩壇的一種寫作風氣，即宮體詩的創作。徐陵將之與
往世名篇——歌詠婦女的相關詩作爲輯，泰半有藉此一編選「以大
其體」的可能〔註10〕。其後，〔唐〕李康成（天寶時人）《玉臺後集》
收梁末至唐代同類詩作、〔明〕鄭玄撫（嘉靖時人）《續玉臺新詠》
續收陳至隋詩，或〔清〕朱存孝（康熙時人）《唐詩玉臺新詠》仿徐
陵例選唐詩等作，皆可謂直承其影響〔註11〕。

其有篇目，蓋起自徐氏《玉臺》。」見氏著：《詩藪》（臺北：文馨出
　　版社，1973 年），外編卷二，頁 151。
〔註9〕〔南朝陳〕徐陵；〔清〕吳兆宜注；〔清〕程琰刪補；穆克宏點校：
　　《玉臺新詠箋注》（臺北：明文書局，1988 年），頁 12～13。其中，「弄
　　筆晨書」應作一句，句號可刪去。今爲尊重出處所示，不另作更動，
　　特此說明。
〔註10〕〔唐〕劉肅《大唐新語》嘗云：「梁簡文帝爲太子，好作艷詩，境內
　　化之，浸以成俗，謂之『宮體』。晚年改作，追之不及，乃令徐陵
　　撰《玉臺集》，以大其體。」《大唐新語》，收於《叢書集成簡編》（臺
　　北：臺灣商務印書館，1966 年），第 139 冊，卷 3，頁 28。又，王運
　　熙、楊明《魏晉南北朝文學批評史》以爲：「至於徐陵，則編選了一
　　部詩歌總集《玉臺新詠》，專收當時的宮體詩以及古代歌詠婦女或與
　　婦女有關的作品。……所謂『以大其體』，即張大其體，爲宮體張目
　　之意，亦即廣收博取漢以來作品，表明此類詩作向來有之，實有迴
　　護其失之意。」即使是迴護其失，變相地仍提升了宮體詩的地位，
　　不失爲對宮體詩的肯定。見《魏晉南北朝文學批評史》（上海：上海
　　古籍出版社，1989 年），頁 304。
〔註11〕關於〔唐〕李康成《玉臺後集》、〔明〕鄭玄撫《續玉臺新詠》、〔清〕
　　朱存孝《唐詩玉臺新詠》相關討論，可分別參見呂玉華：《唐人選唐

　　反映在刻本上，《玉臺新詠》的刻本在後代陸續有見，尤以明代
為多〔註12〕，且有增補詩作的情形發生〔註13〕，間接透露了該書在明
代的接受程度與影響。比方，對《玉臺新詠》選詩主「情」的肯定與
強調：〔明〕胡應麟有云：「今但謂纖豔曰玉臺，非也。此不熟本書
之故。玉臺所集，於漢魏六朝無所詮擇，凡言情則錄之」〔註14〕；沈
逢春（天啓時人）亦云：「孝穆以情彙」，以為「世有能解是集之不離
情者，可以讀是集矣」〔註15〕。他們不從纖靡、輕豔的角度視之，而
特別留意入選詩歌的情感成分。就此，張蕾以為：

> 情感與文學的關係是有明詩學所關注的中心議題，以情作
> 為詩歌的命脈是論者的共識。《玉臺新詠》這樣一部專收言
> 情之作的總集，自然進入他們的批評視野。〔註16〕

　　晚明，華淑（1589～1597）曾隨意摘錄「古人佳言韻事」〔註17〕，
輯成《閒情小品》一書。謂其「清言洗俗，豔語憐人」，將之與徐陵
《玉臺新詠》、韓偓（844～923）《香奩集》並論，認為雖是「非關至
極」，亦是「各有別腸」〔註18〕。其中〈療言〉一卷，更述「詩有可

　　　詩述論》（臺北：文津出版社，2004 年），頁 226～237；張蕾：《玉
　　　臺新詠論稿》（河北：河北大學博士論文，2004 年），頁 97～107。
〔註12〕劉躍進曾云：「除一部唐寫本殘卷外，現存早期《玉臺新詠》版本都
　　　是明刻。清刻在版本方面，多從明刻而來。」《玉臺新詠》版本情況，
　　　參見氏著：《玉臺新詠研究》（北京：中華書局，2000 年），頁 3～40。
〔註13〕對《玉臺新詠》的增補，宋代已見，而明代規模更鉅，相關討論參
　　　見張蕾：《玉臺新詠論稿》，第五章〈明刻本增補《玉臺新詠》的價
　　　值〉，頁 73～84。
〔註14〕〔明〕胡應麟：《詩藪》，外編卷二，頁 151。
〔註15〕〔南朝陳〕徐陵編；〔清〕吳兆宜注；〔清〕程琰刪補；穆克宏點
　　　校：《玉臺新詠箋注》，頁 540。
〔註16〕張蕾：《玉臺新詠論稿》，頁 82。
〔註17〕華淑〈題閒情小品〉：「長夏草廬，隨興抽檢，得古人佳言韻事，復
　　　隨意摘錄，適意而止，聊以伴我閒日，命曰《閒情》。非經，非史，
　　　非子，非集，自成一種閒書而已。」收於華淑：《閒情小品》（明萬
　　　曆間刻本），頁 2。
〔註18〕華淑〈閒情小品跋〉：「今年夏初，偶檢舊簏，得曩所錄閒情牘數卷。
　　　清言洗俗，豔語憐人，點次一過，塊磊盡消。韓偓《香奩》、徐陵《玉

頌者三：香奩集、西崑體、玉臺咏」，以爲「千古有情癡」之療〔註19〕。由華淑對《玉臺新詠》的肯定，不難看出《玉臺新詠》已然作爲他論詩言情的一種依託、憑藉，且這種情感實不必然關乎世道。

那麼，呈現在明代明詩選本中，選者選詩的主乎性情，不避豔詩，如王汝南（明末清初時人）序《明詩歸》，曰：「二先生（鍾惺、譚元春）之選，不蘊藉則風騷，非溫柔則香豔」，「莫不出性情之固有」（署名鍾惺、譚元春《明詩歸》，頁531）；或者，與《玉臺新詠》同樣著意在當代詩歌，比方華淑認爲「一代自爲一代之詩，不相借也」，肯定詩家「意各寫其眞，情各標其勝」（華淑《明詩選》，頁3），包括所輯《明詩選》、《明詩選最》，收錄晚明主情論者，如李贄（1527～1602）、湯顯祖（1550～1617）、袁宏道（1568～1610）等人之詩〔註20〕，也就有了前有所本的回應，毋寧說是《玉臺新詠》編纂思想帶來的啓發與延續〔註21〕。

鏡》，各有別腸，非關至極。」收於華淑：《閒情小品》，頁1。

〔註19〕 華淑《閒情小品》：「療言者，可以療窮措大之饑也。當其荒涼落寞，不芳不韻之時，忽一念至，如入綺羅、如遊蓬島、如對騷人俠士，自歌、自舞、自笑、自泣，亦千古有情癡也。」收於華淑：《閒情小品》，〈療言〉，頁1～2。

〔註20〕 洪濤指出：「晚明時期的主情思潮，無論李贄的『絪縕化物，天下亦只有一個情』，袁宏道的『獨標性靈』，湯顯祖的『世總爲情』，馮夢龍的『情生萬物』等等觀念，在中國詩學史上都是一種全新的表述。它一方面將原本蟄伏在德性之下的『情』放逸出來，賦予其形而上的本體意味，使得原本只在詩學中居於主體地位的『情』擴展到整個社會層面，取代原先在社會中居於支配地位的『理』，一躍而成爲個體和社會安身立命的依據。」換言之，由李贄等人所帶起的主情思潮，在詩歌上，實有別於傳統的政教觀，此與《玉臺新詠》「無忝於雅、頌」，收錄歌詠婦女相關之豔歌，其情感不無類通之處。是以，華淑收錄渠等之作，無論在反映時代詩歌之新，抑或肯定其詩情，殆皆得上溯至《玉臺新詠》之編纂，是對詩歌「言情」的一種延續。關於晚明主情思潮之演變，參見洪濤：〈以情爲本：理欲糾纏中的離合與困境——晚明文學主情思潮的情感邏輯與思想症狀〉，《南京大學學報》（2009年），第4期，頁96～104。

〔註21〕 事實上當明人由言情的角度來看待《玉臺新詠》，他們對詩歌情感的解讀，已不限於關乎世道、止乎禮義的範圍。《玉臺新詠》的編纂提

　　另外，在體例上，《玉臺新詠》錄有己作，對後代的詩歌選本亦不無影響。《四庫全書總目・國秀集》有云：

　　唐以前編輯總集，以己作入選者，始見於王逸之錄楚辭，
　　再見於徐陵之撰玉臺新詠。挺章亦錄己作二篇，蓋仿其例。
　　〔註22〕

可知，王逸（89～158）《楚辭章句》已開收錄己作之例。唯倘依《四庫全書總目》「王逸所裒，僅楚辭一家」〔註23〕的說法，總集體例之成，尚待摯虞之《文章流別集》。那麼，《玉臺新詠》以詩選的形式，大量選錄當世之作，不避己作與存者詩〔註24〕，對於後代的詩歌選本，特別是當代詩選的示範性意義，顯得更加明確。其後，不僅〔唐〕芮挺章（開元時人）《國秀集》收錄開元、天寶間詩，仿乎其例。衍至明代，劉仔肩（洪武時人）《雅頌正音》「集同時之詩」，所選附有己作，《四庫全書總目》即謂：「用王逸、徐陵、芮挺章例」〔註25〕。且，不惟《雅頌正音》，明人選明詩附有己作者，尚見沈巽、顧祿（洪武時人）《皇明詩選》、懷悅（景泰時人）《士林詩選》、李騰鵬（1535～1594）《皇明詩統》等，此例之承繼脈絡可見一斑。

　　綜言之，《玉臺新詠》雖爲特定題材之詩歌選集，但它反映著當時的創作風氣，呈現出一種「新的眼光」，「是以編者所屬的文學集團的詩風爲基準，對過去的作品作出裁斷」〔註26〕。有別於過往選集，

供了一個不同的視「情」觀點，讓他們在論詩言情時得以有所依憑。而既是前有所本，顯現在選詩上，得以納入的題材、內涵，甚至是他們在面對詩家時的態度，相對地也就有了改變。

〔註22〕〔清〕永瑢等撰：《四庫全書總目提要》，收於王雲五主編：《萬有文庫簡編》（上海：商務印書館，1940年），第5冊，總集類1，卷186，頁87。
〔註23〕〔清〕永瑢等撰：《四庫全書總目提要》，總集類1，卷186，頁79。
〔註24〕據顏智英的統計，《玉臺新詠》共收664首詩，其中，梁代詩歌計407首，存者之作爲286首，其比例之高，實突顯該書對當世詩歌的關注度。顏智英：《《昭明文選》與《玉臺新詠》之比較研究》（永和：花木蘭出版社，2008年），頁107～118。
〔註25〕〔清〕永瑢等撰：《四庫全書總目提要》，總集類4，卷189，頁44。
〔註26〕〔日〕興膳宏著；董如龍、駱玉明譯：《《玉臺新詠》成書考》，收於

《玉臺新詠》在選集命名、編纂思想，抑或體例上，都提供了新的方向，無形中留給爾後選本，諸如明代主「情」者，在編纂上的可能，讓他們得以有所依憑，對於前賢之作，甚至是今人作品，得以就自身（或者說他所屬的文學集團）的詩風出發，進行不同視角的評選。

二、唐人選唐詩：具體範式的確立

按陳尚君的統計，唐人選唐詩目前可知者約有四十七種〔註27〕，後傅璇琮在中華書局出版《唐人選唐詩（十種）》基礎上〔註28〕，輯有《唐人選唐詩新編》，共收現存十三種選本〔註29〕。傅氏所輯雖非唐代實際情況，然較之魏晉六朝，選本數量明顯增加。不惟如此，誠如張伯偉所云：「從現存的唐人選本來看，大多寓有文學批評的意義」〔註30〕，孫桂平《唐人選唐詩研究》亦云：「多數唐代唐詩選本都具有詩學自覺意識」〔註31〕，可知，唐人選唐詩在當代詩選的發展上，無論質、量，應已有著相當程度的轉變。

其中，殷璠（開元時人）《河嶽英靈集》、高仲武（貞元時人）《中興間氣集》尤其值得關注。傅璇琮有云：

在唐代，選錄能代表一定詩風的作品，選者又具有一定詩歌發展眼光的，應當說要算是《中興間氣集》和它的前行

《中國古典文學叢考》（上海：復旦大學出版社，1985年），第一輯，頁354。

〔註27〕陳尚君〈唐人編選詩歌總集敘錄〉一文，整理唐人編詩歌總集 137 種，分通代詩選、斷代詩選（唐人選唐詩）、詩文合選、詩句選集、唱和集、送別集、家集七類，並有待考存目 51 種。其中，斷代詩選（唐人選唐詩），計有 47 種。參見陳尚君：〈唐人編選詩歌總集敘錄〉，收於氏著：《唐代文學叢考》（北京：中國社會科學出版社，1997年），頁184。

〔註28〕〔唐〕元結、殷璠等選；中華書局上海編輯所編：《唐人選唐詩（十種）》（上海：中華書局，1960年）。

〔註29〕傅璇琮：《唐人選唐詩新編》（臺北：文史哲出版社，1999年）。

〔註30〕張伯偉：《中國古代文學批評方法研究》，頁291。

〔註31〕孫桂平：《唐人選唐詩研究》（北京：中國社會科學出版社，2012年），頁63。

者《河嶽英靈集》了。〔註32〕

兩部選本頗見沿襲，除了卷次相彷，選錄時間「也似乎有意按時間順
序接續」〔註33〕，且同樣流露出對當代詩歌的關注。比方殷璠在序文
中對《昭明文選》以後的選本表達不滿，以為「致令眾口銷鑠，為知
音所痛」。進而慨述武德至開元年間詩歌的演變，發「願刪略群才，
贊聖朝之美」〔註34〕之語。高仲武省察《文選》以後的諸部唐選，亦
曰：

> 暨乎梁昭明載述已往，撰集者數家，推其風流，《正聲》最
> 備，其餘著錄，或未至焉。何者？《英華》失於浮遊，《玉
> 臺》陷於淫靡，《珠英》但紀朝士，《丹陽》止錄吳人。此
> 由曲學專門，何暇兼包眾善。〔註35〕

高氏認為除了〔唐〕孫季良《正聲集》最為完備，其餘則各有所缺。
在選詩內涵上，僧慧淨《續詩苑英華》、李康成《玉臺後集》〔註36〕

〔註32〕傅璇琮：《唐人選唐詩新編》，頁 452。
〔註33〕傅璇琮：《唐人選唐詩新編》，頁 452。張伯偉亦稱：「二書同為兩卷，
　　　　同以五言詩為主，同在人名之下繫以評論，而在選詩的時間起迄上，
　　　　兩者也正相銜接，顯然高氏含有續選之意。」參見氏著：《中國古代
　　　　文學批評方法研究》，頁 295。
〔註34〕殷璠〈河嶽英靈集序〉：「自蕭氏以還，尤增矯飾。武德初，微波尚
　　　　在。貞觀末，標格漸高。景雲中，頗通遠調。開元十五年後，聲律
　　　　風骨始備矣。實由主上惡華好朴，去偽從真，使海內詞場，翕然尊
　　　　古，南風周雅，稱闡今日。璠不揆，竊嘗好事，願刪略群才，贊聖
　　　　朝之美，爰因退跡，得遂宿心。」〔唐〕殷璠〈河嶽英靈集序〉，收
　　　　於傅璇琮：《唐人選唐詩新編》，頁 107。
〔註35〕高仲武：〈中興間氣集序〉，收於傅璇琮：《唐人選唐詩新編》，頁 456。
〔註36〕關於引文所指《英華》、《玉臺》，或以為乃蕭統、劉孝綽《詩苑英華》、
　　　　徐陵《玉臺新詠》，如王運熙：〈高仲武《中興間氣集》述評〉，《學
　　　　術研究》（1990 年），第 4 期，頁 65、呂光華：《今存十種唐人選唐
　　　　詩考》（永和：花木蘭文化工作坊，2005 年），頁 103；或以為係〔唐〕
　　　　僧慧淨《續詩苑英華》、李康成《玉臺後集》，如孫桂平《唐人選唐
　　　　詩研究》，頁 88。傅璇琮雖未明指，然嘗謂：「當是指序中所舉的在
　　　　他之前的幾種唐詩選本」，其立場應與孫說為近。參見傅璇琮：《唐
　　　　人選唐詩新編》，頁 451。本文考量高仲武所述，既是針對蕭統《昭
　　　　明文選》以後的選集，應不致再就蕭統另一作品論評，且高氏先謂
　　　　唐代選集《正聲集》為備，又將《英華》、《玉臺》與《珠英學士集》、

有浮遊、淫靡之失〔註37〕；選詩取材上，崔融《珠英學士集》限於宮中朝臣、殷璠《丹陽集》則囿於吳地（潤州郡）文人。鑑於前選之弊，由是引發了他的編纂動機。

　　姑不論高氏之說是否公允，可以注意到的是，《中興間氣集》約纂於德宗貞元年間，此前的唐詩選集或以續集形式爲編，承繼魏晉六朝詩選；或就特定人選、地域詩歌爲輯，另作發揮。詩選類型所呈現的多種風貌，無疑爲爾後的當代詩選提供了借鑑，而唐詩選本的開展，亦間接反映出唐詩的蓬勃。在此盛景之下，無怪乎高氏「有著更爲自覺的詩選理論意識」〔註38〕，期望能夠「兼包眾善」。

　　又，透過高仲武對《正聲集》的肯定，這部「第一個把唐代詩歌作爲獨立的發展階段」〔註39〕來看待的選本，它以初唐爲斷，未與前朝詩合編，「力圖反映初唐詩的全貌」〔註40〕。雖說該書已佚，無由

　　　《丹陽集》並陳，各言其弊，所述顯然是就唐代詩選而論。是以，
　　　今從傅璇琮、孫桂平說。
〔註37〕李康成《玉臺後集》延續《玉臺新詠》，收梁末至唐同類詩作，高仲武
　　　謂其「陷於淫靡」，殆可推知其故。而《續詩苑英華》之「失於浮遊」，
　　　傅璇琮、盧燕新以爲該作在選詩上兼重聲律詞采與思想內容，故謂高
　　　仲武所論係乃一家之言。參見傅璇琮、盧燕新：〈《續詩苑英華》考論〉，
　　　《文學遺產》（2008 年），第 3 期，頁 41～43。筆者以爲高仲武所論固
　　　然可能未見公允，然假定《續詩苑英華》非僅續詩，亦有刪減《詩苑
　　　英華》詩作之舉，所刪是否能對應其選詩主張？又高氏選詩強調「體
　　　狀風雅，理致清新」，是否構成了他對《詩苑英華》「并作多麗」（蕭統
　　　〈答湘東王書〉）的疑慮，以致對續作有「失於浮遊」的想法？似乎都
　　　還有討論的空間，唯《續詩苑英華》非本節討論重點，故謹志於此。
〔註38〕孫桂平提到：「高仲武對諸多本朝詩歌選本進行過精心研究，並將心
　　　得匯融於《中興間氣集》的編選過程。從這一點看，高仲武較之前
　　　代選家，有著更爲自覺的詩選理論意識。」見氏著：《唐人選唐詩研
　　　究》，頁 88。
〔註39〕李珍華、傅璇琮〈唐人選唐詩與《河嶽英靈集》〉：「孫翌（即孫季良）
　　　編《正聲集》，第一個把唐代詩歌作爲獨立的發展階段，而不是以前的
　　　一些選本那樣把初唐詩附麗於六朝之後，這是一個大功績。」見李珍
　　　華、傅璇琮：《河嶽英靈集研究》（北京：新華書店，1992 年），頁 14。
〔註40〕李珍華、傅璇琮〈唐人選唐詩與《河嶽英靈集》〉：「陳子昂詩的風格
　　　與劉希夷不同，但都同樣選入《正聲集》，可見孫翌（即孫季良）是

確知這是否即是它被高氏看重的原因，但由高氏對諸家選本的批評──續集之作、取材限制，隱約表明他對唐詩選本的關心，更在意的是能夠反映唐人創作全貌，呈現唐詩自身價值的作品，如同他編纂《中興間氣集》，意在突顯肅宗、代宗以來，詩壇創作「國風雅頌，蔚然復興」〔註41〕之況，故名之爲「中興」一般。

是知，殷、高兩人同樣正視當代詩歌的價值，留意其演變過程，已然「具有一定的詩歌發展眼光」。

更重要的是，他們在選本中清楚表達了自身的選詩主張。如殷璠〈河嶽英靈集・序論〉謂：「今之所集，頗異諸家，既閑新聲，復曉古體，文質半取，風騷兩挾」〔註42〕；高仲武〈中興間氣集序〉則云：「但使體狀風雅，理致清新，觀者易心，聽者竦耳，則朝野通取，格律兼收」〔註43〕。兩部選本對選錄詩歌之形式與內涵兼有所重，而高氏強調「朝野通取」的立場，更展現了他力求全面搜羅唐詩佳作的企圖。

同時，在體例上，兩部選本對入選詩家均加以品藻，附於名下，並摘錄詩句以明。就此，張伯偉嘗指出：「從選本的發展來看，殷璠的最大貢獻，是將《詩品》對詩人的評論方式移到選本中的作者名下，並且吸納了南朝宋齊以來『摘句褒貶』的方式」，而高仲武《中興間氣集》以殷璠爲樣本，「更爲重視摘句法的運用，列舉的佳句更多」

力圖反映初唐詩的全貌的，因而爲後來的詩選家所推重。」見李珍華、傅璇琮：《河嶽英靈集研究》，頁14。

〔註41〕高仲武〈中興間氣集序〉：「唐興一百七十載，屬方隅畔渙，戎事紛綸，業文之人，述作中廢。粵若肅宗、先帝，以殷憂啓聖，反正中原。伏惟皇帝，以出震繼明，保安區宇，國風雅頌，蔚然復興，所謂文明御時，上以化下者也。仲武不揆菲陋，輒罄謏聞，博訪詞林，採察謠俗。……略敘品彙人倫，命曰《中興間氣集》。」〔唐〕高仲武〈中興間氣集序〉，收於傅璇琮：《唐人選唐詩新編》，頁456。

〔註42〕〔唐〕殷璠〈河嶽英靈集序〉，收於傅璇琮：《唐人選唐詩新編》，頁107。

〔註43〕〔唐〕高仲武〈中興間氣集序〉，收於傅璇琮：《唐人選唐詩新編》，頁456。

〔註44〕。除了表明兩部選本的承襲關係〔註45〕，亦突顯唐詩選家已能在序言之外，進一步透過評選形式——品題、摘句，更爲具體地陳述自身的詩學主張，展現選集的批評功能〔註46〕。顯示，選錄唐詩範式才是他們的編輯重點，爲此他們將審愼選詩，力求客觀公允，對詩歌加以鑑賞、品評，不爲權勢所控，抑或取媚世俗〔註47〕。〔明〕汪先岸（萬曆、崇禎時人）〈休陽詩雋序〉論唐之六集——《篋中集》、《國秀集》、《搜玉小集》、《河嶽英靈集》、《中興間氣集》，亦嘗曰：

> 唐人之衡唐詩也，不無以意爲進退，要之進退乎詩，非進
> 退乎人。〔註48〕

汪氏認爲唐人選詩，難免以己意爲進退，有選者個人之好惡，然著眼點主要在於對詩歌的認定而非詩家。又，據汪氏所述選本，編纂時間最晚者係《中興間氣集》，可知，在高仲武之前，唐代選家應已嘗試在評選中表達自己的詩歌意見，即使未必如《河嶽英靈集》的突出與明確〔註49〕。

因此，相較於前代選本，抑或《玉臺新詠》的特定選材，唐人選

〔註44〕張伯偉：《中國古代文學批評方法研究》，頁 294～295。

〔註45〕《四庫全書總目》論《中興間氣集》，即云：「姓氏下各有品題，拈其警句，如《河嶽英靈集》例。」〔清〕永瑢等撰：《四庫全書總目提要》，總集類 1，卷 186，頁 89。

〔註46〕張伯偉指出：「從選本的發展來看，在唐代特別值得重視的是將評語和選詩結合在一起。其形式可能從殷璠開始，這一創體也較好地體現了選集的批評功能。」見氏著：《中國古代文學批評方法研究》，頁 293。

〔註47〕如殷璠〈河嶽英靈集序〉：「如名不副實，才不合道，縱權壓梁、竇，終無取焉。」收於傅璇琮：《唐人選唐詩新編》，頁 107、高仲武〈中興間氣集序〉：「古之作者，因事造端，敷弘體要，立義以全其制，因文以寄其心，著王政之興衰，國風之善否，豈其苟悅權右，取媚薄俗哉！今之所收，殆革前弊。」收於傅璇琮：《唐人選唐詩新編》，頁 456。

〔註48〕〔明〕汪先岸：〈休陽詩雋序〉，見〔明〕汪先岸編：《休陽詩雋》（明天啓 4 年（1624）休陽汪氏原刊本），頁 4～5。

〔註49〕李珍華、傅璇琮〈唐人選唐詩與《河嶽英靈集》〉：「唐代的評論家是很重視詩歌的評選的，而且比較自覺地通過評選表達各自的文學主張和審美意向。……但比較起來，《河嶽英靈集》最爲突出。」收於李珍華、傅璇琮：《河嶽英靈集研究》，頁 30。

唐詩在選本發展上的意義，儼然不僅是對當代詩歌的亟為重視，亦是他們更為自覺地通過評選來表述詩學理念。諸如對前選進行檢視、省察，試圖表述詩歌主張，甚或是結合選詩與評語的編選形式。其中，殷璠《河嶽英靈集》、高仲武《中興間氣集》尤為具體例證，明顯為往後的當代詩選提供了實際範式。

在明人論著中，已不時針對唐人選詩進行評述〔註50〕。明人選明詩之序跋、凡例，尤不乏引述唐詩選本、仿效其體例之語。可知，唐人選唐詩應是明人熟悉，且好為取樣的選本對象〔註51〕。如李維楨（1547～1626）〈盛明百家詩選序〉謂：

> 唐人選本朝詩，高自標幟，曰《河嶽英靈》、《中興間氣》，而卓然命代如杜工部者不見收，所收亦若武庫兵仗，利鈍糅雜矣。（華淑《明詩選》頁1，總頁碼5）

李氏藉評述《河嶽英靈集》、《中興間氣集》之未錄杜詩、選詩上的雜

〔註50〕如〔明〕胡震亨《唐音癸籤》嘗就唐人選唐詩之內涵，分為前代選、選初、盛、中唐等，並總述唐人選唐詩如《河嶽英靈集》、《中興間氣集》、《極玄集》等之選本價值，云：「唐人自選一代詩，其鑒裁亦往往不同。……凡撰述愜人意，必久傳，他選亡佚有間，此數選獨行世，可推已。」〔明〕胡震亨：《唐音癸籤》，收於《景印文淵閣四庫全書》（臺北：臺灣商務印書館，1986年），第1482冊，卷31，集錄2，頁709～710、許學夷《詩源辯體》於《搜玉集》、《國秀集》、《河嶽英靈集》、《中興間氣集》、《御覽集》、《極玄集》、《才調集》等，不僅各有所論，又嘗總述唐人選唐詩之缺，謂：「唐人選詩與今人論詩，相背而相失之。……今搜玉、英靈所采，皆六朝之餘，而籄中又遺近體，此唐人選詩之失也。」由唐人選詩之失，回觀明人論詩之見。〔明〕許學夷著：杜維沫校點：《詩源辯體》（北京：人民文學出版社，1998年），卷36，頁354～358。胡應麟《詩藪》論唐人選唐詩對李、杜詩的選錄，亦云：「河嶽英靈不取拾遺，間氣、極玄兼遺供奉，宋人謂必有意，非也。英靈集於天寶，杜詩或未盛行。間氣俱中唐，姚大半晚唐，惟國秀盛唐頗備而不及二公。」見氏著：《詩藪》，外編卷三，唐上，頁158。

〔註51〕孫桂平認為「唐人選唐詩」的概念在元、明時期定型，強調「明代的唐詩學者已經大致確定了『唐人選唐詩』的文獻基礎，並已經將『唐人選唐詩』當作一個對象加以研究，而且取得了值得稱道的成績。」參見氏著：《唐人選唐詩研究》，頁6～9。

揉優劣，稱揚華淑《明詩選》在選詩上的完備，以爲「可稱極一時之選矣」（華淑《明詩選》頁3，總頁碼6）。

又或，顧起綸（1517～1587）《國雅》凡例，直云：「言準姚極玄、殷英靈二集例也」，認爲古今詩體「正變雖殊，理趣頗合」（頁1），於是體例依從姚合（781～？）《極玄集》、殷璠《河嶽英靈集》，卷次不分詩體，採以人繫詩之形式。至若其它明人選明詩，雖未明言所承，但以人繫詩之選本，明初至明末皆有，顯示此一形式在當時應已爲常例。

包括，前述所論殷璠《河嶽英靈集》、高仲武《中興間氣集》之品藻詩家、摘句褒貶。發展到明代，舉凡明詩選本附有詩家評論者，幾乎繫於詩家名下〔註52〕，唯內容多半轉爲對詩家總體詩風的評述。而摘句褒貶，顧起綸《國雅》置有《國雅品》一卷，品評詩家每每採用摘句法。如評薛蕙（1489～1541），云：

> 七歲能文，弱年擅藝，大爲儀封王公判亳時所奇。文徵仲評其詩云：「古風追躅漢魏，近體有王、孟風。」唐應德云：「薛從瞿老書來，得虛靜語。」余讀其集，古體如〈江南曲〉、〈從軍行〉甚佳；近體如〈詠燭〉云：「珠簾照不隔，羅幌映疑空。」又：「餘花飄近渚，眾鳥喧深竹」、「征鳥不返顧，浮雲相背馳」、「渚花藏笑語，沙鳥亂歌聲」、「翠帷低舞燕，錦薦踏驚鴻」、「飛蓬來曠野，吸木響空林」，並是警句。辟之馬飾金羈，連翩蹀躞，穩步康莊，了無蹄躇之跡。王元美云：「如倩女臨池，踈花獨笑。」特言其秀拔處。〔註53〕

顧氏摘錄詩歌警句，體例明顯有承，《四庫全書總目》即云：「首列品目一卷。仿鍾嶸《詩品》、殷璠《河嶽英靈集》、高仲武《中興間氣集》例」〔註54〕。不同的是，除了摘句，顧氏更多方引述他人論

〔註52〕 如：李騰鵬《皇明詩統》、署名陳繼儒《國朝名公詩選》、陳子龍、李雯、宋徵輿等《皇明詩選》。
〔註53〕 顧起綸：《國雅品》（明萬曆元年（1573）勾吳顧氏奇字齋刊本），頁20。
〔註54〕 〔清〕永瑢等撰：《四庫全書總目提要》，收於王雲五主編：《萬有文

見，藉以闡發，以為己論佐證。

　　此外，高仲武《中興間氣集》對前選之弊的糾舉、反省，在明代明詩選本中，同樣有所延續，如顧起綸《國雅》、盧純學（隆慶時人）《明詩正聲》、李騰鵬《皇明詩統》都曾在序文中針對當代詩選表達意見，且論述更詳，能就選詩的時間、詩體、地域、分類，逐一進行評述〔註55〕。

　　是知，唐人選唐詩對爾後詩選的影響，唐人對當代詩選的自覺意識，顯然是不可忽略的部分。以明人選明詩來看，明人所以能快速留意到編選可能引發的效應、需要面臨問題為何？包括，可以更為審慎地進行詩歌的編纂，進以思索選者應當具備的能力有哪些？唐代選家對當代詩歌、詩選發展的關注、透過編纂形式具體表述詩歌主張等，隱然都成為了背後推力。亦即，當明人發出「選詩難」或者「選今人詩難」的體悟時，並非突如其來，乃是由唐人選唐詩所帶來的，進一步對選詩理論、內涵的省察。延伸而來，往後宋、元人對唐詩的輯錄，也就跟著一併納入了明人詩選的視域，成為了他們編選時的參考依據，比方〔元〕楊士宏《唐音》對明人選明詩的影響〔註56〕。

三、宋、元人選宋、元詩：選本型態的拓展

　　關於宋人選宋詩，據祝尚書《宋人總集敘錄》的整理，現存宋人總集約八十餘種〔註57〕。其中，當代詩選（含古今兼選）有近三十種之多，且大多出自南宋。恰如卞東波所云：

> 到了宋代特別是南宋時期，文學選本尤其是詩歌選本數量眾多，宋人不但熱衷於編選唐詩選本，而且也樂於編纂本朝人的詩選，且比唐人選唐詩又有進一步發展。〔註58〕

庫簡編》，第 5 冊，總集類存目 2，卷 192，頁 30。
〔註55〕參見第四章第二節〈編選動機與目的〉。
〔註56〕參見第四章第三節〈編選型態〉──編選體例。
〔註57〕祝尚書：《宋人總集敘錄》（北京：中華書局，2004 年）。
〔註58〕卞東波：《南宋詩選與宋代詩學考論》（北京：中華書局，2009 年）。

亦即，時至南宋，宋代詩選有了明顯的拓展。宋人樂於編纂當代詩歌，尤其突顯著他們對宋詩發展、價值的思考，已愈發頻繁、密切，無形中提升、確立了宋詩的地位〔註59〕。

綜觀宋人選宋詩之發展，依目前可考知之宋詩選本〔註60〕，可分編選類型、體例兩部分以爲討論：

（一）編選類型

宋人選宋詩之編選類型，依北宋、南宋之發展情形〔註61〕，茲分以下兩點爲敘：

第一、北宋的當代詩選，主要爲唱和、酬答詩集：

如李昉（925～996）《二李唱和集》、楊億（974～1020）《西崑酬唱集》、王溥（922～982）《翰林酬唱集》、蘇易簡（958～997）《禁林宴會集》等，均爲唱和、酬答詩集，其「選」的性質相對不彰。其中，《西崑酬唱集》影響當時詩風甚鉅，歐陽脩（1007～1072）《六一詩話》嘗云：「西崑集行，後進學者爭效之，風雅一變，謂西崑體。」

〔註59〕卞東波指出：「北宋詩歌選本主要以唐詩選本爲主，沒有本朝人選本朝人的詩選，這說明北宋人意識中還沒有在詩史上將宋詩與唐詩並駕齊驅。」並強調南宋詩歌選本實「反映了宋詩在中國詩史中地位的上升與確立」。雖說北宋是否確無本朝人選本朝人之詩選，尚待商榷，然由南宋時期本朝詩選數量之眾，適足反映較之北宋，南宋選家對當代詩歌價值之思考，已然更爲密切，這對宋詩地位的提升、確立，無疑有其助益。卞氏說法，參見氏著：《南宋詩選與宋代詩學考論》，頁13。

〔註60〕宋人詩選主要見祝尚書《宋人總集敘錄》，旁及其它整理宋代總集之資料，如卞東波〈《宋人總集敘錄》補遺〉，收於氏著《南宋詩選與宋代詩學考論》、林日波〈《宋人總集敘錄》續補（一）〉，《聊城大學學報》（社會科學版）（2009年），第4期，頁14～18、林日波〈《宋人總集敘錄》續補（二）〉，《聊城大學學報》（社會科學版）（2010年），第5期，頁94～98、卞東波〈宋代詩歌總集新考〉，《中國韻文學刊》（2013年4月），第27卷，第2期，頁79～83等。

〔註61〕本文主要著眼宋詩選集編選類型之發展，分北宋、南宋爲敘。關於宋詩總集之類型，另可見王友勝：〈宋編宋詩總集類型論〉，《贛南師範學院學報》（2015年），第1期，頁65～71。

〔註62〕觀是集之成，原爲楊億「佐修書之任，得接群公之遊」〔註63〕，彼此更迭唱和成集之詩選，後竟得引爲一時風尚，衍出流派，有「西崑體」之名。這對於往後的宋人詩選，不時有以詩歌流派之作爲輯，藉以張大其勢，隱然產生了前導性的示範作用。祝尙書論總集之發展，即云：

> 由於編選者有他自己的擇錄標準，故容易形成流派，或爲某一流派推波助瀾。這在宋代尤爲明顯：『西崑派』以《西崑酬唱集》而得名，「江西派」因《江西宗派詩集》而再興，「江湖派」靠《江湖集》及其多種續編本形成陣勢，理學派以《文章正宗》、《詩準‧詩翼》、《濂洛風雅》劃定軫域，等等。〔註64〕

換言之，在選者特意的擇錄下，選集可能成爲某一流派的註腳，爲之發揮一定的影響力，無論所選是否有形塑流派的意圖。在宋代，這種情況之所以明顯，北宋的唱和、酬答集——《西崑酬唱集》，顯然提供了成功的範例〔註65〕。其後，南宋諸多詩歌流派之選集，如《江西宗派詩集》、《江湖集》、《濂洛風雅》等，或許即在這樣的模式中，汲取了經驗。

　　另外，時間稍早於《西崑酬唱集》〔註66〕，陳充（944～1013）《九僧詩集》，收有九僧相互酬唱之作。即〔宋〕歐陽脩《六一詩話》

〔註62〕〔宋〕歐陽脩：《六一詩話》，收於《景印文淵閣四庫全書》（臺北：臺灣商務印書館，1986 年），第 1278 冊，頁 249。

〔註63〕〔宋〕楊億編；徐幹校：《西崑酬唱集》（臺北：廣文書局，1982 年）。

〔註64〕祝尙書：《宋人總集敍錄》，頁 3。

〔註65〕北宋其它唱和選集與所衍生之流派，可參看李正明、錢建狀：〈「宋人選宋詩」與宋詩體派〉，《佳木斯大學社會科學學報》（2009 年 12 月），第 27 卷，第 6 期，頁 74～76。

〔註66〕依〔宋〕陳振孫《直齋書錄解題‧九僧詩》：「景德元年直昭文館陳克（案：文獻通考作陳充）序。」是作約編於景德元年前後，而楊億〈西崑酬唱集序〉謂其任修書之職，乃於景德中，故可推知《九僧詩集》之編纂早於《西崑酬唱集》。〔宋〕陳振孫：《直齋書錄解題》，收於《景印文淵閣四庫全書》（臺北：臺灣商務印書館，1984 年），第 674 冊，卷 15，頁 786。

所稱：「國朝浮圖以詩名於世者九人，故時有集，號九僧詩。」〔註67〕
元初方回（1227～1307）〈送羅壽可詩序〉論宋初詩歌，更有「晚唐
體則九僧最逼真」〔註68〕之語，引爲宋初晚唐體之流。渠等詩作因集
而顯，衍爲體派的情況，殆與《西崑酬唱集》相類。

不同的是，編纂者陳充不在唱和之列，但以好事爲輯，且九僧詩
作並未盡收，選編之意顯得強烈。包括，作爲特定人士的選集，此前
未嘗出現僧詩群的當代詩選，實可謂是北宋詩選上的新開拓。時至南
宋，陳起（？～1256）編有《增廣聖宋高僧詩選》，前集一卷便爲九
僧詩〔註69〕，可見影響之跡〔註70〕。又或晚宋孔汝霖編；蕭澥（淳祐
時人）校正之《中興禪林風月集》，全書三卷，選有兩宋共計六十三
家詩僧五、七言絕句〔註71〕。除了再次對應宋代僧詩創作之活躍，亦
也表示僧詩選的編纂在宋代已有一定的發展，適爲往後之僧詩選奠定
根基。

第二、南宋的當代詩選，編選類型紛呈、多元：

相較於北宋，南宋詩選的類型更顯多樣。除了酬答、唱和詩集
持續有作，出現了一堆詩社、流派等特定人士的選集外，特定詩體、
題材，或者明顯具有地域性色彩的詩歌選集亦見〔註72〕。大抵而

〔註67〕〔宋〕歐陽脩：《六一詩話》，收於《景印文淵閣四庫全書》，第1278
　　　冊，頁249。

〔註68〕〔元〕方回：《桐江續集》，收於《景印文淵閣四庫全書》（臺北：臺
　　　灣商務印書館，1985年），第1193冊，卷32，頁662。

〔註69〕〔清〕瞿鏞《鐵琴銅劍樓藏書目錄·增廣聖宋高僧詩選》：「題錢唐
　　　陳起編，無序跋。其前集一卷，即九僧詩也。」見氏著：《鐵琴銅劍
　　　樓藏書目錄》，收於章力編：《古書題跋叢刊》（北京：學苑出版社，
　　　2009年），第13冊，卷23，頁487。

〔註70〕關於《九僧詩集》之輯錄傳衍，可參見吉廣興：《宋初九僧詩研究》（高
　　　雄：國立高雄師範大學國文研究所博士論文，2001年），頁26～34。

〔註71〕關於《中興禪林風月集》之成書、選詩情況，可參張如安、傅璇琮：〈日
　　　藏稀見漢籍《中興禪林風月集》及其文獻價值〉，《文獻》（2004年），
　　　第4期，頁30～52；卞東波：《南宋詩選與宋代詩學考論》，頁78～98。

〔註72〕特定題材：如孫紹遠（淳熙時人）《聲畫集》選唐、宋人題畫詩、蒲
　　　積中（紹興時人）《古今歲時雜詠》專收吟詠歲時節令之作、龍溪（乾

言，這些選本多半兼選古今詩歌，並以合選唐宋的情況爲多，間接
反映出宋人對唐詩的關注，暗示著宋人已嘗試思辨二者間的成就表
現。意即當選者將宋詩與唐詩並觀，多少摻拌著對宋詩的肯定，係
有意地在提升宋詩的地位。如吳說（高宗時人）《古今絕句》但采
杜甫、王安石詩，然所選尤以王詩爲多。〔清〕瞿鏞（1794～1846）
《鐵琴銅劍樓藏書目錄》即云：「吳氏編此，是有意推崇荊公，而以
杜陵配之也。」〔註73〕又或蔡正孫（1239～？）《唐宋千家聯珠詩格》
〔註74〕、舊題劉克莊編《分門纂類唐宋時賢千家詩選》〔註75〕，兩
部選本名直以唐宋爲稱，但所錄詩歌實以宋人爲多。即便選詩有時
間遠近、取材難易之別，然由選詩比例上的懸殊，仍不難看出宋人
對宋詩價值的亟於認可。

　　另外，無有特定取材、分類，純粹收錄宋代詩歌的選集亦陸續
有見，如曾慥（？～1155）《皇宋百家詩選》、陳起《中興群公吟稿》、

道時人）《重廣草木魚蟲雜詠詩集》增補家求仁《草木蟲魚詩》，唐
宋人詩凡詠物者皆錄，效歲時雜詠例等。特定詩體：如吳說（高宗
時人）《古今絕句》錄杜甫、王安石絕句詩、方回（1227～1307）《瀛
奎律髓》收唐宋人律詩、蔡正孫（大德時人）《精選唐宋千家聯珠詩
格》，在于濟《詩格》基礎上擴編而成，選有唐宋人七絕等。至於具
地域性色彩的詩歌選本，如龔昱（嘉定時人）《崑山雜詠》裒集唐、
宋人歌詠崑山名勝物產之作、《天臺集》（包含前集、前集別編、續
集、續集別編）輯唐以前至宋南渡後天臺題詠之作。
〔註73〕〔清〕瞿鏞：《鐵琴銅劍樓藏書目錄・古今絕句》，收於章力編：《古
書題跋叢刊》，第13冊，卷23，頁482。
〔註74〕卞東波嘗云：「據我統計，《聯珠詩格》共選一百一十三位唐代詩人，
而選宋代詩人則多達四百三十位，幾爲唐詩人四倍。……總而言之，
蔡正孫已經認識到唐詩與宋詩的差異，雖然他並沒有講兩者區分上
下，而將唐宋詩並稱，但實際上提升了宋詩的地位。蔡正孫多選宋詩，
反映了他更重視宋詩。」見氏著：《南宋詩選與宋代詩學考論》，頁218
～219。
〔註75〕據祝尚書、蔡瑜的考證，是書非劉克莊編殆已無疑，今姑以舊題劉
克莊爲誌。又據蔡瑜所考，該書「所選詩人實以宋人爲主，遠超過
唐人之數」。祝尚書：《宋人總集敘錄》，頁348～350、蔡瑜：《宋代
唐詩學》（臺北：國立臺灣大學中國文學研究所博士論文，1990年6
月），頁447～448。

佚名《詩家鼎臠》等。其中，曾慥《皇宋百家詩選》彷王安石（1021～1086）《唐百家詩選》，所錄「去取任一己之見」〔註76〕，不乏毀譽。然全書五十餘卷，收錄兩百多名北宋詩家之作，兼附詩人小序、詩作評論，呈現宋詩風貌，「不可謂無功」〔註77〕，堪見曾慥對宋詩價值的肯定〔註78〕。而陳起《中興群公吟稿》（今僅存戊集殘卷），據《皕宋樓藏書志》所載，全書原有四十八卷，收一百五十三家〔註79〕，卷帙龐大。相較於唐人選唐詩大多不超過五卷，宋人編纂當代詩歌之著力，可見一斑。

至於《詩家鼎臠》，總計兩卷，錄有九十六位詩家，共一百七十九首詩。體製雖不大，唯《四庫全書總目》有云：「所存詩多者十餘首，少者僅一二首，蓋取嘗鼎一臠之意。」〔註80〕是知，精選宋詩代表作，或許正是選者編輯的用意。而倦叟〈詩家鼎臠序〉稱：「宋季江湖詩派，以尤、楊、范、陸爲大家，茲選均不及。……諸人姓名有他書別無可考、獨見之此編者，存以徵晚宋故實也。」〔註81〕可見《詩家鼎臠》並未盡收大家，它存錄了一些「別無可考」的詩人，在選錄上多少有補遺的成分，也突顯出選者不同的眼光與識見，提供了編纂當代詩選的另一種思維。宋、元之際，劉壎《詩苑眾芳》

〔註76〕〔宋〕周煇：《清波雜志》，收於《景印文淵閣四庫全書》（臺北：臺灣商務印書館，1985年），第1039冊，卷8，頁59。

〔註77〕〔元〕張德輝〈中州集後序〉，見〔金〕元好問：《中州集》（明末虞山毛氏汲古閣刊本）。

〔註78〕卞東波指出：「作爲一部選本，《宋百家詩選》是第一部宋人選宋詩之作，雖然他只是模仿王安石《唐百家詩選》，但它的出現標誌了宋人對宋詩價值的肯定及宋詩風貌形成的確認，也表現了宋人對宋詩不同於唐詩的自信。」見氏著：《南宋詩選與宋代詩學考論》，頁53。

〔註79〕〔清〕陸心源：《皕宋樓藏書志》，收於韋力編：《古書題跋叢刊》，第22冊，卷114，頁333。

〔註80〕〔清〕永瑢等撰：《四庫全書總目提要》，收於王雲五主編：《萬有文庫簡編》，第5冊，總集類2，卷187，頁24。

〔註81〕見〔宋〕佚名：《詩家鼎臠》，收於《景印文淵閣四庫全書》（臺北：臺灣商務印書館，1986年），第1362冊，頁2。

選錄詩歌，「一人之詩多不過十首，少或一二首」〔註82〕，選收詩人未必名家，或許正是受到了《詩家鼎臠》影響〔註83〕。乃若〔明〕華淑《明詩選最》依詩體分卷，各體裁選錄詩人之詩數，最多不過九首，大多一、二首。陳繼儒（1558〜1639）爲序，有云：

> 曰：盍不具存之而以選爲？聞修曰：卷複帙重，不易流通，
> 一臠嘗鼎，寸雲成霖足矣。（頁2）

可知，華淑爲求流通之易，但選菁華之作，以爲「一臠嘗鼎」、「寸雲成霖」，此與《詩家鼎臠》不無異曲同工之妙。足見，當選本發展到一定階段，當代詩選既見巨帙、名家之選，求諸菁華本、不以大家爲尚的編纂形式，亦將應運而生，呈現出不同的編纂訴求，而由宋人之選詩，即可見其端倪。

（二）編選體例

　　總的來看，不光是選本類型，宋人選宋詩在編選體例上亦見拓展。張伯偉曾云：

> 選本發展到宋代，從體制上看已經到達極致，成爲一種包
> 容性最強的文學批評形式。摘句、詩格、詩話、評點，幾
> 乎都可以在選本中得到包容。〔註84〕

其中，摘句、詩格論詩在唐人手裡已有發揮〔註85〕，宋人則進一步將這些元素，搭配宋人詩話、評點形式〔註86〕，融合到選本的體系

〔註82〕〔清〕阮元（1764〜1849）：《揅經室外集》，收於清代詩文集彙編編
　　　　纂委員會編：《清代詩文集彙編》（上海：上海古籍出版社，2010年），
　　　　第477冊，卷3，頁838。
〔註83〕《詩家鼎臠》與《詩苑眾芳》之聯繫，可參見王友勝：〈《詩家鼎臠》
　　　　的文獻價值述評〉，收於氏著：《唐宋詩史論》（上海：上海古籍出版
　　　　社，2006年），頁280、卞東波：《南宋詩選與宋代詩學考論》，頁76。
〔註84〕張伯偉：《中國古代文學批評方法研究》，頁291。
〔註85〕參見張伯偉：《中國古代文學批評方法研究》，第二章摘句論、第三
　　　　章詩格論。
〔註86〕詩話、評點之淵源，雖可溯及宋代以前，但嚴格來看，詩話之體，
　　　　一般以歐陽脩《六一詩話》爲首創，而評點，尤其是點抹、圈點等
　　　　專用形式，殆至南宋以後，始有明確發展。相關論述可參蔡鎮楚：《中

中來。這種包容性，在北宋的當代詩選中，還沒有太多的發揮〔註87〕。南宋時期，曾慥《皇宋百家詩選》附有詩人小傳，卞東波指出：「這些小傳不但有傳而且有評，從中國詩歌選本史來看，這也是曾慥的創新」〔註88〕，係宋詩選本兼有詩話之例。而將摘句、詩格、詩話、評點等囊括於選本，宋、元之際方回（1227～1307）《瀛奎律髓》，殊為典型，充分展現了宋詩選本的包容性〔註89〕。

而除了廣納批評形式，透過《瀛奎律髓》，還可以發現宋代詩選在編選體例上的一些開拓：

第一、詩歌依題材分類：

《瀛奎律髓》分詩歌為四十九類，若溯其源，《昭明文選》已開其例。其後，唐人選唐詩，佚名《搜玉小集》雖未明言體例，然其詩歌排序，余嘉錫（1884～1955）《四庫提要辨證》以為皆「以類相從，先後次序，莫不有意」〔註90〕。是則，《搜玉小集》或為現存最早分門纂類之詩選本〔註91〕。到了宋代，除了特定題材的選本相繼出現，如孫紹遠（淳熙時人）《聲畫集》、蒲積中（紹興時人）《古今歲時雜

國詩話史》（長沙：湖南文藝出版社，1988年），頁37～49、孫琴安《中國評點文學史》（上海：新華書店，1999年），頁81～84。

〔註87〕如楊億《西崑酬唱集》、陳充《九僧詩集》但採以人繫詩，並未見摘句、詩格、詩話、評點之批評形式。

〔註88〕見卞東波：《南宋詩選與宋代詩學考論》，頁46。

〔註89〕關於《瀛奎律髓》包納摘句、詩格、詩話、評點等批評形式，張伯偉已有詳論。參見氏著：《中國古代文學批評方法研究》，頁297～305。

〔註90〕余嘉錫：《四庫提要辨證》（北京：科學出版社，1958年），卷25，集部5，頁1557。

〔註91〕盧燕新指出慧淨《續詩苑英華》、郭瑜《古今詩類聚》、釋道宣《廣弘明集》、處常子《續本事詩》皆為唐人以類編纂之詩文總集，然除《廣弘明集》為佛教文獻總集，非詩歌選本外，另三作皆已亡佚，只能就前人目錄推知可能為「以類相從」之作。參見氏著：《唐人編選詩文總集研究》，頁124～125。另外，卞東波依晁公武《郡齋讀書志》所述，以李氏《麗則集》乃分門編類之作，從而推斷是作可能即為最早分門纂類之詩選。唯《麗則集》今亦已亡佚。參見卞東波：《南宋詩選與宋代詩學考論》，頁2。

詠》、龍溪（乾道時人）《重廣草木魚蟲雜詠詩集》等，選本依詩歌題材進行分類的情況亦有所增加，如舊題劉克莊編《分門類纂唐宋時賢千家詩選》分十四門，每門更附以子目。這樣的分類，或許是爲了便於學詩者參考，但無形中也表示宋人對於詩歌之內涵、要旨已有了更進一步的思考、要求。

第二、詩歌按詩體編次：

《瀛奎律髓》專收唐、宋人律詩作品，所錄詩歌先分類，再分體，依五、七言爲序。在宋人詩選中，這種專選律詩、絕句之選本很多，間接透露了宋人對近體詩的留意。蔡瑜述及宋人對唐詩體裁的討論，亦稱「確實是近體的論述多於古體」，並指出：

> 至宋初爲止，古體詩已歷經近千年的創作時間，近體詩的使用則不過三百多年，近體詩大有可爲的程度自應超過古體，因此，宋人熱衷討論近體，未嘗不是順應此詩體發展的自然趨勢。〔註92〕

即若回觀唐人選唐詩，亦可發現近體詩的選錄數量實已多於古體。〔註93〕是知，宋人對近體的關注殆非偶然。又，宋人詩選雖大多承襲以人繫詩之模式，但由專取律詩、絕句選本的出現，以及已有選本依詩體進行分卷，如《麗澤集詩》之選宋詩，分四言古詩、樂府歌行、五、七言古詩、律詩、絕句等共九體，宋人的辨體意識隱然蘊含。縱然這些想法未必成熟、完整，但從宋人對過往詩歌的輯錄，嘗試判別詩歌體裁，區分五、七言，事實上已讓詩體的主要分類漸趨定型〔註94〕。〔明〕胡震亨即云：

〔註92〕蔡瑜：《宋代唐詩學》，頁85～86。

〔註93〕據呂光華對今存十種唐人選唐詩的統計，古體詩總收450首，近體詩總收1070首。且選收近體詩爲多的選本即佔有六本，並謂盛唐以後選集，多以五律爲主體，可知唐人對近體詩的發展，實已有所留意。參見呂光華：《今存十種唐人選唐詩考》，頁186、192。

〔註94〕蔡瑜：「一方面，從總集的編纂上見其分別詩體的概念，另一方面又見詩話中做各體的討論者也集中在古體、律體、絕句、五言、七言的區分，故可推知，詩體的主要分類已經漸趨定型，這種經過歸納

至宋、元編錄唐人總集，始于古、律二體中備析五、七等言爲次。于是流委秩然，可得具論。〔註95〕

爾後，明代明詩選本大多以詩體分卷，辨體意識強烈，宋人在詩體上的分判，實不無其功。

總之，在唐人選唐詩的基礎上，宋人選宋詩一方面傳達出他們對前人詩歌成就的思辨，藉以確立當代詩歌之定位與價值，誠如張高評所云：

就宋代詩歌選本而言，尤其蘊含有學習前賢優長，追尋詩學典範，建構宋詩宗風，鼓吹詩派風尚之作用在。〔註96〕

換言之，在宋代，選本作爲與前賢對話的平臺，在「自成一家」的冀盼上，儼然更顯強烈〔註97〕。從宋人合選唐宋詩歌每每偏重於宋詩、不乏有見的宋詩流派選集，又或宋人選詩之逕謂宋詩「不愧於唐」〔註98〕，皆可窺見其端。

另一方面，宋人選宋詩在選本型態上多有拓展，選本類型、體例更見紛呈。這樣的轉變，到了南宋時期尤其顯著，並與印刷術的飛躍進展相伴隨〔註99〕。無論是提供選者更爲便利的編輯條件，促

整理並著眼於當時創作主體的區分法，頗能以簡御繁，既具體又井然，故爲後世所宗。」收於氏著：《宋代唐詩學》，頁73。

〔註95〕〔明〕胡震亨：《唐音癸籤》，收於《景印文淵閣四庫全書》，第1482冊，卷1，體凡，頁520。

〔註96〕張高評：《印刷傳媒與宋詩特色——兼論圖書傳播與詩分唐宋》（臺北：里仁書局，2008年），頁301。

〔註97〕張高評有言：「宋人選刊唐詩宋詩，志在學古通變，自成一家。」見氏著：《印刷傳媒與宋詩特色——兼論圖書傳播與詩分唐宋》，頁134。

〔註98〕劉克莊〈本朝五七言絕句〉：「或曰：本朝理學、古文高出前代，惟詩視唐似有愧色。余曰：此謂不能言者也。其能言者，豈惟不愧於唐，蓋過之矣。」見劉克莊：《後村先生大全集》，收於《四部叢刊正編》（臺北：臺灣商務印書館，1979年），第62冊，卷94，頁817。

〔註99〕關於印刷術在宋代的發展，參見錢存訓：《中國紙和印刷文化史》（桂林：廣西師範大學出版社，2004年），頁143～147。另外，宿白〈南宋的雕版印刷〉云：「從現存大量的南宋刻本書籍和版畫中，可以看出雕版印刷業在南宋是一個全面發展的時期。」可知南宋時期的書籍刊印更見發達。收於氏著：《唐宋時期的雕版印刷》（北京：文物

成選集的流通；因應著讀者（學詩者）的需求，選本內容、形式的
調整，比方特定題材、詩體的輯錄、詩話、評點等批評形式的結合
等等〔註 100〕。

到了明代，詩歌選本兼有評點，更見蔚然，形式亦繁，且同樣繫
諸印刷刊刻之發展〔註 101〕。古今兼選的選本，選錄重心亦多半放在
明代，如李攀龍（1514～1570）《古今詩刪》、曹學佺（1574～1646）
《石倉歷代詩選》，適見明代選者對當代詩歌的關心。是知，明代詩
選的發展，乃若刊印方式〔註 102〕，殆脫不開宋人選宋詩的奠基，彼
此之間，實隱然有承。

至於元代，元人選元詩的類型大抵不出宋人框架〔註 103〕。值得
留意的是：

第一、詩社選本兼有唱和酬答、流派選集之性質：

誠如前述，宋代出現了一些詩歌流派之選，且這些選本的編纂，
與唱和、酬答選集有某一種程度上的相關。到了元代，這兩種性質

出版社，1999 年），頁 84。
〔註 100〕 張智華：「圈點、評點與詩文選本緊密結合，在南宋成爲一種普遍
的文化現象。」張智華：《南宋的詩文選本研究：南宋人所編詩文
選本與詩文批評》，頁 8。
〔註 101〕 孫琴安曾云：「南宋至遼金元間業已形成的詩、文評點之風，似乎
對明初人沒有帶來什麼影響。」並以爲主因來自於明初文壇、講學
風氣不盛。相關論述參見氏著：《中國評點文學史》，頁 87～89。事
實上，明初評點之風未盛，乃是當時民間刊刻未廣所致。嘉靖、萬
曆以後，隨著坊刻的增加，明代詩選每見評點，其評點所以能夠快
速發展，與南宋詩選的奠基，自是不無關連。
〔註 102〕 張智華即謂：「南宋絕大部分選本所署選家是眞實的，只有極少數
是眞、假參半，或假託名人來狀大聲威、抬高詩文選本之身價。這
種在封面上刻上名家批點或名家選評字樣的形式，對後世的詩文評
點刊印方式產生了很大的影響。」見氏著：《南宋的詩文選本研究：
南宋人所編詩文選本與詩文批評》，頁 10。以明人選明詩爲例，即
有見僞託、商請名家選評的情況，如署名陳繼儒《國朝名公詩選》、
署名鍾惺、譚元春《明詩歸》等。
〔註 103〕 唐朝暉：〈簡談元代詩歌總集與詩歌流變〉，《文學》（甘肅社會科學）
（2012 年），第 4 期，頁 233。

在詩社選本中產生了某種疊合。即詩社成員間的唱和、酬答透過選本為輯，詩藝切磋、交流之間，在類近的詩學主張下，加上重要詩人的參與、領導，相對容易促成詩歌流派。選本由是成為了表彰詩社理念的媒介，兼有唱和酬答、流派選集兩種性質，有以形成某種創作風氣，甚至引領詩歌風尚。如顧瑛（1310～1369）《草堂雅集》，收錄玉山社成員於玉山草堂相互酬唱之作〔註104〕。玉山雅集影響元末詩風甚鉅，黃仁生嘗指出：

> 曾延續十餘年、在當時和後世皆有深遠影響的玉山文人雅集，當始於楊、顧締交之後，楊維楨實際被推尊為玉山文人集團的精神領袖，他們中有不少人本來就是（或後來成為）鐵雅派成員。〔註105〕

換言之，《草堂雅集》不惟是玉山社成員唱和往來之成果，亦可歸為楊維楨鐵雅派創作理念之體現。即如何宗美所云：

> 文人結社在至正時期一度出現盛況空前的景象，其文學意義十分突出。詩社林立，雅會四起，湧現大批詩人，催生各地詩派，促進文人交流，激發文學風氣。〔註106〕

其間，有以促進文人交流，激發文學風氣，具體反映文人結社現象者，無疑是當時的詩社選本。若然，往後文人好以選本相互交流，選本間不乏同題集詠、酬唱應和之作，與詩社提供文人社交場合或不無關連。而選本得為自身詩社、流派主張張目，如明人選明詩之李攀龍《古今詩刪》、陳子龍、李雯、宋徵輿等《皇明詩選》，由元代文人結社之於詩歌選本上的作用、影響，亦能見其端倪。

第二、當代詩選好以「風雅」為名：

總的來看，元人選元詩古今兼收的情況不多，對當代詩歌的輯

〔註104〕 依何宗美的考證，以顧瑛為中心的文人群體當有正式的結社，即玉山社，又叫玉山雅集。參見何宗美：《文人結社與明代文學的演進》（北京：人民出版社，2011年3月），上冊，頁26～27。

〔註105〕 黃仁生：《楊維楨與元末明初文學思潮》（上海：東方出版中心，2005年），頁190。

〔註106〕 何宗美：《文人結社與明代文學的演進》，上冊，頁26。

錄，顯得集中，如傅習、孫存吾（至元時人）《皇元風雅》（前、後集）、蔣易（至元時人）《皇元風雅》、賴良（至正時人）《大雅集》等。透過選集名稱，不難發現，選者好以「風雅」爲名。虞集於〈皇元風雅‧前集序〉嘗云：「皇元近時作者迭起，庶幾風雅之遺，無愧騷選」〔註107〕，蔣易〈皇元風雅集引〉亦曰：「皇元風雅第恨窮鄉寡聞采輯未廣，烏能備朝廷之雅，而悉四方之風哉？」〔註108〕渠等或視元詩爲「風雅之遺」，或逕以「風雅」稱之，而作爲選集名。顯然，這是選者對詩歌上追風雅的冀盼，同時亦蘊含著元詩有以繼承《詩經》風雅的肯定與自信。即如賴良《大雅集》，楊維楨（1296～1370）爲之命名選集，取黃庭堅（1045～1105）欲盡刻杜甫（712～770）東、西川及夔州詩，使大雅之音復盈之意，以爲「庶入是集者皆可以續杜之後」，故名之曰「大雅集」〔註109〕。錢鼐（至正時人）爲之序，則謂：「若杜少陵輩則不能無風雅之作」，以賴良所輯「未始有不關於世教者」〔註110〕。可知，他們對杜詩的推崇繫諸於「風雅」，延伸到當代詩歌上，亦就包納著對詩歌合乎世風教化的期待。

　　殊堪留意的是，早先以「風雅」、「雅」命名當代詩選的情況，幾乎未見〔註111〕，到了元代方屢屢有見。至若明代，明人選明詩中亦多見類似名稱，如劉仔肩《雅頌正音》、徐泰（約1469～？）《皇

〔註107〕　〔元〕傅習、孫存吾：《皇元風雅》（前、後集），收於《元史研究資料彙編》（北京：中華書局，2014年），第92冊，頁301。

〔註108〕　〔元〕蔣易：《皇元風雅》，收於《續修四庫全書》（上海：上海古籍出版社，2002年），第1622冊，頁1。

〔註109〕　〔元〕楊維楨〈大雅集序〉，見〔元〕賴良：《大雅集》，收於《景印文淵閣四庫全書》（臺北：臺灣商務印書館，1986年），第1369冊，頁512。

〔註110〕　〔元〕錢鼐〈大雅集序〉，見〔元〕賴良：《大雅集》，收於《景印文淵閣四庫全書》，第1369冊，頁513～514。

〔註111〕　就當代詩選來看，唐、五代僅見以「風」爲名者，有《垂風集》、《正風集》、《國風總類》等。惟今已佚，難知命名緣故。至於宋、元之際，僅見金履祥《濂洛風雅》，或爲最早以「風雅」命名者。迨及元代以後，以「風雅」、「雅」爲名者，始有明顯增多的情況。

明風雅》、顧起綸《國雅》、《續國雅》等。雖然他們未必有直承元詩
選集的用意〔註112〕，但反映在選本名稱上，包括序文每每流露出對
詩歌合乎世教的關心〔註113〕，恐怕並非偶然，由元人選元詩的編
選，殆已見其脈絡。

　　簡言之，從魏晉六朝《玉臺新詠》開啓當代人選當代詩之風，
唐人選唐詩提供了具體的選本範式，彰顯自身的詩歌理念，每爲明
人所取樣，到宋、元以後選本型態的種種拓展，都爲明人選明詩奠
定了相當的基礎。往後明人對當代詩歌多有編選，在序言中對明詩
發展每有所論，又或選詩上以人繫詩、分體編次各有所見，編選體
例的更趨周備，甚或選詩理論發出更爲深切的反省等等，由前人在
當代詩選上的成果、累積，實能見其發展軌跡。

第二節　明代科舉文化的潛在影響

　　明人選明詩的發展，除了受到前代詩選的影響，作爲當代詩歌
的輯錄，當時的文學生態，自然亦與之密切相關。蔣寅嘗指出：

> 在明清兩代，對文學生態產生重大影響的環境因子是科
> 舉。圍繞八股文而形成的一整套科舉文化體系，構成一種
> 文化環境，文學寫作在它的巨大壓力下扭曲變形。〔註114〕

那麼，此一文化環境，如何直接、間接地影響到了明人選明詩？固然，
明代科舉考試並非只有八股文，尚有論、表、策等〔註115〕。然明‧
王鏊（1450～1524）有云：「今科場雖兼策論，而百年之間，主司所

〔註112〕　相較於元詩選集，元人選唐詩於明代詩歌選本的影響，可能更爲直
　　　　　接，如楊士弘《唐音》先分體再分期的體例，對明人選明詩頗有影
　　　　　響，參見第四章第三節〈編選型態〉——編選體例。
〔註113〕　相關論述參見第四章第二節〈編選動機與目的〉。
〔註114〕　蔣寅：〈科舉陰影中的明清文學生態〉，《文學遺產》（2004 年），第
　　　　　1 期，頁 19。
〔註115〕　關於明代科舉制度，可參王凱旋：《明代科舉制度研究》（瀋陽：萬
　　　　　卷出版公司，2012 年）。

重，惟在經義；士子所習，亦惟經義。」〔註116〕足見八股文之爲「舉業的關鍵」〔註117〕，所以造成的影響力。是則，本節所論之明代科舉文化影響，將圍繞在八股取士以爲開展。

　　目前，對於明代的八股取士，從批判到平議、省思，已有不少論者進行闡論，成果斐然〔註118〕。此處不作贅述，主要圍繞在明代科舉文化，有以影響詩人、詩歌創作，及明詩選集編纂的部分，作一討論：

一、八股取士之前：徵薦下的詩歌交流

　　洪武三年（1370），明太祖頒詔曰：「使中外文臣，皆由科舉而進，非科舉者，毋得與官」〔註119〕，正式開科取士。後以成效未彰，中斷數十年有餘，待洪武十五年（1382），重開科舉。十七年（1384）定科舉之式，命禮部頒行各省，遂確立明代科舉三級考選之制。唯此時的科考內容，雖是四書經義，與成化以後始爲定型之八股文，仍有差別，顧炎武（1613～1682）《日知錄》云：

> 經義之文，流俗謂之八股，蓋始成化以後。……天順以前，
> 經義之文不過敷演傳註，或對或散，初無定式，其單句題
> 亦甚少。〔註120〕

〔註116〕〔明〕王鏊：《震澤集》，收於《景印文淵閣四庫全書》（臺北：臺灣商務印書館，1985年），第1256冊，頁486。

〔註117〕陳平原於〈八股與明清古文〉曾指出：「時文不等於科舉，但卻是舉業的關鍵。明清兩代鄉試會試內容變化不大，大都首場四書，二場經文，三場策對。理論上三場並重，可實際操作起來重在首場。」參見氏著：〈八股與明清古文〉，收於陳平原、王守常、汪暉主編：《學人》（南京：江蘇文藝出版社，1995年），第七輯，頁345。

〔註118〕參見黎曉蓮：〈近百年以來八股文研究綜述〉、方憲：〈近十年國內關於科舉與文學的研究綜述〉，收於陳文新、余來明主編：《科舉文獻整理與研究：第八屆科舉與科舉學國際學術研討會論文集》（武漢：武漢大學出版社，2013年），頁396～404、405～417。

〔註119〕〔清〕張廷玉等：《明史》（臺北：藝文印書館，2010年，清乾隆武英殿原刊本），第2冊，志第46，卷70，頁726。

〔註120〕〔清〕顧炎武：《日知錄》，收於《景印文淵閣四庫全書》（臺北：

可知，成化以前，八股文不過粗略成形，格式未嚴。是則，文人爲求仕進，苦於八股體式，以致妨礙詩歌創作的情形未必發生〔註 121〕。且洪武年間，科舉嘗一度停擺，朝廷人才的任聘選拔，主要透過徵薦（徵辟與薦舉）〔註 122〕，孫承澤（1592～1676）《春明夢餘錄》即云：「明初人才率得之徵聘」〔註 123〕，《明史》亦有「薦舉盛於國初」〔註 124〕之謂。在多次徵薦下，一時賢才集聚京師，詩文交流酬答的情況自然增加。如洪武間，張孟兼（1338～1377）徵辟爲國子學錄，嘗作哀友人陶本中詩。詩題敘兩人先後來京，嘗聚首一日，臨別之際獲陶本中近日所爲詩數首〔註 125〕。又，宋璲（1344～1380）獲薦中書舍人職，有〈寄章允載兼柬項思復〉一詩，云：

> 憶昔到京畿，與子寓官廨，一見即相驩，不翅舊交快。……
> 駖鑼出游衍，古蹟探奇怪，……周詳論書譜，從容説詩派。
> 〔註 126〕

詩中描述薦舉至京，與章允載、項思復之往來。彼此投契，相與出遊，有論書、談詩之舉。足見，明初徵薦確實提供了文人結識、往來的機

臺灣商務印書館，1985 年），第 858 冊，卷 16，頁 763。

〔註121〕 王凱旋提到：「明初八股文還不構成對科舉考試的主宰和壟斷，更沒有形成制度化的規定。特別是在洪武、永樂年間爲求人才而與科舉並行的薦舉的存在。」王凱旋：《明代科舉制度研究》，頁 139。

〔註122〕 依展龍對洪武期間重要官員的來源統計，徵薦佔 47%，遠大於科舉 15%。參見展龍：《元明之際士大夫政治生態研究》（北京：人民出版社，2013 年），頁 419。

〔註123〕 〔清〕孫承澤：《春明夢餘錄》，收於《景印文淵閣四庫全書》（臺北：臺灣商務印書館，1985 年），第 868 冊，卷 40，頁 658。

〔註124〕 《明史》：「薦舉盛於國初。」〔清〕張廷玉等：《明史》，第 2 冊，志第 45，卷 69，頁 716。

〔註125〕 張孟兼〈予友陶本中與予先後來京，予來時，本中爲奉新簿已二年，適以公事至，聚首一日即去，嘗示予近詩數首，曾未幾何，有自江西來者則云，本中死矣，噫！豈文字之交而遂絕於斯耶。予交本中情好之篤，雖弟昆莫過，今死矣，而欲不哀得乎？因爲哀詞一章，書其詩後，以誌予悲〉，見劉仔肩《雅頌正音》，卷 5，頁 632。

〔註126〕 劉仔肩：《雅頌正音》，卷 5，頁 636。

會，彼此間酬寄贈別，無形中促進了詩文創作〔註 127〕。相對地，也提供了編纂詩集，有以回應當時創作盛景的可能，如劉仔肩《雅頌正音》，《四庫全書總目》稱：「洪武初，因薦應召至京，集同時之詩爲此書」〔註 128〕。若然，或許即可解釋，何以《雅頌正音》所錄多見文士朝臣之寄贈送別。因爲它所體現的正是文人徵薦入京後，彼此詩歌交流的具體情況。

二、八股取士之後：八股文與詩歌創作的互滲關係

永樂以後，「科舉日重，薦舉日益輕，能文之士率由場屋進以爲榮。」〔註 129〕迄於成化，八股文漸趨定型、成熟。在科舉員額有限的情況下，考官對應試者的要求顯得嚴密，文人爲求仕進，投注的心力不難想見，無暇兼及詩歌，自是預料之內。然而，誠如黃強所云：「明清文人耗盡心力於八股時文，是明清詩歌衰落的充分條件，而不是必要條件」〔註 130〕。更不用說八股文在某一種程度上其實是對文人組織表達、論辯能力的考核〔註 131〕，僵化、箝制文人思想未必是它的目的。

且，八股文與詩歌間並非純然對立，八股文帶有的對偶成分，在聲律和諧上的要求，即與詩歌相類。〔清〕吳喬有云：

> 七律頗似八比：首聯如起講、起頭，次聯如中比，三聯如
> 後比，末聯如束題。但八比前中後一定，詩可以錯綜出之，
> 爲不同耳。〔註 132〕

〔註 127〕 可參見司馬周：〈金陵來取賢良士，嶺表諸賢盡選掄——洪武薦舉制度與詩文研究（上）〉，《雲夢學刊》（2002 年 9 月），第 23 卷，第 5 期，頁 40～43。

〔註 128〕 〔清〕永瑢等撰：《四庫全書總目提要》，收於王雲五主編：《萬有文庫簡編》，第 5 冊，總集類 4，卷 189，頁 44。

〔註 129〕 〔清〕張廷玉等：《明史》，第 2 冊，志第 47，卷 71，頁 735。

〔註 130〕 黃強：《八股文與明清文學論稿》（上海：上海古籍出版社，2005 年），頁 467。

〔註 131〕 〔美〕艾爾曼（Elman, B.）著；復旦大學文史研究院譯：《經學‧科舉‧文化史：艾爾曼自選集》（北京：中華書局，2010 年），頁 212。

〔註 132〕 〔清〕吳喬：《答萬季埜詩問》，收於丁福保輯：《清詩話》（臺北：

吳喬迤以七律類比八股，更清楚說明詩歌（特別是律詩），其布局結構與八股文的確有共通。是則，當〔明〕袁宏道（1568～1610）發出「詩與舉子業，異調而同機也」〔註133〕殆非偶然。乃若湯顯祖（1550～1616）之謂：

> 今之為士者，習為試墨之文，久之，無往而非墨也。猶為
> 詞臣者習為試程，久之，無往而非程也。寧惟制舉之文，
> 令勉強為古文、詞、詩歌，亦無往而非墨程也。〔註134〕

當文人致力於舉子業，以墨文為習；詞臣試官之為程文，提供八股範例，時間一久，即便是創作不同的文學體類，難免有意、無意識地受到影響，係「無往而非墨程」。是則，詩歌與八股文，兩種不同的文學體類，所以產生互滲，文人創作間有以受到影響，也就不難想見，殆為明代文人實際面臨的處境。黃強考察明清文人詩集，發現律詩創作尤多，即指出這是因為律詩符合了明清文人「渴望寬鬆靈活而又不能毫無依傍」〔註135〕的心理。

　　實地檢視明人選明詩，選錄最多的每為律詩，如：盧純學《明詩正聲》六十卷，律詩即佔二十三卷，華淑《明詩選》十二卷，律詩亦有五卷，幾達一半以上比例。遑論明代更有專選律詩之選本，如狄斯彬《明律詩類鈔》、穆文熙《明七言律》等。是知，即便明人對律詩的關注，背後蘊含著他們對唐人律詩的推崇、考索〔註136〕，但八股文與律詩間的共通、互滲性，儼然有以助長（至少不致阻礙）明人創

　　　　藝文印書館，1970 年），第 1 冊，頁 5。
〔註133〕〔明〕袁宏道：〈郝公琰詩敘〉，收於〔明〕袁宏道著；錢伯城箋校：《袁宏道集箋校》（上海：上海古籍出版社，1981 年），中冊，卷35，頁 1109。
〔註134〕〔明〕湯顯祖：〈張元長噓雲軒文字序〉，收於〔明〕湯顯祖著；徐朔方箋校：《湯顯祖全集》（北京：北京古籍出版社，1999 年），第2 冊，詩文卷32，頁 1139。
〔註135〕黃強：《八股文與明清文學論稿》（上海：上海古籍出版社，2005年），頁 486～487。
〔註136〕明人對唐人七律的討論，參見陳國球：《明代復古派唐詩論研究》（北京：北京大學出版社，2007 年），第 2 章，頁 65～105。

作律詩的氛圍。

　　衍伸而來，在創作理論上，當明人嘗試著將八股時文與詩歌創作合併而觀：如袁黃（1533～1606）留意時文之用字，有言：「前輩論詩曰：練句不如練字，作時文亦然。…汝輩作文全要曉練字之法，一字不新，全篇俱晦。蓋作文無他巧，只要知換字法。」〔註137〕認為詩歌與時文都需要練字，且練字當從換字著手；金聖嘆（1608～1661）論八股文篇法，云：「詩與文（指八股文）雖是兩樣體，卻是一樣法。一樣法者，起承轉合也。……學作文，必從破題起。學作詩，亦必從第一二句起。」〔註138〕指出起承轉合係詩歌與八股文之謀篇通則，學作八股文與詩，都當由破題起手。

　　不難發現，無論是因為在八股文長期的訓練下，投射時文創作技巧於詩歌（特別是律詩），或者淵源更早的詩法理論中得到線索，進以思索八股文的創作，詩歌與八股文間已然有著相互影響的痕跡〔註139〕。

　　包括，為了因應廣大科舉士子，八股選文的刊印，王紅認為：

　　　　八股選本特別是帶評點的八股選本的大量刊印帶動了文學
　　　　評點的興盛，特別是帶動了文人對詩法、文法的評點，且
　　　　破、承、開、闔、虛實、正反等時文評點術語也逐漸為小
　　　　說、戲曲評點所運用。〔註140〕

明代文學評點的興盛，是否由八股選本而來，尚待商榷。但八股時文的評點方式，確實有助帶動其它文學類型的評點，比方〔明〕王驥德

〔註137〕　〔明〕袁黃：《游藝塾文規》，收於《續修四庫全書》（上海：上海古籍
　　　　　出版社，2002 年），第 1718 冊，集部，詩文評類，卷 1，頁 14～15。

〔註138〕　〔明〕金聖嘆撰：曹方人、周錫山標點：《金聖嘆全集》（南京：江
　　　　　蘇古籍出版社，1985 年），第 4 冊，頁 46。

〔註139〕　關於起承轉合運用詩學、八股文的情況，可參見蔣寅：〈起承轉合：
　　　　　機械結構論的消長──兼論八股文法與詩學的關係〉，《文學遺產》
　　　　　（1998 年），第 3 期，頁 65～75。

〔註140〕　王紅：《明清文化體制與文學關係研究》（成都：巴蜀書社，2010
　　　　　年），頁 110。

（？～1623）、李漁（1610～1680）藉八股文章法評戲曲〔註141〕，又或茅坤《唐宋八大家文鈔》行批文字多論文章之起承轉合、語法字句，《四庫全書總目》以爲所選著重文章之「繩墨布置，奇正轉摺」，「大抵亦爲舉業而設」〔註142〕。在明詩選本中，同樣不乏針對謀篇章法、字句進行討論者，如陳子龍、李雯、宋徵輿等《皇明詩選》，針對所選律詩每多評其起、結，偶或述其章法。

　　雖說明人對詩歌的反省未必單一被動地受到八股時文的牽制，詩法專著、詩話、評點詩歌的累積，都能增進明人對詩歌布局的關注。但是，選本既意在提供範式，選家學習八股文，又或八股選文評點、刊印的流行，對於選家掌握詩歌布局、字句，或多或少都產生了推進之力〔註143〕。

　　此外，明人選明詩之序文，每每提及返歸雅正的詩歌理想，如楊士奇〈滄海遺珠序〉：「清楚雅則」（頁1，總頁碼451）、柯潛〈士林詩選序〉：「其言醇正，其音平和」（頁6，總頁碼396）、陳子龍〈皇明詩選序〉：「去淫濫而歸雅正」（頁1～2）等。而郭萬金有云：

　　　指向「古雅醇正」的美學理想卻與朝廷對於時文的典實提
　　　倡異曲同工，所呈現的正是世運更迭下的國家文化心理。
　　　〔註144〕

是則，八股文所蘊含著的四書經義，對明詩選者或許不無影響。至若龔篤清著眼明代前期（指洪武到天順）八股文文風之雅正，以爲係使當時詩文（以臺閣體爲代表）流於道學化的原因〔註145〕。可知，

〔註141〕　參見王紅：《明清文化體制與文學關係研究》，頁111。

〔註142〕　〔清〕永瑢等撰：《四庫全書總目提要》，收於王雲五主編：《萬有文庫簡編》，第5冊，總集類4，卷189，頁58。

〔註143〕　以陳子龍而言，他早年加入幾社，而幾社成立之初，乃爲切磋舉業而設，陳子龍更嘗參與過幾社時文範本《幾社六子會義》之刻，這對於他往後選編《皇明詩選》，未必不無影響。

〔註144〕　郭萬金：《明代科舉與文學》（北京：商務印書館，2015年），頁205。

〔註145〕　龔篤清：《明代八股文史探》（長沙：湖南人民出版社，2005年），頁184～198。

由寄寓「雅正」、「典實」的美學理想來看，八股文與明詩間確實存在某種聯繫，但這種聯繫不一定指向八股文對詩歌的限制。畢竟相較於明代始爲確立的八股文，詩歌及其理論的發展進程其實更爲悠久，且這種美學理想很可能出於文人對朝政的期待。遑論八股文如何僵化，文人仍力求展現，嘗試在形式規矩間找到平衡。袁黃（1533～1606）有云：「貴涵養、貴中正、貴和平，但能循繩墨而濡之以化，則不出筌蹄而縱橫自在，鍛鍊之極，妙入自然，而文始稱工矣。」〔註146〕

　　總言，八股文與詩歌確有共通，明人出入其間，受二者之濡染，八股文與明詩在發展、走向上顯得互有作用。以明人選明詩來看，諸如選錄偏重於律詩、評點對篇法、字句上的要求，或是寄託返歸雅正的詩歌理想，殆見明代八股文與詩歌創作互滲下之影響。至若編纂選本，就算未必受到八股選本的推動，無論是基於對明詩的認可，或是「自科舉之習勝，學者絕不知詩」〔註147〕的反向促進〔註148〕，儼然都已提供了明詩選集有利的發展條件。

三、仕進前後的詩藝追求

　　明代的學校教育與科舉制度有著緊密的聯繫。《明史》有云：「明制，科目爲盛，卿相皆由此出，學校則儲才以應科目者也」〔註149〕。

〔註146〕　〔明〕袁黃：《游藝塾文規》，收於《續修四庫全書》（上海：上海古籍出版社，2002 年），第 1718 冊，集部，詩文評類，卷 1，頁 12。

〔註147〕　〔明〕宋濂〈孫伯融詩集序〉，見〔明〕宋濂：《文憲集》，收於《景印文淵閣四庫全書》（臺北：臺灣商務印書館，1985 年），第 1223 冊，卷 6，頁 400。

〔註148〕　連文萍論明代詩話發展，曾云：「因爲科舉而造成士子不知詩，似乎是明代詩學的重大阻礙，但問題不是這麼看的。事實上，正是因爲士子不知詩，詩訣不傳，才更有利於明代詩話的發展。」反觀明詩選集，在詩話之外，何嘗不有因爲不知詩而更需要選錄明詩提供範式的可能。參見連文萍：《明代詩話考述》（新北市：花木蘭文化出版社，2015 年），上冊，頁 29。

〔註149〕　〔清〕張廷玉等：《明史》（臺北：藝文印書館，2010 年，清乾隆武英殿原刊本），第 2 冊，志第 45，卷 69，頁 716。

學校在教學內涵上，大抵以四書、經義爲主要內容，永樂十五年（1417），「頒五經、四書、性理大全書于六部，併與兩京國子監及天下郡縣學」，表彰程、朱理學，以爲「學者之根本」〔註150〕，援爲科舉考試依據。由是，爲求仕進，士子多致力其中，習爲八股文，文人的確有無暇兼及詩歌的可能。

然而，「僅管舉業是榮身之階，詩歌始終是明人的重要書寫形式，詩言志的傳統也是多數士人的中心思想」〔註151〕，即便入學後舉業學習佔據了大半的時間、心力，童年時期在家庭或家塾中初步的學詩經驗——誦讀簡易詩歌、屬對練習，仍有可能在文人的心裡埋下對詩歌的興趣，奠定詩歌創作的初步基礎。而那些素有詩歌創作家學淵源，或所屬地域詩風鼎盛，甚或師友間的引領提攜、交游往來，包括自身對詩歌的喜好的種種緣故，更有可能讓他們無論是否經過舉業的學習、歷練，投身在詩歌的創作中〔註152〕。若幸而取得官職，不必執著舉業，詩文相酬機會增加，亦有以磨練創作，若遇志同道合者，相與論詩，詩藝更得精進，也爲編纂個人詩集、詩歌選集以爲交流，提供了可能，如徐泰《皇明風雅》、李攀龍《古今詩刪》皆爲渠等任官期間所編，其中，《古今詩刪》殆有爲後七子詩論張目之意，而後七子基本上是在刑部的詩人集團基礎上形成的〔註153〕。換言之，明詩選集的編纂，就某一種層面來說，乃是官場文化、詩歌意見交流的反映。

另外，若考選爲翰林院庶吉士者，期間的館課教習，於詩文多有

〔註150〕〔明〕董倫等修；解縉等重修；胡廣等復奉敕修：《明太宗實錄》，收於《明實錄》（臺北：中央研究院歷史語言研究所，1968年），第13冊，卷186，頁1990。

〔註151〕連文萍：《詩學正蒙：明代詩歌啓蒙教習研究》（臺北：里仁書局，2015年），頁76。

〔註152〕相關討論參見連文萍：《詩學正蒙：明代詩歌啓蒙教習研究》（臺北：里仁書局，2015年），第一章〈最初的詩句——明代兒童的詩歌教習〉、第二章〈合浦還珠——明代士人的詩歌教習〉，頁23～122。

〔註153〕何宗美：《文人結社與明代文學的演進》（北京：人民出版社，2011年3月），上冊，頁9。頁293。

偏重，亦有以強化明人在詩歌上的能力，增進其創作。

　　關於庶吉士，係始於洪武十八年（1385），明太祖「以諸進士未更事，欲優待之，俾觀政於諸司，俟諳練後任之」〔註 154〕，殆主習學政務，儲備人才，初不專隸於翰林院。迨永樂二年（1404），先有第二甲進士擇文學優等及善書者，以爲翰林院庶吉士，俾仍進學〔註 155〕，爾後，屢有考選入翰林，庶吉士遂有專屬於翰林之稱。一開始制度未定，君主嘗親自考選庶吉士，並有「應制詩文詰問評論」〔註 156〕事，以驗所學。宣德五年（1430），宣宗以「後生進學必得前輩老成開導」，令翰林學士爲之師，有以「提督教訓，所作文字亦爲開發改竄」〔註 157〕，庶吉士教習制度由是展開，並主由翰林院掌其教習之務。弘治間，大學士徐溥（1428～1499）有感考選制度未確，請爲定制，孝宗從其請，庶吉士之考選，遂有以新進士平日所爲詩文爲考，且由「內閣同吏、禮二部考選考以爲常」〔註 158〕，

〔註 154〕　〔明〕黃佐：〈庶吉士銓法〉，見黃佐：《翰林記》，收於《景印文淵閣四庫全書》（臺北：臺灣商務印書館，1984 年），第 596 冊，卷 3，頁 881。

〔註 155〕　〔明〕董倫等修；解縉等重修；胡廣等復奉敕修：《明太宗實錄》，收於《明實錄》（臺北：中央研究院歷史語言研究所，1968 年），第 10 冊，卷 29，頁 518。

〔註 156〕　君主親試庶吉士，參見〔明〕黃佐〈考選庶吉士〉；另，〔明〕黃佐〈車駕幸館閣〉：「上（太宗皇帝）時步至閣中親閱其勞，且視其所治，……或時至閣閱諸學士暨庶吉士應制詩文詰問評論以爲樂。」見黃佐：《翰林記》，收於《景印文淵閣四庫全書》（臺北：臺灣商務印書館，1984 年），第 596 冊，卷 16，頁 1014、1029。

〔註 157〕　〔明〕董倫等修；解縉等重修；胡廣等復奉敕修：《明宣宗實錄》，收於《明實錄》（臺北：中央研究院歷史語言研究所，1968 年），第 19 冊，卷 64，頁 1524。

〔註 158〕　《明史》：「令新進士錄平日所作論、策、詩、賦、序、記等文字，限十五篇以上，呈之禮部，送翰林考訂。少年有新作五篇，亦許投試翰林院。擇其詞藻文理可取者，按號行取禮部，以糊名試卷，偕閣臣出題考試於東閣，試卷與所投之文相稱，即收預選。每科所選不過二十人，每選所留不過三五輩，將來成就必有足賴者。孝宗從其請，命內閣同吏、禮二部考選以爲常。」〔清〕張廷玉等：《明史》（臺北：藝文印書館，2010 年，清乾隆武英殿原刊本），第 2

考選制度至是大抵完備。

又，嘉靖時，徐階（1503～1583）〈規條——示乙丑庶吉士〉論及教習內容，嘗云：

> 諸士宜講習四書、六經以明義理，博觀史傳評騭古今以識
> 時務，而讀《文章正宗》、《唐音》、李、杜詩以法其體製，
> 並聽先生日逐授書稽考，庶所學爲有用。〔註159〕

可知是時庶吉士之教習，經書、史傳皆有傳授，詩文則尤重〔宋〕眞德秀《文章正宗》、〔元〕楊士宏《唐音》及李、杜詩，並有稽考之制，以觀學習成效。是則，不難發現，明代雖以八股取士，然國家之儲才培養——庶吉士，卻始終未離詩歌。甚者，當時庶吉士之考核，其實明顯偏重詩文。徐階有謂：

> 其所誦習獨漢唐人所爲詩若文數十卷耳，不復詢之政以觀
> 其才；其日課於師，月試於閣，視以爲去留者，獨詩若文
> 數篇耳，不暇察其行以收其望，於是翰林之職始專以文稱。
>
> 〔註160〕

庶吉士之教習、考核，初或尙有以政事爲詢，觀其行爲察，決定其去留翰林院，迨至嘉靖，已幾乎著眼於詩文表現。而既「翰林眾職，例以每科進士及第并庶吉士之選留者充之」〔註161〕，翰林之職「專以文稱」自亦難免。若然，當徐階進一步云「天下士，修之家，以冀選於翰林者，益汲汲焉惟文之爲務」〔註162〕，此「文」顯然是包含詩

　　　冊，志第 46，卷 70，頁 729。

〔註159〕〔明〕徐階〈贈太史董君用均予告序〉，見徐階：《世經堂集》，收
　　　　於《四庫全書存目叢書》（臺南：莊嚴文化出版社，1997 年），第
　　　　80 冊，卷 20，頁 47。

〔註160〕〔明〕徐階〈贈太史董君用均予告序〉，見徐階：《世經堂集》，收
　　　　於《四庫全書存目叢書》（臺南：莊嚴文化出版社，1997 年），第
　　　　79 冊，卷 12，頁 609。

〔註161〕〔明〕董倫等修；解縉等重修；胡廣等復奉敕修：《明孝宗實錄》，
　　　　收於《明實錄》（臺北：中央研究院歷史語言研究所，1968 年），第
　　　　52 冊，卷 20，頁 470。

〔註162〕〔明〕徐階〈贈太史董君用均予告序〉，見徐階：《世經堂集》，收
　　　　於《四庫全書存目叢書》（臺南：莊嚴文化出版社，1997 年），第

歌在內的。且若如《明史》所言：

> 自天順二年，李賢奏定纂修專選進士，由是非進士不入翰
> 林，非翰林不入內閣，南、北禮部尚書、侍郎及吏部右侍郎，
> 非翰林不任。而庶吉士始進之時，已群目爲儲相。〔註163〕

循著「進士──庶吉士──翰林──內閣重臣」的脈絡，翰林官員擁有的仕途優勢，天下士若有志於此，攻於舉業之餘，詩歌恐怕未能盡棄，而順利選爲庶吉士，或已爲翰林，更冀榮進者，在詩歌的修習、表現上，自然更難輕忽。

　　由是，不難理解何以在舉業陰影下，明詩的創作仍未嘗停歇。仕進之路貌似向八股文靠攏，實則與詩歌維持著似遠還近的距離。朝廷培育人才既仍走著詩文教習、考核的路子，八股文也就容易被視爲功名的敲門磚，明人文集一般不收八股文〔註164〕，或即爲此故。而仕進者既多有從事詩文寫作，李夢陽（1472～1529）以爲「詩倡和莫盛於弘治」〔註165〕，且若如徐階所言，嘉靖士子汲汲於翰林者，已是「惟文之爲務」，詩文學習不可偏廢的情況下，創作風氣由是助長，明詩選集中，每有弘治、嘉靖後，詩家輩出之謂〔註166〕，那麼，在嘉靖、萬曆以後，詩歌選本數量明顯有所提升，毋寧說正是此一風氣下的反映。商周祚（萬曆時人）〈明詩正聲序〉論明詩，即云：「取士

---

　　　　　79 冊，卷 12，頁 609。

〔註163〕　〔清〕張廷玉等：《明史》（臺北：藝文印書館，2010 年，清乾隆武英殿原刊本），第 2 冊，志第 46，卷 70，頁 729。

〔註164〕　陳寶良〈明人文集之學政史料及其價值〉：「文集不收時文，此爲明代慣例」、「《明史‧藝文志》不列名家時藝稿，就不僅是史例使然，亦反映出時人對時藝的輕視。」陳寶良：〈明人文集之學政史料及其價值〉，收於中國明代研究學會主編：《明人文集與明代研究》（臺北：中國明代研究學會，2001 年），頁 347、348。

〔註165〕　李夢陽：〈朝正倡和詩跋〉，見李夢陽：《空同集》，收於《景印文淵閣四庫全書》（臺北：臺灣商務印書館，1985 年），第 1262 冊，卷 59，頁 543。

〔註166〕　如：顧起綸《國雅‧凡例》：「弘、嘉間諸名公作而大暢風雅，此明之盛音也」（頁 2）、盧純學〈明詩正聲序〉：「嘉、隆、萬曆，大雅輩出，家握寸珠，人懷尺璧」（頁 2）。

自科制一試而外無庸也，以輕若此，獨能家唱戶和，人自心競而力修之」（穆光胤《明詩正聲》，頁 7），是則，舉業習為八股，對明人來說未必是種妨礙，相反地，伴隨著舉業而來，無論功名的順遂與否，明人學詩、作詩的需求，可能都不曾中斷〔註167〕，在習為八股，可能不知為詩，或無暇為詩的狀況下，「心競而力修」，尤其顯出企圖心，足見明人在詩歌上之著力，以及詩歌成就、表現在明人心中的份量，而明詩選集的編纂，亦就在此一氛圍下應運而生了。

此外，如果留意到庶吉士之詩歌教習，如前述徐階引文謂，以《唐音》、李、杜詩為教。又萬曆六年（1578），刑部主事管志道〈乞稽祖制酌時宜以恢聖治疏〉疏文中，亦有正統以後，庶吉士以「以《唐詩正聲》、《文章正宗》為日課」〔註168〕語，不難發現，教習課程對唐詩的推崇，或者說對《唐音》、《唐詩正聲》的重視。在明詩選本中，這種情形同樣得到了反映，依循《唐音》、《唐詩正聲》體例的選本〔註169〕亦不乏有見。是知，或如葉曄所云，是「整個社會的文學認同和風氣影響，已逐步呈現出一種成約效應」〔註170〕，由是，無論是庶吉士的教習，或是明詩選本的編纂，遂呈現了此一共相。而透過庶吉士教習重視的詩歌範本，或者說透過庶吉士，包括與之關係密切的翰林院，所帶動的詩壇風氣，從而強化了《唐音》、

〔註167〕 連文萍：「樂於學詩的明代士人，可能會有不同的學詩經驗。或童年即學詩，或成年後方才學詩；或專心舉業而以餘力學詩，或盡棄舉業而全心學詩；或登第後學詩，或歸田後致力詩學，不一而足。」連文萍：《詩學正蒙：明代詩歌啟蒙教習研究》（臺北：里仁書局，2015年），頁78。

〔註168〕 〔明〕吳亮：《萬曆疏鈔》，收於《續修四庫全書》（上海：上海古籍出版社，2002年），第468冊，卷1，頁27。

〔註169〕 如：徐泰《皇明風雅‧凡例》：「詩以五七言古律絕類次為編，用唐詩正音例也。古樂府五言者皆入五言古，七言者并長短句歌行皆入七言古，用唐音例也」（頁1）、穆光胤〈明詩正聲序〉謂是作「一如《正聲》例」（頁2～3，總頁碼4）、李騰鵬以《皇明詩統》體裁次序「準諸楊仲弘唐音」（頁4～5）。

〔註170〕 葉曄：《明代中央文官制度與文學》（杭州：浙江大學出版社，2011年），頁160。

《唐詩正聲》的選本地位，也許亦是影響明詩選本編纂的另一潛在原因〔註171〕。

四、科舉之外：山人群體的詩歌經營

科舉有以仕進榮身，但並非所有士子都能如願取得功名、宦途順遂，亦非所有士子都將入仕視爲唯一選擇。沉潛詩藝、寄情於詩，是明代士人的另一扇窗，有別於仕進登第者，致力於詩歌，可以是官場文化，又或才情的發抒，在科舉之外，無由獲得科名，或已遠離官場的他們，在詩歌中找到了另一種可能，有以適性自娛，又或獲取聲名，取得社會地位，甚至是經營生計的可能。

其中，嘉靖、萬曆間，山人群體的出現、活動，尤能說明此一現象。

明代，在朝廷取士，科舉日重的情況下，有意仕宦者勢必得投身於此。大抵而言，由於「科舉必由學校」，爲了取得功名，他們必須經過一連串的考驗，首先各州縣的童生得先經過童試的測驗，取得「生員」，俗稱「秀才」的資格，才有可能進入地方官學──府學、州學、縣學，成爲「諸生」，成績優異者，始有機會進一步參與鄉試，乃至於會試、殿試。然而，嘉靖以後，生員額數漸有大增〔註172〕，生員中舉機會更顯困難，錢茂偉以應天府鄉試爲例，指出「1542~1639 年，一直徘徊於 4%左右。最低者達 1.8%。這說明，越到後來，鄉試的競

〔註171〕 如同王紅所云：「就總體而言，翰林制度就是統治者強化自身統治意志的文化管理制度；就方式而言，翰林制度往往通過翰林文士的中介作用來引導其他文人的創作，進而影響整個文壇風氣的發展；就過程而言，翰林文士對其他文人乃至整個文壇風氣的影響是一個循序漸進的過程。」王紅：《明清文化體制與文學關係研究》（成都：巴蜀書社，2010 年），頁 34。

〔註172〕 何炳棣指出：「1500 年以後，生員在一定年限內未達考課標準就會被淘汰的舊規定，漸漸鬆弛了。……這種對生員寬大的政策，加上額數不定的附生漸成爲此一制度的永久特徵…生員的累計總數肯定大增。」相關討論參見何炳棣著；徐泓譯注：《明清社會史論》（臺北：聯經出版社，2013 年），頁 215～221。

爭越激烈」〔註173〕。於是，一群科舉失意，長期處於生員身分，或
逕而放棄，或連生員資格都未曾取得的布衣文人，有稱之「山人」，
或以此自號，這些「無位者」〔註174〕，在嘉靖、萬曆間大盛，形成
了一個龐大的文人群體──即山人階層的出現〔註175〕。

　　事實上，早先，明初號爲山人，基本上帶有隱士之意；弘治、
正德以來，有以爲文人雅號者，如黃佐編纂《明音類選》，自稱「南
海泰泉山人黃佐」，或徐泰輯有《皇明風雅》，或稱之「徐山人泰」。
唯「從成化到弘治、正德間，出現了一個流動的士人群體，人們開
始以『山人』指稱他們。到了嘉靖、萬曆之際，這個群體在社會上
更爲活躍，『山人』幾乎成了這個群體的專用稱號」〔註176〕，即前
述所謂「無位者」，他們大都「號能詩文、若書若畫」〔註177〕，四
處干謁營生，或與名公鄉紳酬唱，參與結社活動，豐富了明代詩歌，
並對明代出版文化造成了一定的影響。如〔清〕趙翼（1727～1814）
《廿二史箚記》以爲明代有「不由科目而才名傾一時者」，即云「或
諸生，或布衣山人，各以詩文書畫，表見於時，並傳及後世」〔註178〕。
而事實上，在明詩選本中，對山人詩作的表現，即有見留意，顯見

〔註173〕　錢茂偉：《國家、科舉與社會──以明代爲中心的考察》（北京：北
　　　　　京圖書館出版社，2004），頁99。
〔註174〕　〔明〕薛岡〈辭友人稱山人書〉：「若君侯視今日遊客，動號山人，
　　　　　以爲無位者之通稱，而加不佞，益非不佞所願當矣。」見薛岡：《天
　　　　　爵堂文集》，收於《四庫未收書輯刊》（北京：北京出版社，2000
　　　　　年），第6輯，第25冊，卷18，頁657～658。。
〔註175〕　關於山人相關討論，參見陳萬益：〈晚明小品與明季文人生活〉，收
　　　　　於氏著：《晚明小品與明季文人生活》（臺北：大安出版社，1988
　　　　　年），頁44～64、張德建：《明代山人文學研究》（長沙：湖南人民
　　　　　出版社，2005年）。
〔註176〕　張德建：《明代山人文學研究》（長沙：湖南人民出版社，2005年），
　　　　　頁7～10。
〔註177〕　〔明〕徐應雷〈讀弇州山人集〉：「今之稱山人者，大都號能詩文，
　　　　　若書若畫。」見黃宗羲：《明文海》，收於《景印文淵閣四庫全書》
　　　　　（臺北：臺灣商務印書館，1986年），第1455冊，卷253，頁795。
〔註178〕　〔清〕趙翼：《廿二史箚記》，收於《四部備要》（臺北：臺灣中華
　　　　　書局，1966年），第341冊，卷34，頁11。

者如顧起綸《國雅》、《續國雅》以稱號名詩家，著眼山人流動的活動性質，謂「其嘗好薄游者，則稱山人」（《國雅‧凡例》，頁 2），二部選本分別收有二十四位、十位山人之詩；又華淑《明詩選》卷首附詩家姓氏爵里，標明山人者自宣德始至萬曆，共有十一位，其中嘉靖以後即佔九位，足見山人作爲一種身分，在嘉靖以後確有大盛，且其詩歌表現已漸受矚目。至崇禎、天啓年間，已有布衣文人詩歌總集的編纂，殊見山人階層在明代詩壇上的表現與推動〔註179〕。

　　同時，不只是詩歌創作，山人編纂詩文集，或投入出版的情況亦見，如盧純學「少承家學，矢志博雅」〔註180〕，致力詩歌，以布衣身分編纂《明詩正聲》，表述詩歌理念，有意萃明詩之風雅，補益於後學；又華淑爲無錫華氏望族第十九世孫，補博士弟子員爲諸生，未嘗中舉，自稱「居士」、「道人」〔註181〕，有「深居清暇，只以讀書爲事」之謂〔註182〕，苦心於詩數十年〔註183〕，纂有詩歌選集《明詩

〔註179〕　陳萬益援清代周亮工《書影》所載，論崇禎、天啓時人閔景賢所編布衣文人詩總集，以爲：「它說明了幾個歷史事實：一、明朝的布衣詩人已經逐漸成爲文學界的主角，對於明朝文化的推展，具有舉足清重的份量；二、明朝末年，這些布衣身分的文人，已逐漸形成社會的一個階層，他們甚至產生了階層意識，「山人」、「布衣」、「處士」、「文人」、「名士」等等，都是相應而特別流行的詞語；三、這一個階層的人數眾多，成爲明末出版界的主要生產者和消費者，這一個階層讀書人的品味，乃成爲明末著作風格的決定性因素。」陳萬益：〈晚明小品與明季文人生活〉，收於氏著：《晚明小品與明季文人生活》（臺北：大安出版社，1988 年），頁 56。

〔註180〕　〔清〕黃宗羲：《明文海》，收於《景印文淵閣四庫全書》（臺北：臺灣商務印書館，1986 年），第 1456 冊，卷 268，頁 116。

〔註181〕　如華淑〈閒情小品跋〉自署「聞修道人華淑」，收於華淑：《閒情小品》（明萬曆間刻本），頁 1、華淑〈癖顚小史跋〉，自署「聞修居士華淑」，收於華淑：《清睡閣快書》（明萬曆間刊本），頁 1。

〔註182〕　華淑〈書紳要語引〉，收於華淑：《閒情小品》（明萬曆間刻本），頁 1。

〔註183〕　《無錫金匱縣志‧文苑》：「華淑字聞修，讀書善病，有小築曰斷園，引客倡和其中，於詩苦心數十年，頗逐時好，而久自陶汰，亦別成杼軸。」〔清〕斐大中等修：秦緗業等纂：《無錫金匱縣志》，收於《中國方志叢書‧華中地方》（臺北：成文書局，1970 年），第 21 號，第 2 冊，卷 22，頁 380。

選》、《明詩選最》，另輯《閒情小品》，云：「隨興抽檢，得古人佳言
韻事，復隨意摘錄，適意而止，聊以伴我閒日，命曰：閒情。非經、
非史、非子、非集，自成一種閒書」〔註 184〕，展現生活品味。至若
陳繼儒放棄生員身分，成爲「山人」，置身於編輯出版，大木康以爲：

> 作爲一介「山人」，陳繼儒接連不斷地出版並暢銷的是高雅
> 文人趣味生活的教科書。……到了明末，出現了許多文人
> 趣味指南，它被普及到了更爲廣泛的社會階層。可以說以
> 大眾傳媒爲背景，陳繼儒完全是當時普及文人趣味的主
> 力。如此一想便可得知，明末出現眾多「山人」，似乎其本
> 身就是出版文化的產物。〔註 185〕

他將山人投身、致力於出版，進一步視明末眾多山人的出現係出版文
化的產物，強調的無非是山人與明代出版業間的緊密聯繫。可見爲求
生計，或出於詩歌之好、讀書之樂，以爲娛情悅性、文人交流，編纂
詩文集乃至於出版，著述立言〔註 186〕，係明代山人，尤其嘉靖、萬
曆以後，山人大盛，其生活之體現之一端。陳寶良論明人文集（包含
別集、總集）之泛濫，嘗云：

> 究文集泛濫的原因，大體可以概括如下：首先，明人大多
> 好名，一登仕途，不論其是否具有文學才能，無不刻一部
> 詩文集，以爲「不朽計」；其次，相較於前代而言，明代教
> 育更爲普及，識字人增多，尤其是大量生員的山人化，出
> 現了一個山人階層；再次，商人出於牟利的目的，刻一些

〔註 184〕 華淑：〈題閒情小品〉，收於華淑：《閒情小品》（明萬曆間刻本），
頁 2。

〔註 185〕 大木康著；周保雄譯：《明末江南的出版文化》（上海：上海古籍出
版社，2014 年），頁 89。

〔註 186〕 連文萍提到：「對他們（山人）而言，詩歌並非只是用來干譽營生，
『挾詩卷、攜竿牘，遨游縉紳』，反而因爲他們不事舉業，無法如
一般人以科舉來榮身，因此以詩歌來書寫記錄，樹立自己的人生價
值，或躋身詩學導師，尋求在詩壇發聲的可能，或不斷研求詩歌的
美學展現，希冀傳世不朽的機會。」關於山人的學詩、作詩心態，
參見連文萍：《詩學正蒙：明代詩歌啟蒙教習研究》（臺北：里仁書
局，2015 年），頁 107～112。

名家的集子，無疑亦助長了文集泛濫之風。〔註187〕

是知，無論是仕進與否，詩文集的編纂在明代都蔚然成風，山人階層的出現，更有以助長其勢，出版商有意刊刻名家詩文，亦往往與這些仕途失意者合作〔註188〕，由此，則明詩選集的編纂、刊印，遂在這樣的風潮之下，在嘉靖以後，蓬勃開展了。

　　總結上述，明詩選本是明詩創作的反映，而明代詩歌在皇權統治下，大抵圍繞著朝廷的取士方式發展，文人如何自處、創作，以符應政治的需求、許可，是明代文人要面臨的課題，也是影響他們創作的潛在前提。作爲抒情言志的主要工具，它未嘗隨著八股時文的推動而拋擲。尤其，八股文與詩歌間並非全然隔絕，在互滲影響中，類比於八股，對律詩創作的留意、對詩歌創作手法上的篇法、字句的討論，都有以深化明代詩學的內涵。體現在明詩選本中，則見大量律詩的選錄，又或評點文字在創作手法上的著墨。那麼，在明人幾番述及習爲舉子業而不知爲詩、佔嗶以取青紫，有致詩道闃然的種種論述中，反而更加突顯詩歌在明人心中的地位，以及它可能具有的實際運用性——如：唱和、酬贈的交流活動。是則，無論仕宦與否，學詩、作詩依然，這樣的情況並未因八股文而消失於明代。且朝廷培育人才，既不廢詩文，如嘉靖時士子的「惟文之爲務」，兼以遇有志同道合者，彼此的酬贈、論詩，詩歌交流間，自然都爲詩集、明詩選集的編纂提供了有利的條件。而嘉靖、萬曆以後，山人盛行，在寄情於詩，適情悅性，或引爲謀生之道的情形下，明詩樣貌又見豐富，與之相應、隨之而來的則是明詩選集標明詩家之山人身分，選錄山人詩歌，以及明詩選集的編纂者可能即爲山人，包括山人可能集編輯、出版於一身，在刊刻印刷發達的促成中，與書商間的合作等等。換言之，隨著科舉日重，八股文在成化以後的逐

〔註187〕　陳寶良：〈明代文人辨析〉，《漢學研究》（2001 年 6 月），第 19 卷，第 1 期，頁 195～196。

〔註188〕　相關討論參見第三章〈刊刻、地域與存錄——明人選明詩的流布〉。

步定型、成熟，明代詩歌的發展、明詩選本的編纂並未中斷，乃是持續進行，且更顯紛呈了。

第三節　明詩創作與論詩風氣的促成——以明人別集、詩話爲主的討論

　　明人編選明詩選集，有賴於明詩創作與論詩風氣之促成。而明人的詩歌創作，往往集結成冊，是以透過詩歌別集，當有助於此一創作盛況，及其對選本可能產生的影響。

　　〔清〕葉德輝（1864～1927）《書林清話》在敘述明代刻書工價之廉，曾載：

> 嘗聞王遵巖（愼中）、唐荊川（順之）兩先生相謂曰：數十年讀書人，能中一榜，必有一部刻稿；屠沽小兒，身衣飽煖，歿時必有一篇墓誌。此等板籍，幸不久即滅，假使盡存，則雖以大地爲架子，亦貯不下矣。〔註189〕

可知，在工價極廉的情況下，推動了明代刻書之風，不僅讀書人多有刻稿，縱爲一般市井小民，衣食無虞，亦刻有墓誌文作，板籍數量之大，甚爲可觀，間接透露明人在詩文創作上可能有的盛景。今人吳格整理現存明人所著詩文集，統計總數約在三千種以上〔註190〕，其數量遠大於唐、宋〔註191〕。其中，明人文集（含詩文兼收）者，總數

〔註189〕　〔清〕葉德輝：《書林清話》（北京：國家圖書館出版社，2008 年），頁 126。

〔註190〕　吳格指出：「現存明人所著詩文集，經近年來編纂的《中國古籍善本書目》、《中國古籍總目》調查統計，總數在三千種以上。此三千種以上的詩文集，去除其中純爲詩集者，詩文兼收及純爲文集者，總數在二千五百種左右。」參見吳格：〈《明人文集篇目索引數據庫》編製芻議〉，收於中國明代研究學會主編：《明人文集與明代研究》（臺北：明代學會，2001 年），頁 407。

〔註191〕　萬曼《唐集敍錄》整理現存唐人別集，共一百零八家，另，據祝尚書的統計，現存宋人別集約八百家左右。參見萬曼：《唐集敍錄》（北京：中華書局，1980 年）、祝尚書：《宋人別集敍錄》（北京：中華書局，1999 年），上冊，頁 7。

約二千五百種左右，是則，明人詩歌別集，推算其數至少應有五百種
之多，還不包括亡佚散失者，足見明人詩歌創作量的龐大。

　　而這龐大的創作量，爲數眾多的詩歌別集，自然是明詩總集最
佳的取材資源，有以讓編輯者興發纂存、選收之念。如俞憲（1508
～1572）《盛明百家詩・凡例》云：

> 是編之刻大意謂我明詩家各自爲集，歲月侵尋，勢必散逸
> 而無傳。況海寓遼遠，學者豈能盡見。……乃隨各集，撮
> 其大略，彙存家塾以備一代故實，庶幾後之覽者有考云。
> 〔註192〕

可知，因明詩家各有所集，宇內又廣，歲月流逝間，有恐留存不易，
爲能便於文士覽見，保存明代詩歌，俞憲遂將平生所藏，益加搜訪，
輯刻爲《盛明百家詩》。但畢竟此編意不在選，乃以「廣博爲貴」
〔註193〕，卷帙浩繁，難免有蕪雜冗濫之處，且也不易流通，因此，
加以刪選、調整之選集，於是有作，如華淑《明詩選》。換言之，在
明詩創作風氣繁盛，人各有集的情況下，不僅激發了明詩總集的編
纂，爲了存其精要、利於流播，明詩選本亦將蔚然而起。

　　另外，若進一步由明人詩歌別集之發展以觀，由黃虞稷（1629
～1691）《千頃堂書目》所錄明人別集（帝王、藩屬除外），直接標爲
詩、詩集者以計，共 630 部，按黃氏所繫時間〔註194〕，亦能發現其
與明詩選集間的聯繫，如下表所示：

〔註192〕　〔明〕俞憲：《盛明百家詩》，收於《四庫全書存目叢書》（臺南：
　　　　　莊嚴文化出版社，1997 年），第 304 冊，頁 402。

〔註193〕　俞憲《盛明百家詩・凡例》：「是編以廣博爲貴，不務刻削，緣集與
　　　　　選不同也。」俞憲：《盛明百家詩》，收於《四庫全書存目叢書》（臺
　　　　　南：莊嚴文化出版社，1997 年），第 304 冊，頁 402。

〔註194〕　黃氏所繫時間，《四庫提要》有云：「集部分八門，其別集以朝代科
　　　　　分爲先後，無科分者則酌附於各朝之末。」可知所繫非爲別集之成
　　　　　書時間，然筆者意在瞭解作者及其作品對選本可能造成的影響，今
　　　　　黃氏所分乃依作者之登科年，當有助於瞭解作者及其創作之相關時
　　　　　間，故黃氏所繫，不另細分別集成書時間。〔清〕可永瑢等撰：《四
　　　　　庫全書總目提要》，收於王雲五主編：《萬有文庫簡編》（上海：商
　　　　　務印書館，1940 年），第 3 冊，目錄類 1，卷 85，頁 28。

表二：《千頃堂書目》明代各時期詩歌別集數量與明人選明詩互見表

年號	洪武	建文	永樂	宣德	正統	景泰	天順	成化	弘治	正德	嘉靖	隆慶	萬曆	天啓	崇禎
時間（年）	31	5	23	11	15	9	8	24	19	17	47	6	49	8	18
詩集數量	56	1	34	2	7	9	10	26	30	34	116	9	161	17	118
明人選明詩〔註195〕	2	0	0	0	1	0	1	0	0	0	3	0	8	1	3

可知，嘉靖以後，明人詩歌別集的數量大幅提升，與明人選明詩的發展情況大抵相應，且皆於萬曆年間達到鼎盛。歸究其由，應以刊刻印刷業在嘉靖後的發達爲主因。然由詩歌別集、選集在發展趨勢上的相應，似乎也反映出兩者間的密切聯繫，如洪武期間，民間書版未盡盛行前，詩歌別集比例之高，在選本數量上仍見對應。換言之，詩歌別集的發展，確實有以激發選本的編纂。同時，選本的編纂，也有可能帶動詩歌別集的刊印，兩者間乃是一種連動關係，有相輔相成之效。如曹學佺〈少谷集序〉：

> 初，鄭繼之先生有集刻於家，其傳不廣，鄧汝高爲浙江監兌，惟取其詩，稍衰選之，刻於湖州。余選明詩至少谷，必欲得其全集，又不能無去取，較諸湖州所刻，存者僅四分之一，然而選自汝高者，同異亦有間矣。……鄭民部映崑，將重刻《少谷集》於金陵，而問序於予，……。〔註196〕

可知，鄭善夫（1485～1523）詩有集，然流通未廣，先有鄧原岳（萬

〔註195〕 明詩選本選者之活動時間，大抵與成書時間相符，唯署名鍾惺、譚元春《明詩歸》成書時間於清初，略有出入，今考其所選詩家包含明末時人，故姑將之并入崇禎時間選本數以爲計。

〔註196〕 收於錢仲聯主編：《歷代別集序跋綜錄》（南京：江蘇教育出版社，2005年），第2冊，頁1051。

曆時人）之刪汰重刻，繼而曹學佺選明詩，在詩集上亦有去取，且與鄧氏所選略有不一。其後，善夫後人鄭章甫（崇禎時人）欲重刻《少谷集》，商請曹學佺作序，未嘗不有在選集外，存留鄭善夫全作的用意，顯見選本亦有促成詩家別集刊印的可能。

又，在明詩選集中，亦可見選者取材於詩歌別集之語，如：

> 詩雖名家而未之錄者，未得而錄之也。錄之少者，或未得其全集。或得而選擇之未精也。雖無刻集，而偶得其一二可錄者亦所不棄。（徐泰《皇明風雅・凡例》，頁 2）

> 余就故篋中手筆諸名家愜意詩若干卷，并平生所積名集，得商略而采之，復大搜未備，隨適裒帙。（顧起綸《國雅・凡例》，頁 1）

> 現在名公或雅負詩望而未有刻稿，及有刻稿而覓獲無從者，軼漏尚多，統俟續刻。（華淑《明詩選・凡例》，頁 1，總頁碼 12）

由引文不難發現，諸家全集實爲詩歌選本主要取材來源，選者多能廣爲收藏，以便輯錄。若無刻稿，選者難以取得詩作，則詩人雖爲當時名家，仍有可能未得選錄，是以，詩歌別集之纂，甚至攸關於選本的選錄內容。當然，未有刻稿者，若是選者偶得，有所選錄，亦得藉選本以爲流播、保存。

總合以上，可知：首先，明人詩歌別集爲數眾多，作爲反映明詩創作之榮景，於促進明人選明詩的發展，實有一定的影響力；其次，選本的輯錄，既利於詩家作品的流通，變相地也可能提高詩家的關注度，增進詩歌別集的刊刻；最末，由於選本的取材來源主要依靠選者對詩家作品的收藏，若詩家未有刻稿留存，或傳布未廣，以致選者未能或少有選錄，遺漏菁華之作，自有難免。相對地，呈現在選本中，部分詩家在當時可能有的聲名也許就會被忽略，而未必是詩作不符合選者的編選標準，如前述之鄭善夫，徐泰《詩談》嘗稱其詩爲「醇」，是詩家「一時之選」〔註 197〕，然早先所輯《皇明風雅》卻不見鄭善

〔註 197〕　徐泰《詩談》：「若王廷相、許宗魯、石寶之古；邊貢、鄭善夫、子

夫詩，或即與鄭氏詩集當時尙未刻成有關〔註198〕。由此可知，明人詩歌創作之盛，有見於別集，反映在選本之編纂上，實有著相互作用、影響的密切關係。

　　至於，在論詩風氣上，邵紅曾謂「明代文學批評風氣的鼎盛，幾乎成爲這一代文學的特色」〔註199〕，並指出這是一種「群體的關注」〔註200〕。同時，明人擷取爲批評對象的，往往是詩作，「詩論較文論多而周密」〔註201〕。試以明人詩話爲例，作爲一種特殊的論詩形式，在明代有見發展，不再只是單純閒談隨筆式的描述，更多是對詩歌理論、文學批評的重視〔註202〕，在體現明代詩學上，無疑是扇重要的窗口〔註203〕。據連文萍的統計，明代現存詩話計有一百四十三種，

洋之醇；孫一元之逸；林釴之奇；王寵之充，蔚皆一時之選。」〔明〕徐泰《詩談》（清道光辛卯（11年）六安晁氏活字印本），頁6。

〔註198〕 陳廣宏嘗考鄭氏作品之刊印情況，云：「鄭善夫卒於嘉靖二年（1524），年僅三十九歲，閩守汪文盛爲營葬，並於嘉靖四年在閩中梓其集行世。」陳廣宏：〈晉安詩派：萬曆間福州文人群體對本地域文學的自覺建構〉，收於復旦大學中國古代文學研究中心編：《中國文學研究》（北京：中國文聯出版社，2008年），第12輯，頁90。

〔註199〕 邵紅：〈明代文學批評的特色與流派〉，收於葉慶炳、邵紅編：《明代文學批評資料彙編》（臺北：成文出版社有限公司，1979年），上冊，頁1。

〔註200〕 邵紅有云：「在明代，從事文學批評不是一件刻意爲之的工作，雲起風生，聲發響應，極其自然地，批評成爲一件融入生活之內，與創作密不可分的事功。……無論地位的高低，作品的多寡，功名的有無，具從事於理論的探討，重視對作品的分析和評論。」邵紅：〈明代文學批評的特色與流派〉，收於葉慶炳、邵紅編：《明代文學批評資料彙編》（臺北：成文出版社有限公司，1979年），上冊，頁3。

〔註201〕 邵紅：〈明代文學批評的特色與流派〉，收於葉慶炳、邵紅編：《明代文學批評資料彙編》（臺北：成文出版社有限公司，1979年），上冊，頁21。

〔註202〕 參見蔡鎭楚：《中國詩話史》（長沙：湖南文藝出版社，1988年），頁145～147

〔註203〕 連文萍說：「詩話，是反映明代詩學的一扇重要窗口。」並指出：「『詩話』在明人眼中，不僅只是隨筆閒談，不僅只是零散的雜書，更是建立詩學理論、傳達詩學觀念的重要著作，甚至是詩人『一生目力』之所寄，視撰編詩話爲『立言』，足以使生命不朽。」連文萍：《明代詩

如含亡佚與後人及纂輯，共三百一十七部，數量眾多，不亞於前代，可見明人在詩歌論述上的投入。而這樣的論詩風氣，或者說理論批評成果，如何推動了明人選明詩的發展，亦或明人選明詩如何體現了這樣的論詩風氣，由明人詩話與選本間的聯繫，也許能得到一些線索：

　　首先，有的選家兼有詩話之作，如懷悅輯有《詩法源流》、《詩家一指》、徐泰《詩談》、楊慎《千里面譚》等。其中，懷悅所輯雖非自著，然二作著眼詩法，對律體多有著墨，如周廷徵（正德時人）〈詩法源流後序〉謂是書「足以該杜律之全」〔註204〕，《詩家一指》懷悅自序則云：「善哉喻乎。余偶獲是編，其法以唐律之精粹者，采其關鍵以立則。」〔註205〕而懷悅《士林詩選》所選幾乎全為近體，且律詩比例高達一半以上，同樣得見他對律體的關注。雖就現存資料，無法確知《詩家一指》的編纂時間，然按懷悅〈詩法源流後序〉所識時間──成化元年（1465）〔註206〕，至少可知懷悅編輯《詩法源流》當晚於天順五年（1461）之《士林詩選》。又，徐泰晚年《詩談》云：「臨川甘瑾工於律，矛戟森然，望之可畏」〔註207〕，肯定甘瑾（元末明初人）在律詩上的表現，早先所輯詩選《皇明風雅》收甘瑾十五首詩，律詩即佔十三首，且此前本朝詩選幾乎未見甘瑾詩，除顯示徐泰選詩「皆擇其偶愜鄙意者」（凡例，頁1）外，也表示《詩談》殆為《皇明風雅》選詩之註腳。是知，詩話與選本都是明人流布詩學理念的方式，選本以選詩提供實例佳作，詩話則用以闡述論詩之見，明人或兼有二作，深化己見，充分表達的無非是對

話考述》（新北市：花木蘭文化出版社，2015年），上冊，頁5、16。
〔註204〕收於周維德集校：《全明詩話》（濟南：齊魯書社，2005年），第1冊，頁157。
〔註205〕懷悅自敘，見於〔清〕范邦甸等撰：《天一閣書目》（上海：上海古籍出版社，2010年），下冊，卷4之4，集部4，頁512。
〔註206〕收於周維德集校：《全明詩話》（濟南：齊魯書社，2005年），第1冊，頁156。
〔註207〕〔明〕徐泰：《詩談》（清道光辛卯（11年）六安晁氏活字印本），頁2。

當代詩歌的關心，也顯示出他們在詩歌理論上的探索，不僅反映，亦有助於推動明代的論詩風氣。另外，如就編纂時間來看，相較於詩話，選本可能是明人在表達明詩之見，更習慣、容易採取的一種方式。

其次，在明人詩話與明人選明詩中，不時見有援引、評述。如顧起綸《國雅》，附有《國雅品》一卷以評騭選錄詩家，其中不乏對王世貞《藝苑卮言》的引述，《四庫全書總目》謂之「惟奉《藝苑卮言》為圭臬」〔註208〕；又李騰鵬《皇明詩統》在詩人名下、詩歌尾評，每每見李東陽（1447～1516）《懷麓堂詩話》、王世貞（1526～1590）《明詩評》、姜南（嘉靖時人）《蓉塘詩話》評論，甚至，顧起綸《國雅品》語亦見其中，藉以闡明詩家詩歌表現〔註209〕。另外，詩話中同樣可見對本朝詩選的論述，如胡應麟（1551～1602）《詩藪》肯定楊慎《皇明詩鈔》對高啟詩歌的蒐輯〔註210〕、許學夷（1563～1633）《詩源辯體》對李攀龍《古今詩刪》的批評，以為「去取之意，漫不可曉」〔註211〕等等。可見，明人選明詩與詩話間其實互有對話，在明人選明詩兼有評論的情況下，明人詩話容易被引為佐證，強化選者之意，選本內涵自然更顯豐富，而詩話既以詩歌為論，詩選得為取材參考，相對地容易被納入評述範圍，探究選詩的得當與否，同樣擴充了詩話對當代詩歌的理解，在論詩意見上的完整。換言之，在論詩風氣的影響下，明人選明詩與詩話乃是各有發展，但

〔註208〕〔清〕永瑢等撰：《四庫全書總目提要》，收於王雲五主編：《萬有文庫簡編》（上海：商務印書館，1940年），第5冊，總集類存目2，卷192，頁30。

〔註209〕如高啟、袁凱名下皆引有李東陽《懷麓堂詩話》、王世貞《明詩評》之評，又高啟〈藺相如〉一詩，尾評引姜南《蓉塘詩話》述詠史詩寓議論之語、〈梅花〉四首尾評引顧起綸《國雅品》論七言律之不易等。

〔註210〕〔明〕胡應麟：《詩藪》（臺北：文馨出版社，1973年），續編卷一，國朝上，頁327。

〔註211〕〔明〕許學夷著；杜維沫校點：《詩源辯體》（北京：人民文學出版社，1998年），卷36，頁367。

過程中，彼此仍互有推進，無形中自然深化、拓展了彼此的內涵。這一點，從兩者在刊刻印刷的推進下，皆於嘉靖、萬曆時期最見豐碩〔註212〕，此一相類的發展趨勢，也似乎得到了驗證。

　　再次，在編選內涵上，明人詩話與明人選明詩間也能發現一些雷同，如辨體意識的突顯：相較於以往選本，明人選明詩依詩體分卷的情況更多，而標榜辨體的詩話數量亦不少，如胡應麟（1551～1602）《詩藪》、許學夷（1563～1633）《詩源辯體》等；又或對女性詩歌的留意：嘉靖三十六年（1557）田藝蘅（1524～？）《詩女史》專編女性詩歌，在萬曆以後的明詩選本中，女性詩歌也見大量選錄，而第一部專門評論女性詩作的詩話——江盈科（1553～1605）《閨秀詩評》同樣屬於萬曆間的作品。包括，從明人詩話大抵的理論傾向上來看，以復古詩說為主軸，環繞在尊唐議題上的討論〔註213〕，在明人選明詩中也能得到對應，比方在體例上，依循著唐詩選集如〔元〕楊士弘《唐音》、〔明〕高棅《唐詩品彙》、《唐詩正聲》的編纂形式，又或在選本序跋文字中，每論及唐詩成果，不時流露對唐詩的推崇，選錄明詩頗有繼其盛景之意〔註214〕。以及，在選詩標準上，選者以「音調格律」為要求，如盧純學《明詩正聲·凡例》：「是編云正聲者，以音調格律不出準繩之外」（頁 1）、穆光胤〈明詩正聲序〉：「聲出金石，調合律度，無非同歸於正者」（頁4，總頁碼5）

〔註212〕連文萍：《明代詩話考述》（新北市：花木蘭文化出版社，2015 年），下冊，頁 461。

〔註213〕關於明人詩話復古詩說之理論體系、內涵，參見連文萍：《明代詩話考述》（新北市：花木蘭文化出版社，2015 年），下冊，頁 471～476。

〔註214〕如陳仕賢〈皇明詩抄序〉：「惟盛唐以律名家，渾雄超逸，粹然一出於正。論者謂推原漢魏以來，截然當以盛唐為法，不作開元天寶以下人物，詩之不可以易言也如是。我朝皇風沕穆，人文丕著，名公逸士力追古作，詩教復振，誠足以鳴國家之盛，與盛唐後先相望也。」（頁1～2）、江一夔〈明詩正聲後序〉：「夫詩自漢魏而降，靡於六朝。自唐而振，亦自唐斬。斯道不講，蓋歷數世，惟我明興，作者輩出，雲蒸霞爛，朗若日星，即與貞觀、大歷諸君子並駕齊驅，未云少讓。」（盧純學《明詩正聲》，頁1）

等，同樣回應著明人詩話對詩歌體製、聲調上的闡論，誠如王兵所說「詩學批評的理論成果會豐富詩家的創作方法和觀念，影響詩歌風格的嬗變，當然也會影響到選家篩選作品的傾向性」〔註215〕。

準此，以明人詩話作爲明代詩學理論具體成果之展現，作爲一參照值，明人選明詩在選詩傾向、內涵上相應，包括選者自身同時有詩話、選本之作，實都在在顯示了明人論詩風氣之盛，以及此一論詩風氣、理論批評成果在明人選明詩上的影響、推動。

第四節　結　語

總結上述，可得到以下幾點：

第一、明人選明詩的發展，建立在幾個背景條件下：首先，從選本自身的承繼脈絡，就當代人選當代詩歌，淵源最早可上溯魏晉時期《玉臺新詠》。明人對《玉臺新詠》多有刊刻，透露的是他們對特定題材當代詩選的接受程度，包括編纂思想——重「情」、主「新」的論調，以及在選詩上不避存世詩人及己作的體例，這些在明人選明詩中都得到了一定的反映。而唐人選唐詩，更爲自覺地選錄當代詩歌，透過選本表彰詩歌主張，所帶有的示範性意義，則具體成爲明人選明詩的宗尚對象，舉凡唐詩選本體例之引述、仿效，對選詩理論內涵上的再檢討，都能看到唐人選唐詩對明人選明詩的直接影響。至於宋、元以來當代詩選，從合選唐宋詩歌，到更多對當代詩歌的輯錄，以及選本類型上的拓展，包括特定人士、地域、詩體、題材詩歌的選錄，分卷形式或依詩體、或依題材的方式，南宋以來評點詩文之風的蔚起等等，都讓明人選明詩得以有更多選錄型態的思考。尤其，多有詩體分卷之選，著眼於近體詩，辨體意識在宋人詩選的基礎裡有以發揮，乃至於元代文人雅集之詩社選本輯錄，往後明人選明詩不乏文人結社色彩，或逕而衍爲流派之選，顯然都在

〔註215〕 王兵：《清人選清詩與清代詩學》（北京：中國社會科學出版社，2011年6月），頁79。

前人的當代詩選裡，找到了發展的軌跡。

第二、在明代的時代背景裡，明詩選本的編纂繫諸於明人對詩歌的態度，而明人對詩歌的態度，又往往圍繞在科舉取士的文化氛圍裡。於是，以科舉作為觀察點，看似是角力的學習對抗，實則明詩的發展與八股文並隨，同時產生了互滲的影響。體現在明人選明詩中，部分選本著眼於律詩，又或評點文字在留意篇法、字句，毋寧說或有著八股文的間接影響。至於在成化以前，八股文尚未成熟，在明初薦舉仍重之時，文人匯聚京師，已有頻繁之詩歌交流。縱八股文定型之後，無論舉業仕進與否，學詩、作詩、論詩情形依舊未嘗中斷，甚者，不僅是朝廷在培育人才上不廢詩文，有意登第者（尤其亟入翰林者）未敢偏廢，在科舉日重，仕途狹礙的情況下，大量生員（諸生）的湧現，渠等寄情詩歌，尋求人生意義，又或藉以營生、干譽，都讓明詩的創作更顯多樣，在刊刻印刷發達的促成下，個人詩集、明詩選集的編纂，自然也就應運而生了。

第三、作為明人選明詩的取材來源，明詩別集的編纂，無疑是明人選明詩發展的直接推手，而論詩風氣的鼎盛，更有以推波助瀾。以明代詩話為例，作為明人論詩成果的具體展現，詩歌選本選錄詩歌提供範例，在相輔相成間，由彼此呈現出的共相，無論是選者兼有詩話之作，又或詩話、選本的互有引述、論述內涵上的雷同等等，都在在表示明人論詩風氣確然為盛，與彼此間發展關係的緊密。而明人別集的眾多，所提供的龐大創作量，是詩話、選本的討論、參考對象，同時也在一定程度內受到論詩傾向、成果的影響，不僅是創作方式可能有所轉變，當詩家的關注度因選本選錄而提昇，刊印情形也可能跟著增加。換言之，明人選明詩的內涵及其發展，蓋有明詩創作與論詩風氣的促成，作為直接性的推動力，遂得更見勃發，呈現詩選蔚然之榮景。

第三章　刊刻、地域與存錄——明人選明詩的流布

　　明人選明詩的編纂，不惟是過往當代詩選的延續，亦是時代風氣下的產物，明代科舉營構出的文化環境、當時的詩歌創作與論詩風氣等，都在在影響著明人選明詩的發展。此中，明代出版、印刷的興盛，雖未必直接影響編選內容，卻是促使明人選明詩蓬勃開展的重要推力，與選本的流布密切相關，反映出選本在當時的可能影響力。因此，本章即由明人選明詩的刊印情況出發，並透過明代書目的存錄情況進行檢視，以觀明人選明詩的流布情況。

　　關於明代的出版事業，在建立明代政權以前，太祖「命有司訪求古今書籍，藏之秘府，以資覽閱」〔註1〕，到「洪武元年八月，詔除書籍稅」〔註2〕，二十三年「命禮部遣使購天下遺書，令書坊刊行」〔註3〕，種種重視圖書藏收、推廣的舉措，蓋已預示著明代圖書事業將有一良好發展環境。李致忠《歷代刻書考述》云：

〔註1〕〔明〕董倫等修；解縉等重修；胡廣等復奉敕修：《明太祖實錄》，收於《明實錄》（臺北：中央研究院歷史語言研究所，1964 年），第 1 冊，卷 20，頁 287。

〔註2〕〔清〕龍文彬：《明會要》（臺北：世界書局，1972 年），上冊，卷 26，頁 418。

〔註3〕〔明〕陸深：《儼山外集》，收於《景印文淵閣四庫全書》（臺北：臺灣商務印書館，1985 年），第 885 冊，卷 22，頁 127。

明代這一政策的推行，對刻書事業無疑是個極大的刺激和
解放。明代上自故朝廷內府、諸王藩府，乃至各布政使司、
按察使司、各府、州、縣及其儒學，都以刻書爲風尚。下
至南北兩京、福建、江蘇、浙江、安徽等的中大城市，則
書鋪如林，書溢市肆。〔註4〕

有別於元朝刻書之嚴〔註5〕，明代在書籍出版上的相對寬鬆，「明書皆
可私刻，刻工極廉」〔註6〕，確實帶來了一種新的榮景，尤其嘉靖以
後，隨著經濟的漸顯蓬勃，造紙、印刷術的改良、推廣〔註7〕，刻書
之風，遂益爲盛。成化丙戌（1466）進士陸容（1436～1494）《菽園
雜記》云：

宣德、正統間，書籍印版尚未廣。今所在書版，日增月益，
天下古文之象，愈隆於前已。〔註8〕

又李詡（1506～1593）《戒庵老人漫筆》謂：

余少時學舉子業，並無刊本窗稿。……今滿目皆坊刻矣，

〔註4〕 李致忠：《歷代刻書考述》（四川：巴蜀書社，1990 年），頁 216。

〔註5〕 〔明〕陸容論明代刻書多無益之作時，嘗言：「嘗愛元人刻書，必經中
書省看過下所司，乃許刻印。」；〔清〕蔡澄《雞窗叢話》亦提及：「先
輩云元時人刻書極難，如某地某人有著作，則其地之紳士呈詞於學使，
學使以爲不可刻則已。如可，學使備文咨部，部議以爲可，則刊板行
世，不可則止。」都能看出元代刻書之嚴。〔明〕陸容：《菽園雜記》
（北京：中華書局出版，1997 年），卷 10，頁 129、〔清〕蔡澄：《雞
窗叢話》（清光緒間丙戌，新陽趙氏刊峭帆樓叢書本），頁 18。

〔註6〕 〔清〕蔡澄：《雞窗叢話》（清光緒間丙戌，新陽趙氏刊峭帆樓叢書
本），頁 18。

〔註7〕 王毓銓主編《中國經濟通史・明代經濟卷》：「手工業生產在明中期有
了進一步的發展。……紡織、陶瓷、礦冶、造紙、印刷、木材、制糖、
榨油、釀酒、制茶、制鹽、軍工等傳統手工業都有新的發展，並在嘉
靖、隆慶、萬曆（中期以前）年間出現繁榮的景象。……明代的造紙
業和印刷業也很發達，特別是銅、鉛活字印刷，彩色套印，餖版，拱
花等新技術的發明和推廣，是我國印刷史上的又一創舉。」王毓銓主
編：《中國經濟通史・明代經濟卷》（北京：經濟日報出版社，2000
年），頁 5。

〔註8〕 〔明〕陸容：《菽園雜記》（北京：中華書局出版，1997 年），卷 10，
頁 129。

亦世風華實之一驗也。〔註9〕

其中，《菽園雜記》多載有成化間事〔註10〕，而《戒庵老人漫筆》據
《四庫提要》云：「書中稱世宗爲今上，而又載有萬曆初事」〔註11〕，
可知自成化以後，書版始有明顯增益，至嘉靖以後，則蔚然成風，有
滿目坊刻之況。早先，刊本殆因價格高昂，以致未能普及〔註12〕。今
依繆咏禾就《明代版刻綜錄》著錄圖書所進行的統計，光嘉靖時期出
版留存的圖書即有 1699 種之多，遠大於洪武、弘治時期 766 種，顯
示明代刻書在嘉靖時期確實產生了相當大的變化〔註13〕。周心慧〈明
代版刻述略〉論書業之發展，亦視嘉靖、萬曆至崇禎爲隆盛期，而以

〔註9〕　〔明〕李詡：《戒庵老人漫筆》，收於《筆記小說大觀》（臺北：新興
　　　　出版社，1983 年），第 33 編，第 2 冊，卷 8，頁 334。
〔註10〕　吳道良〈陸容《菽園雜記》的史料價值〉曾提及：「《菽園雜記》
　　　　一書並非全爲陸容罷歸後的一時之作。……其中，1 至 9 卷的不少
　　　　條目極可能是其於成化乙巳（1485）年居憂其間的著述或整理。」
　　　　又據戴小珏《陸容《菽園雜記》研究》的統計，《菽園雜記》內容
　　　　主要載英宗、憲宗兩朝史事，所載條目佔總條目 23%。參見吳道
　　　　良：〈陸容《菽園雜記》的史料價值〉，《南都學壇》（人文社會科
　　　　學學報）（2003 年 5 月），第 23 卷，第 3 期，頁 31；戴小珏：《陸
　　　　容《菽園雜記》研究》（上海：華東師範大學碩士學位論文，2010
　　　　年），頁 28。
〔註11〕　〔清〕永瑢等撰：《四庫全書總目提要》，收於王雲五主編：《萬有文
　　　　庫簡編》（上海：商務印書館，1940 年），第 4 冊，雜家類存目 5，
　　　　卷 128，頁 31。
〔註12〕　《明末江南的出版文化》一書中提到：「雖有宋元以來發展起來的書
　　　　籍出版，但有資料表明，在明初（14 世紀）左右，刊本價格依然相
　　　　當高昂。」〔日〕大木康著；周保雄譯：《明末江南的出版文化》（上
　　　　海：上海古籍出版社，2014 年），頁 6。
〔註13〕　繆咏禾研究指出：「《明代版刻綜錄》共著錄圖書 7740 種，其中洪武、
　　　　弘治時期出版的只有 766 種，嘉靖、隆慶時期出版的 2237 種，萬曆
　　　　以後出版的 4720 種，未注明出版年代的 17 種。……由於先代的書
　　　　散失較多，後代的書留下來的比較多，因此，這個比數不能完全作
　　　　準，但足以看出其基本面貌。第一階段 137 年，留下來的書，總數
　　　　是 766 種，而嘉靖這一個朝代（45 年），出版的書留下來的卻有 1699
　　　　種之多，有力地說明了明代出書數量在嘉靖年代的巨大變化。」繆
　　　　咏禾：《明代出版史稿》（南京：江蘇人民出版社，2000 年），頁 15
　　　　～16。

嘉靖、萬曆爲極盛﹝註14﹞。由明詩選本之成書時間以考，如下表所示：

表三：明人選明詩之成書時間表

	書　目	編選者	成書時間﹝註15﹞
1	雅頌正音	劉仔肩	洪武三年庚戌（1370）
2	皇明詩選	沈巽、顧祿	洪武三十年丁丑（1397）
3	滄海遺珠	沐昂	正統元年丙辰（1436）
4	士林詩選	懷悅	天順五年辛巳（1461）
5	皇明風雅	徐泰	嘉靖四年乙酉（1525）
6	皇明詩抄	楊愼	嘉靖十五年丙申（1536）
7	明音類選	黃佐、黎民表	嘉靖三十七年戊午（1558）
8	古今詩刪	李攀龍	萬曆初年
9	國雅	顧起綸	萬曆改元癸酉（1573）
10	續國雅	顧起綸	萬曆改元癸酉（1573）
11	明詩正聲	盧純學	萬曆十九年辛卯（1591）
12	（皇明）詩統	李騰鵬	萬曆十九年辛卯（1591）
13	明詩正聲	穆光胤	萬曆四十一年癸丑（1613）
14	明詩選（盛明百家詩選）	華淑	萬曆四十六年戊午（1618）
15	明詩選最	華淑	萬曆間
16	國朝名公詩選	署名陳繼儒	天啓元年辛酉（1621）
17	石倉歷代詩選——明詩選	曹學佺	崇禎四年辛未（1631）
18	皇明詩選	陳子龍、李雯、宋徵輿	崇禎十六年癸未（1643）
19	明詩歸	署名鍾惺、譚元春	清初順、康之際

﹝註14﹞周心慧〈明代版刻述略〉：「如果說明初是書業的恢復期，宣德至正德爲發展期，嘉靖、萬曆至崇禎則爲隆盛期，其中又以嘉靖、萬曆爲極盛。」周心慧：〈明代版刻述略〉，收於周心慧主編：《明代版刻圖釋》（北京：學苑出版社，1998年），第1冊，頁3～4。

﹝註15﹞成書時間主要依選本序跋以爲推算。《古今詩刪》、《明詩選最》以資料有限，成書時間依刊本時間約略估之。《明詩歸》因爲後人託僞，據張清河考，該書主體部分作於順、康之際，故以此爲計。張清河：〈論《明詩歸》的僞書價值〉，《貴州師範大學學報》（社會科學版）第3期（2011年），頁76～83。

可以發現，嘉靖以前選本僅有四部，嘉靖間一躍而為三部，至萬曆時更有八部。顯示，明詩選本的發展應與明代刻書之蓬勃有所關連。換言之，選者的編纂在一定程度上，當有刻書發達刺激之影響。若對應於嘉靖詩壇，此時又恰為詩風興盛，詩家彬彬而起之際，如皇甫汸〈盛明百家詩集〉〔註16〕云：

> 世宗嗣位之初，己丑而後，文運益昌。海內作家，彬彬響臻，披華振秀，江右相君，亦塵吐握。開元、天寶，庶乎在茲。〔註17〕

隨著前七子李、何等人的陸續殞沒，嘉靖詩壇在後七子李攀龍、王世貞等的繼而振起後有了另一番的開拓，期間伴隨著楊慎、唐順之、王慎中等詩家的既有影響力〔註18〕，遂讓詩壇整體呈現蓬勃興然之景，以故皇甫汸直以唐代開元、天寶視之。此中，文學思潮的激盪、轉變，結合著刻書業的興盛，欲透過選本以表述理念，鳴國家之盛，或藉以調整時代詩風，提供範式的選者自會相對提高。盧純學〈明詩正聲序〉即云：

> 嘉、隆、萬曆，大雅輩出，家握寸珠，人懷尺璧。輯我明詩者，亦非一人。（頁2）

在嘉靖以後，不僅是名家輩出，人各有才，連編輯明詩者亦有所增加。可知，明人選明詩實是在明代詩壇與刻書業的交互影響下逐步發展著。那麼，透過刊刻情況以觀明人選明詩的流布，包括伴隨的詩壇風尚以為參照，也就有了一定的可行性。因此，以下即就明人選明詩在明代的刊刻情況，並進一步就渠等在明代重要書目的存錄進行考察，一探明人選明詩的傳播情形。

〔註16〕〈盛明百家詩集〉係皇甫汸為《盛明百家詩》所作序文，非詩集名。篇名見皇甫汸《皇甫司勳集》。〔明〕皇甫汸：《皇甫司勳集》，收於《景印文淵閣四庫全書》（臺北：臺灣商務印書館，1986年），第1275冊，卷35，頁738。

〔註17〕〔明〕皇甫汸：《皇甫司勳集》，收於《景印文淵閣四庫全書》，第1275冊，卷35，頁738。

〔註18〕參見余來明：《嘉靖前期詩壇研究（1522～1550）》（武漢：武漢大學出版社，2009年），頁13～38。

第一節　官刻與私刻及其地域性

　　雖說《古今書刻》成書於嘉、隆間，所刻書目未能盡全，今人所輯刻書考證亦難免有書籍散失、錯漏等未載的可能，然就其所錄，仍提供了不少線索，有助於回溯明人選明詩之刊刻情況。因此，爲便於探討明人選明詩官刻、私刻情形，以下即就杜信孚、杜同書所輯《全明分省分縣刻書考》——爲明洪武元年至崇禎十七年間明一代刻書總目，就其考證，結合《古今書刻》，整理明人選明詩在明代可查之刊刻情況，及選者、刊本所屬地域，整理如表〔註19〕：

表四：明人選明詩之刊刻情況一覽

書　目	編選者	卷數	刊　本	性　質	地域 選者	地域 刊本
1 雅頌正音	劉仔肩	5	南京國子監	官刻	江西	江蘇
			洪武三年金陵書林王舉直刊本	坊刻		江蘇
2 滄海遺珠	沐昂	4	明成化十二年歙縣陳燦刊本	家刻	安徽	安徽
3 士林詩選	懷悅	2	明天順五年嘉興縣懷悅刊本	家刻（自刻）	浙江	浙江
4 皇明風雅	徐泰	40	嘉靖四年海鹽縣徐咸刊本	家刻	浙江	浙江
			嘉靖十年嘉定縣張沂刊本	家刻	浙江	上海
5 皇明詩抄	楊慎	10	雲南布政司	官刻	四川	雲南
			大理府	官刻		雲南
			嘉靖福清縣陳仕賢刊本	家刻		福建

〔註19〕沈巽、顧祿《皇明詩選》、李騰鵬《皇明詩統》俱未見於《全明分省分縣刻書考》，且因《古今書刻》所載《皇明詩選》又未得確知選者，又李騰鵬《皇明詩統》就其所識，已於藩府刻書中討論，是以表格內未予列入。至於穆光胤《明詩正聲》雖亦未見於《古今書刻》、《全明分省分縣刻書考》，然就其序跋，可知爲萬曆時陳素蘊所刻，爲求其全，以覽明刊刻總貌，故仍列入表格。

6	明音類選	黃佐 黎民表	12	嘉靖三十七年順德縣潘光統刊本	家刻	廣東 廣東	廣東
7	古今詩刪	李攀龍	34	萬曆休寧縣汪時元刊本	家刻	山東	安徽
8	國雅	顧起綸	20	萬曆元年無錫縣顧起經奇字齋刊本	家刻	江蘇	江蘇
9	續國雅	顧起綸	4	萬曆元年無錫縣顧起經奇字齋刊本	家刻	江蘇	江蘇
10	明詩正聲	盧純學	60	萬曆十九年通州盧純學刊本	家刻（自刻）	江蘇	江蘇
				萬曆十九年南通州江一夔刊本	家刻		江蘇
11	明詩正聲	穆光胤	18	萬曆陳素蘊刊本	家刻	山東	浙江〔註20〕
12	明詩選（盛明百家詩選）	華淑	12	崇禎蘇州金閶書林黃玉堂刊本	坊刻	江蘇	江蘇
13	明詩選最	華淑	8	萬曆金陵書林李洪宇刊本	坊刻	江蘇	江蘇
14	國朝名公詩選（皇明詩選）	署名陳繼儒	12	天啓元年衢州書林童敬泉刊本	坊刻		浙江

〔註20〕陳素蘊，字鳴盛，徐聞人（今屬廣東），嘉靖乙卯（1555）舉人。曾任福建詔安縣令。參見〔明〕歐陽保：《雷州府志》（臺北：漢學研究中心，1990年），卷17，頁18。又見陳素蘊，開州人。萬曆戊子科舉人，參見《畿輔通志》卷65。依商周祚〈明詩正聲序〉：「魏郡陳公際陽來佐吾越，政成民和，時得厭飫於歌咏，因手出明詩正聲一編，授余曰：此友人穆生所定也。」（總頁碼8）、商周禩〈明詩正聲跋〉：「吾師陳際陽公懼其襲爲笥中珍也，遂鑴行之。」（總頁碼9），魏郡陳公際陽疑爲開州陳素蘊，又商周祚爲會稽人，所指「吾越」，當指浙江，《浙江通志》卷119亦載有陳素蘊（未標明籍貫）曾任紹興府知府，是以《明詩正聲》或即於陳素蘊任職浙江時所刻。

15	石倉歷代詩選	曹學佺	608〔註21〕	崇禎四年侯官縣曹學佺石倉園刊本	家刻（自刻）	福建	福建
16	皇明詩選	陳子龍、李雯、宋徵輿	13	明崇禎十六年華亭縣陳子龍刊本	家刻（自刻）	江蘇	江蘇
17	明詩歸	署名譚元春〔註22〕	13	明萬曆金陵書林積秀堂刊本	坊刻		江蘇

一、官　刻

　　一般而言，明代的刻書系統可分爲官刻、私刻兩類，其中私刻又可分爲坊刻與家刻。所謂官刻，係指中央政府、地方各級政府，包括藩府等出資刻印的書。

　　明代中央政府的刊刻，以南、北國子監、司禮監爲主，其刊刻書目，雖就今人張璉所整理〈明代中央政府刊刻之現存書目〉以查，總集類主要爲古文文集，未見明人選明詩〔註23〕，然嘉靖間由國子監助教梅鷟（約 1483～1553）所主修《南雍志・經籍考》下篇中，南監梓刻版數載有《雅頌正音》五卷（共存四十三面，欠者三十二面）〔註24〕，嘉靖三十八年（1559）進士周弘祖所撰之《古今書刻》，亦見南京國子監嘗刻《雅頌正書》〔註25〕，以現存明代書目中未有

〔註21〕依杜信孚、杜同書《全明分省分縣刻書考》所載刻書卷數，作 608卷。杜信孚、杜同書：《全明分省分縣刻書考》（北京：線裝書局，2001 年），第 5 冊，福建省卷，頁 4。

〔註22〕杜信孚、杜同書《全明分省分縣刻書考》載有譚元春：《明詩選》13卷，未能確知是否即爲後署名鍾惺、譚元春《明詩選》10 卷本之前身，今錄此以志。杜信孚、杜同書：《全明分省分縣刻書考》（北京：線裝書局，2001 年），第 2 冊，江蘇省書林，頁 16。

〔註23〕參見張璉：《明代中央政府出版與文化政策之研究》（臺北：花木蘭文化出版社，2006 年），附錄〈明代中央政府刊刻之現存書目〉，頁91～113。

〔註24〕《南雍志・經籍考》下篇係由國子監祭酒黃佐委助教梅鷟所撰，載有南京國子監梓刻本末情形。參見〔明〕黃佐：《南雍志》（臺北：偉文圖書出版社有限公司，1976 年），第 4 冊，卷 18，頁 1409～1412、1469。

〔註25〕〔明〕周弘祖：《古今書刻》，收於《書目類編》（臺北：成文書局，

另見《雅頌正書》，又《古今書刻》歸之爲詩文集類，推想此書應即爲劉仔肩《雅頌正音》。

　　且宋濂爲〈雅頌正音序〉時，正任國子學司業職〔註26〕，掌「國學諸生訓導之政令」〔註27〕，是否有以傳述，又「明初祭酒、司業，擇有學行者任之，後皆由翰林院官遷轉」〔註28〕，翰林院官與國子監官間的互調情形〔註29〕，是否一併帶動《雅頌正音》的傳播，甚至是在頒賜圖書間，如洪武二十四年（1391）命禮部頒國子監刻印書籍於北方學校〔註30〕，《雅頌正音》若在頒賜之列可能帶來的影響等等。當然，這些都是建立在南京國子監於洪武期間即刻有《雅頌正音》的前提下所進行的推論〔註31〕。然而，正如王紅所云：「官刻書籍的刊刻以及傳播有利於文學典籍的傳播」〔註32〕，以南京國子監蔚爲中央最高官學，又爲中央政府重要出版機構，《雅頌正音》的

　　　　1978 年），第 88 冊，上卷，頁 39370。
〔註26〕由〈雅頌正音序〉最末署「洪武三年十二月十五日國子司業金華宋濂序」可知。（頁 584～585）
〔註27〕〔清〕張廷玉等：《明史》（臺北：藝文印書館，2010 年，清乾隆武英殿原刊本），第 2 冊，志第 49，卷 73，頁 769。
〔註28〕〔清〕張廷玉等：《明史》（臺北：藝文印書館，2010 年，清乾隆武英殿原刊本），第 2 冊，志第 49，卷 73，頁 770。
〔註29〕鄭禮炬提到：「明朝初中期的翰林官除因宦官尋機報復而被貶謫到外地外，一般不離開中央政府機構，……爲解決官員秩滿升遷的問題，翰林院與國子監的官員互調是比較常用的一種方法。」參見鄭禮炬：《明代洪武至正德年間的翰林院與文學》（北京：中國社會科學出版社，2011 年），頁 15～16。
〔註30〕〔明〕董倫等修；解縉等重修；胡廣等復奉敕修：《明太祖實錄》，收於《明實錄》（臺北：中央研究院歷史語言研究所，1964 年），第 7 冊，卷 209，頁 3122。
〔註31〕以南京國子監乃於洪武十五年（1382）五月，新建太學成後所改，《雅頌正音》南監本，最快應不早於洪武十五年。《明史・職官二》：「洪武八年又置中都國子學，命國子學分官領之。十三年改典膳爲掌饌，十五年改爲國子監」〔清〕張廷玉等：《明史》（臺北：藝文印書館，2010 年，清乾隆武英殿原刊本），第 2 冊，志第 49，卷 73，頁 770。
〔註32〕王紅：《明清文化體制與文學關係研究》（成都：巴蜀書社，2010 年），頁 205。

刊刻，作爲官方認可的出版物，衍生而來的示範性意義、傳播力量顯然不同。又，在明初民間書版尚未流行之時，洪武三年金陵書坊竟即有《雅頌正音》王舉直刊本，以坊刻本主要爲營售的角度來看，《雅頌正音》在明初時的地位，可能不僅僅只是「雍雍乎開國之音存之」，它所呈現的「明初之風氣」〔註33〕，所符應的可能是統治者的期待，同時也在一定程度上滿足了讀者的興味。

　　另外，在地方各級政府、藩府刻書方面，據《古今書刻》及今人張秀民〈明代藩府印書表〉〔註34〕、杜信孚、杜同書《全明分省分縣刻書考》〔註35〕的整理，僅《古今書刻》載有浙江湖州府、江西布政司刻《皇明詩選》〔註36〕，雲南布政司、大理府刻《皇明詩抄》〔註37〕。其中《皇明詩選》因未標明卷次、作者，是以該作是否確爲沈巽、顧祿《皇明詩選》，又或爲愼蒙《皇明詩選》實難確知〔註38〕。而《皇明詩抄》，依李致忠〈明代地方機構刻書表〉統計，

〔註33〕〔清〕永瑢等撰：《四庫全書總目提要》，收於王雲五主編：《萬有文庫簡編》（上海：商務印書館，1940 年），第 5 冊，總集類 4，卷 189，頁 44。

〔註34〕張秀民：〈明代藩府印書表〉，收於張秀民：《中國印刷史》（上海：上海人民出版社，1989 年），頁 417～446。後陳清慧〈明代藩府刻書考〉在張秀民的基礎上另作增補，計有 127 種，然亦未見明詩選本的刊印。參見陳清慧：《明代藩府刻書研究》（北京：國家圖書館出版社，2012 年），第 3 章，頁 57～99。

〔註35〕杜信孚、杜同書：《全明分省分縣刻書考》（北京：線裝書局，2001 年）。

〔註36〕〔明〕周弘祖：《古今書刻》，收於《書目類編》（臺北：成文書局，1978 年），第 88 冊，上卷，頁 39395、39401。

〔註37〕〔明〕周弘祖：《古今書刻》，收於《書目類編》（臺北：成文書局，1978 年），第 88 冊，上卷，頁 39463、39464。

〔註38〕據陳清慧〈《古今書刻》版本考〉，《古今書刻》約成書於隆、萬之際。而愼蒙爲嘉靖間進士，歸安人（今浙江湖州）人，所編《皇明詩選》前有萬曆元年自序，是以筆者以爲《古今書刻》載浙江湖州府所刻爲愼蒙之作的可能性較大。參見陳清慧：〈《古今書刻》版本考〉，《文獻》（2007 年 10 月），第 4 期，頁 162。王文泰：《明人編選明代詩歌總集研究》（上海：復旦大學博士論文，2005 年 9 月），附錄：〈明人編選本朝詩歌總集〉，頁 66。

雲南布政司所刻書，僅次於陝西、河南，其各府刊刻雖未及他省爲多，亦有十餘種〔註39〕，因此，《皇明詩抄》之官刊，應爲當地政府刊刻風氣下的產物，另一方面，也間接反映了楊愼在謫戍雲南後，可能具有的影響力。游居敬〈翰林修撰升庵楊公墓誌銘〉云：

> 與人相接，慷慨率眞，評論古昔，靡有倦怠，以故士大夫乘車輿就訪者無虛日，好賢者攜酒肴往問難，門下屢常滿。滇之人士鄉大夫談先生者，無不歆容，重其行誼博物云。前巡撫黃鐵橋公、巡按郭公爲擇安寧州雲峯書院以居先生，黔國沐敏靜公處以別墅，巡撫白泉汪公題其碑亭，巡撫擢司寇箸溪顧公爲創廣心樓于高峴，歌以紀之，皆好德之心所表見也。先生居滇，泛昆池，登泰華，遊點蒼，並洱水，探奇把勝，所在有述，人爭寶之。〔註40〕

由當地仕宦名流對楊愼作品之珍視、其人之敬重，不難理解《皇明詩抄》何以得爲官方所刻。程旦於〈皇明詩抄後語〉即云，「予懼其抄之弗廣也，命雲南沈尹繼芳梓而傳之」（頁2），時程旦正以憲副職駐大理〔註41〕，又與楊愼有交〔註42〕，是以，《皇明詩抄》之官刻殆由此以刊。

　　此外，雖今未見藩府刻有明人選明詩，然李騰鵬《皇明詩統》曾

〔註39〕李致忠：《歷代刻書考述》（四川：巴蜀書社，1990年），頁242～244。
〔註40〕見黃宗羲：《明文海》，收於《景印文淵閣四庫全書》（臺北：臺灣商務印書館，1986年），第1458冊，卷434，頁248。
〔註41〕程旦，字孟明，歙縣人。嘉靖二年進士。於嘉靖間，先後任福建省參議、布政使、雲南左參政、按察使、浙江布政司等職。參見〔明〕何喬遠：《閩書》（福建：福建人民出版社，1994年），文蒞志，卷47，頁1192，〔明〕汪尚寧等纂修：《徽州府志》，收於《中國方志叢書‧華中地方‧安徽省》（臺北：成文書局，1975年），第718號，第2冊，名賢，卷16，頁1295～1296。王文才：《楊愼學譜》（上海：上海古籍出版社，1988年），頁420。
〔註42〕程旦〈皇明詩抄後語〉載有與楊愼的對話，又由楊愼〈羅山吟爲程孟月賦〉、〈程羅山約會溫泉不果因寄〉、〈九頂山同程羅山憲副賦〉等作，可見兩人往來情誼。參見王文才、萬光治主編：《楊升庵叢書‧升庵遺集》（成都：天地出版社，2002年），第3冊，卷4、卷7、卷9，頁747～748、792、841。

自識云：

> ……歲時謁潘國主，國主雅好文藝，擅大雅者，因譚及昭
> 代之詩，不佞隨進數冊，國主覽之稱善，謂不登諸梓則易
> 於湮沒，遂發藏金剞劂氏，刻數拾冊，又命各郡府共刻數
> 拾冊已及半矣。繼是我郡伯王純翁首捐俸金若干，及我寅
> 丈蔣虹老、張岐老，各輸其力，成拾數冊，尚未完也。於
> 是一時郡邑之賢大夫，聞風各願分刻一二冊，而是書褒然
> 告完矣。（頁6）

可知《皇明詩統》的成書係由潘藩府各郡屬、騰鵬之同僚，與鄉邑
賢大夫所促成，則明人選明詩之成書，亦間有藩府之助者。李騰鵬
以爲這是「氣運之盛，文治之昌」所致（頁6），而事實上它所反映
的也是明代藩府在刊刻詩文集上的著力，如同昌彼得所云：

> 諸藩或講求養生修錬之術，纂刻道家養性保命之作；……
> 或優游文史，耽於詠哦，詩文諸集，纂刻尤盛。而經史致
> 用之學，永樂以後，多捨棄而不講求，故傳刻者亦甚尠焉。
> 此明藩刻書之大較也。〔註43〕

明代藩王沉潛詩文，藩王府成爲刻書機關，作爲明代出版史上的特
有現象〔註44〕，它所引領的刻書風潮，特別在詩文集的纂刻上，無
疑地都成爲了一種潛在的助力，於當地文化的推動，尤其是邊遠之
地，以及明人選明詩的傳播上，顯然都是極爲有利的〔註45〕。

〔註43〕 昌彼得：〈明藩刻書考〉，收錄於昌彼得：《版本目錄學論叢》（臺北：
學海出版社，1977年），第1冊，頁39。

〔註44〕 繆咏禾指出：「在這種特殊的政治氛圍中，產生了一批讀書修文的藩
王，他們築樓藏書，寫作詩文，刊印圖書，成爲一個文化人物，藩
王府也就成了刻書機構。這是明代出版事業特有的現象，在此之前
的宋元，在此之後的清代，都沒有這種現象。」繆咏禾：《明代出版
史稿》（南京：江蘇人民出版社，2000年），頁58～59。

〔註45〕 昌彼得有云：「我國刻書之業，自宋以來，即以江南爲盛；僻遠之地，
則罕聞焉。而明藩如廣西桂林之靖江，雲南之周、岷，四川之蜀府，
山陝之晉、代、秦、韓、潘、寧夏之慶府，迤北之寧（洪武間，永樂
時遷南昌）、遼、（永樂時遷荊州）諸府，雖居邊域，猶盛槧雕，獎掖
文化之功，不可滅也。」昌彼得：〈明藩刻書考〉，收錄於昌彼得：《版

二、私刻：家刻與坊刻

　　綜觀明人選明詩的刊刻情況，可以發現幾乎都以私刻為多，且基本上是私宅主持、出資，即家刻本的形式。雖說刊本可能有另作刊刻的情況，如徐泰《皇明風雅》、盧純學《明詩正聲》，但家刻本仍多於由書坊主持、出資的坊刻本。且其中不乏自刻者，如非自刻者，則或為門生、友人所刊，如黃佐、黎民表《明音類選》、李攀龍《古今詩刪》、盧純學《明詩正聲》、穆光胤《明詩正聲》〔註46〕，或由家人所刊，如徐泰《皇明風雅》、顧起綸《國雅》、《續國雅》。其中，顧起綸兄顧起經（1515～1569），更為著名私人刻書出版家。顧氏家業龐大，設有刻書局，其奇字齋組織龐大，分工嚴密，如《國雅》卷末即附有梓授、筆授名單，共十六人，頗見當時私人刻書規模〔註47〕。而這樣的模式，恰如繆咏禾云：

本目錄學論叢》（臺北：學海出版社，1977 年），第 1 冊，頁 40。

〔註46〕潘光統，嘉靖時人，與黎民表同為黃佐門生。〔明〕郭棐《粵大記》云：「潘光統，字少承，號滋蘭，順德人。……既歸，從黃泰泉於粵洲，究心子史，兼工詩學。」〔明〕郭棐：《粵大記》，收於《域外漢籍珍本文庫》第一輯（重慶：西南師範大學出版社；北京：人民出版社，2008 年），第 8 冊，卷 24，頁 158；汪時元，字惟一，休寧人，隆、曆時人，為徐中行（1517～1578）門生，由徐中行介紹給李攀龍識，參見許建崑：《李攀龍文學研究》（臺北：文史哲出版社，1987 年），頁 201；江一夔，字季章，萬曆時人，為盧純學友。江一夔〈明詩正聲後序〉云：「歲在巳丑，子明盧山人歸自秣陵，訪伯兄孟化、仲兄仲翀暨不肖於?上，出示所選明詩若干卷，題曰正聲，與兩兄互有去取，謀付諸梓，奈何讀未卒業，而兩兄繼逝，子明亦游於越，明年復來，持示余曰：茲非爾兩兄未竟之志耶？余拜受而讀之，即受諸剞厥氏，請序大廷尉陳公焉。」（頁 2）。陳素蘊，字鳴盛，嘉靖時人，為穆光胤友。商周祚〈明詩正聲序〉：「魏郡陳公際陽來佐吾越，政成民和，時得厭飫於歌咏，因手出明詩正聲一編，授余曰：此友人穆生所定也。」（總頁碼8）。至於《滄海遺珠》陳燦刊本、《皇明風雅》張沂刊本、《皇明詩抄》陳仕賢刊本以均為重刊本，故不在此計。

〔註47〕蕭東發以顧氏奇字齋所刻《類箋王右丞詩集》為例，亦謂「由此可以看到奇字齋的組織規模、人員配備和分工計劃的嚴密。《王右丞集》不過五六百葉，如兩葉一版，也不過三百來片書版，雕梓工匠則多至二十四人，用了五個半月的時間才完成，可謂精工細刻。這對於

家刻的主持人有官員、文人，也有布衣，他們的刻的書大
都是自己的或先人的著作，有的是自己的秘藏或所好，印
出來的書大都贈給親友，並不賣錢，也有的收回成本，以
便再刊印其他圖書，其中一小部分人發展成爲書商。〔註48〕

明人選明詩的刊刻，是選者的所藏、所好，無論是自刻，或交由親友
以刻，基本上是不以營利爲目的的，而將之贈予親友，也許是爲了以
示學問博雅〔註49〕，但與其說他們是爲「名」而刻，倒不如說作爲一
種交流的方式。刊刻己作如能爲自己博取聲名，背後有著熱絡的社交
場域以供活動〔註50〕，那麼，明詩選集的刊印，所能帶來的將是更進
一步對優秀詩作的討論、對話，有以顯示選者的灼見、卓識，以爲交
流。尤以明代文人結社之盛〔註51〕，何宗美謂：

文人結社影響於明代詩歌最爲突出。詩社是詩人雅會的團
體，促進了彼此間的交流，也使詩歌創作體現集團化而非
個人化的趨勢，詩人及其作品的影響與傳播獲得一種特殊
的渠道，所謂聲氣的形成和詩派的產生都不能不受到詩社

官刻和坊刻來講，都是不可能的。」蕭東發：《中國圖書出版印刷史
論》（北京：北京大學出版社，2001 年），頁 249～250。
〔註48〕 繆咏禾：《明代出版史稿》（南京：江蘇人民出版社，2000 年），頁 10。
〔註49〕 蕭東發提到：「從對古代私人刻書家的刻書內容及刻書活動的分析中，
也不難看出私家爲名而刻的特點十分鮮明。他們以刻書爲榮，有的刊
刻家宣揚祖德，以示門第之高貴；有的刊刻鄉土文獻，選輯邑文，以
示地望之不凡；有的搜羅佚典秘本，校刻行世，以示學問之博雅；有
的代官場名流刻書，抬高自身，也利名人薦舉。」蕭東發：《中國圖書
出版印刷史論》（北京：北京大學出版社，2001 年），頁 245。
〔註50〕 王鴻泰曾云：「而就此出版之立即性、迫切性而言，可以說當時汲
汲於出版詩作者，乃多求其能儘速流傳於當時，以博取社會聲名。
而此種詩作出版的盛況，則是因其背後有一熱絡的詩文社交場域之
存在，詩作得以立即投入其中，獲得立即反應，才致詩人積極、迫
切事此。」王鴻泰：〈迷路的詩——明代士人的習詩情緣與人生選
擇〉，《中央研究院近代史研究所集刊》（2005 年 12 月），第 50 期，
頁 41。
〔註51〕 何宗美指出：「明代特別是明代文人結社的興盛情況完全超乎人們的
想像。」何宗美：《文人結社與明代文學的演進》（北京：人民出版
社，2011 年 3 月），上冊，頁 9。

　　的推動。〔註52〕

若然，在詩社的推動下，明人選明詩的編纂、刊印，則更能擴大為詩社理念的表彰、成果，提供社團成員學習的範式，如陳子龍等《皇明詩選》，李雯於序中即直謂欲以是作「勉厥所學，昭示來者，用彰本朝之巨麗云」（頁5）。

　　至於坊刻本，在萬曆後始有明顯增多的現象發生。對應於明代書坊的發展，此時正是書坊業發展的全盛時期〔註53〕。而明人選明詩由原本的家刻本為主，到坊刻本的增多，可能帶出的一個訊息是，文人與書商關係間的更為密切，如錢協和〈皇明詩選序〉云：

> 書賈童君以濟南李于鱗先生所選唐詩為士林之所崇尚，近得眉公帳中所藏皇明百家詩選一帙，亦欲繼于鱗選刻而公諸海內，又以于鱗所選詩後得金陵箋註，價益增重，紙益增貴，復丐博古諸公，詳明批釋，正成若干卷，梓成乃問序於不佞。（署名陳繼儒《國朝名公詩選》，頁4）

可知《國朝名公詩選》的刊印起於書商童君由陳繼儒處得所藏《皇明百家詩選》，因李攀龍唐詩選為士人所尚，遂欲仿之，又見附有箋註者書價更高，方求諸博古者（應指陳元素）以為批釋，並請序於錢協和。換言之，《國朝名公詩選》的出版，姑不論書商如何取得陳繼儒所藏詩選，此一事件是否具有真實性，他能商請陳元素、錢協和為之箋釋、作序，至少表示著彼此有一定程度的聯繫。戚福康在論及明代書坊主其經營意識的自覺性時，亦云：

> 明代書坊主自身文化素質都比較高，也深深懂得與文人合

〔註52〕何宗美：《文人結社與明代文學的演進》（北京：人民出版社，2011年3月），上冊，頁22。

〔註53〕戚福康研究提到：「自嘉靖經萬曆、天啟至崇禎明朝末年，書坊業的發展進入了它真正的繁榮和成熟時期，單從數量來看，這一時期是前兩個時期書坊數量總和的3倍，尤其是萬曆時期，明代書坊業進入了它的全盛時期，佔到整個明代書坊數總量的二分之一左右。」戚福康：《中國古代書坊研究》（北京：商務印書館，2007年），頁168。

作給自己帶來的許多益處。因此一般相處、合作都比較密
切。〔註54〕

且不論書坊主文化素質究竟如何，隨著書坊數的增加，書商主動與文
人合作的經營模式增多，坊刻本的數量自然相對提高。晚明託名陳繼
儒（1558～1639）之作頗多，著眼的固然是其聲名地位〔註55〕，「以
資速售」〔註56〕，亦與其曾積極投入出版事業，與書商間的聯繫不無
關連，美・周紹明（Joseph P. Mcdermott）有謂：

> 許多晚明出版家靠外請編輯來纂輯和編寫圖書出版。當他
> 們以新的形式重印數量驚人的舊籍時，他們需要知識廣
> 博、以條件利用各種藏書開展編輯工作的編輯。在江南，
> 這些「老板──編輯家」中最著名的一個是陳繼儒，他成
> 功的文學生涯只是強調了這樣一個事實：科場上的失敗不
> 再能夠防礙一個人在文人圈子裡取得很高的地位，並從商
> 業出版中致富。〔註57〕

可知，「其時書商與文人的合作，早已成為出版業經營的趨勢」

〔註54〕戚福康：《中國古代書坊研究》（北京：商務印書館，2007 年），頁 173。

〔註55〕陳繼儒於晚明聲名地位，由《明史》之謂，可見一端。《明史》：「陳
繼儒，字仲醇，松江華亭人。幼穎異，能文章，同郡徐階特器重
之。長為諸生，與董其昌齊名。太倉王錫爵招與子衡讀書支硎山，
王世貞亦雅重繼儒，三吳名下士爭欲得為師友。……工詩善文，
短翰小詞，皆極風致，兼能繪事，又博文強識，經史諸子術技稗
官與二氏家言，靡不較覈，或刺取瑣言僻事，詮次成書，遠近兢
相購寫，徵請詩文者無虛日。……至黃道周疏稱：志尚高雅，博
學多通，不如繼儒，其推重如此，侍郎沈演及御史給事中諸朝貴，
先後論薦，謂繼儒道高齒茂，宜如聘吳與弼故事，屢奉詔徵用，
皆以疾辭。」〔清〕張廷玉等：《明史》（臺北：藝文印書館，2010
年，清乾隆武英殿原刊本），第 6 冊，列傳第 186，卷 298，頁 3283
～3284。

〔註56〕鄭振鐸：「眉公著述，余所得頗多；見者亦不少。惟大抵皆明季坊賈妄
冒其名，或挖去作者姓氏，補印眉公名里，以資速售耳。」鄭振鐸：《西
諦書話》（北京：生活・讀書・新知三聯書店，2005 年），頁 228。

〔註57〕〔美〕周紹明（Joseph P. Mcdermott）著；何朝暉譯：《書籍的社會史：
中華帝國晚期的書籍與士人文化》（北京：北京大學出版社，2009
年），頁 97。

〔註58〕。且其中不乏來自於一些準備科考，為求生計〔註59〕，或早已失意或無意於科場，轉相致力於文藝的文人，如引文中的陳繼儒。在萬曆以後的四本坊刻明詩選本中，選者皆非科試得意者〔註60〕，似乎也對應了這樣的現象。縱然選者有偽託的可能，然由上述陳繼儒的出版致富、華淑「為當世宗匠，一時名宿盡通綦履」〔註61〕、譚元春「所著書流行國門，群少年爭嗜之，稟為師匠」〔註62〕，在反映文人與書坊間的聯繫間，亦也透露出了當時文人藉由出版，所能得到的名望與地位，無形中自然促進了坊刻本的出版。

　　再者，從錢協和的話裡可知，選本若能加以箋註，則價又更高。由此，即可理解何以選本越至後期，評注、圈點的情形更多。換言

〔註58〕黃鎮偉云：「其實，這正是陳繼儒作為不耕不官的文人，在商品經濟日漸發達，以贏利為目的的書商日增的時代，所選擇的一種處世形態和方式。而其時書商與文人的合作，早已成為出版業經營的趨勢，各種科舉用書、名家選本、通俗戲曲小說讀物等暢銷書籍，就是這種合作的產物。」黃鎮偉：《中國編輯出版史》（蘇州：蘇州大學出版社，2003年），頁272。

〔註59〕周紹明（Joseph P. Mcdermott）研究提到：「這一極高的落榜率，以及作為低級功名擁有者的微薄收入，迫使許多受過教育的人靠家族資產或自己的勞動過活。只有極少的人有第一種選擇，加上許多人舞文弄墨強於揮舞鋤犁，這些具有低級功名的人常常到繁榮的商業出版世界中尋找工作，以獲得至少部分收入。」〔美〕周紹明（Joseph P. Mcdermott）著；何朝暉譯：《書籍的社會史：中華帝國晚期的書籍與士人文化》（北京：北京大學出版社，2009年），頁107。

〔註60〕如陳繼儒於29歲謝去青襟，棄舉子業。參見〔明〕陳夢蓮編：《眉公府君年譜》（北京：北京圖書館出版社，1999年）。華淑於名利事不入胸臆，「某歲省試以母疾不就，知己援引，去若脫屣」參見〔明〕華允誠等編：《華氏傳芳集・聞修公宗譜傳》（南明錫山華氏刊本），卷7。譚元春久困諸生，至天啟7年始舉鄉試。參見鄔澔：〈啟禎野乘譚解元傳〉，收於〔明〕譚元春著；陳杏珍標校：《譚元春集》（上海：上海古籍出版社，1998年），下冊，附錄二，頁963～966。

〔註61〕〔明〕華允誠等編：《華氏傳芳集・聞修公宗譜傳》（南明錫山華氏刊本），卷7，頁41。

〔註62〕參見鄔澔：〈啟禎野乘譚解元傳〉，收於〔明〕譚元春著；陳杏珍標校：《譚元春集》（上海：上海古籍出版社，1998年），下冊，附錄二，頁964。

之，明人選明詩坊刻的增多，背後的另一股推動力量，很可能來自於讀者，而他們基本上是科舉應試者的身分〔註63〕。

　　學習詩歌對科舉士子而言，是一種輔助能力的養成，同時也是一種情感的依託〔註64〕。在明代科舉文化底下，士人爲求中舉，必須從各方面增進自己的能力，閱讀相關書籍，特別是在科舉錄取率的逐年降低的情況下〔註65〕。影響所及，士人對書坊出版應試相關

〔註63〕周啓榮（Kai-wing Chow）指出：「晚明時期的中國有一億兩千萬人口。因此，對於當時的中國存在著多種閱讀群體的假設，當是合理的推測。我們至少可以歸納出三種閱讀群體：城市人口、應試者、婦女。……至於考試文章範本、四書與其他經書的評注、詩歌散文選集以及各式各樣的考試參考書等，則多半是科舉應試者在購買和閱讀。」周啓榮（Kai-wing Chow）著；楊凱茜譯：〈爲功名寫作：晚明的科舉考試、出版印刷與思想變遷〉，收錄於張聰、姚平主編：《當代西方漢學研究集萃・思想文化史卷》（上海：上海古籍出版社，2012 年），頁 222。另外，戚福康亦提及女性讀者的情況，云：「詩文，成爲人們平時生活中一種重要的精神食物，尤其是被排斥在科舉之外的富有人家的女性，閱讀詩文成爲她們消磨時光的好方式。」只是當時女性教育主要仍來自於家庭，雖亦有閨塾，大多在家庭中實施，縱有詩歌之教，但終究只是少數，殆不足以構成一定之市場需求。參見戚福康：《中國古代書坊研究》（北京：商務印書館，2007年），頁 252、郭英德：〈明清女子文學啓蒙教育述論〉，《北京師範大學學報》（社會科學版）（2007 年），第 4 期，頁 40～46、郭英德〈明清時期女子文學教育的文化生態述論〉，《中山大學學報》（社會科學版）（2008 年），第 5 期，頁 21～29、

〔註64〕王鴻泰提到：「對一般明代科考文化下的士人而言，詩的誦習大體上是被放置在以科舉爲主要取向的學習歷程中，但詩的感性特質卻容易與年少士人的善感心情相呼應，因而對詩的愛好之情可能歧出於科舉之外，另外發展成爲一條人生歧路。部分士人因此徘徊於舉業與詩情之間，乃至由此漸漸輕舉重詩，進而走向「文人」之途。」在此，王鴻泰所欲深究的是明代士人如何以其詩情走出科舉文化，開創另一番人生路徑，成爲以文藝爲職志之「文人」。而筆者以爲由此恰可理解當時閱讀明詩選集者，其心態或有求科舉中第，以選集爲能力之增進者，亦當有但以詩歌爲好，以爲情感依託者。王鴻泰：〈迷路的詩——明代士人的習詩情緣與人生選擇〉，《中央研究院近代史研究所集刊》（2005 年 12 月），第 50 期，頁 23～24。

〔註65〕錢茂偉統計：「總體上來，明代的會試錄取率，洪武年間比較高，達到59%~83%之間。……永樂以後，會試錄取率有達到 11%~15%者。不

書籍的依賴性於是提高〔註66〕，而那些尚未中舉、失意科場，以詩歌爲發抒，或志不在舉業，沉潛於詩藝者，對詩歌的愛好，則作爲另一種購買需求，書坊藉此出版圖書，開發市場，明人選明詩也就多了刊印的可能。

三、地域性──以私刻爲主的討論

　　若就明人選明詩刊刻地域以觀，可以發現，無論是家刻或是坊刻，幾乎都集中在江蘇。尤其坊刻，僅《國朝名公詩選》爲浙江衢州書林刊，其餘主要集中在江蘇金陵、蘇州一帶，這樣的情況基本上符應明代書籍市場的分布，如〔明〕胡應麟《少室山房筆叢·經籍會通四》云：「吳會（即蘇州）、金陵，擅名文獻，刻本至多」，以爲「海內商賈所資，二方十七，閩中十三，燕、越弗與也」〔註67〕，同時也在一定程度上說明了當地明人選明詩可能有的流行情況。

　　相較於坊刻，家刻本之地域分布顯得略爲分散，除江蘇仍居大宗，計有六本外，尚包含浙江（3本）、福建（2本）、安徽（2本）、上海（1本）、廣東（1本）等地。由於家刻本所刻大多是文人，且普遍具有官員身分，其地域分布在受當地刊刻情況影響外，更將涉及文人藉以交流，所帶動的社交圈，是以，當地之詩歌風尚、偏好自將由此窺見端倪。也因此，當家刻本幾乎全落在南方，或者說東

過，大部分時期低於 10%，甚至有 6%~7%者。這説明，越到後來，在錄取額不變的情況下，應試數越多，錄取率就越低。」錢茂偉：《國家、科舉與社會──以明代爲中心的考察》（北京：北京圖書館出版社，2004），頁 103。陳寶良統計成化十六年至天啓七年之明代科舉生員中舉率，亦是越到後期錄取率越低，參見陳寶良：《明代儒學生員與地方社會》（北京：中國社會科學出版社，2005 年），附表23，頁 521～523。

〔註66〕周啓榮（Kai-wing Chow）指出：「爲了增加在科舉考試中成功的機率，應試者們越來越依賴印刷出版的書籍。」周啓榮（Kai-wing Chow）著；楊凱苪譯：〈爲功名寫作：晚明的科舉考試、出版印刷與思想變遷〉，收錄於張聰、姚平主編：《當代西方漢學研究集萃·思想文化史卷》（上海：上海古籍出版社，2012 年），頁 223。

〔註67〕〔明〕胡應麟：《少室山房筆叢正集》，收於《景印文淵閣四庫全書》（臺北：臺灣商務印書館，1985 年），第 886 冊，卷 4，頁 208。

南方時，這種地域不平衡的現象，也就表示明代詩歌的流布絕大部
分是由南方或東南方的文人所主導，他們幾乎同時伴演著作者與讀
者的身分，而選本則提供了他們表述己見，藉以交流的管道，即便
那些編輯不一定出自他們之手。何宗美於論元末明初文學之地域格
局時，曾言：

> ……其中，南直隸、浙江則居當時文化與文化的最中心地
> 位。不僅兩地文人數量超過其他所有地區文人數量的總
> 和，同時文人社團最爲活躍，文人群體化最爲突出，文學
> 交游唱酬風氣最爲濃厚，持文柄的文學領袖、文學大家最
> 爲多見。〔註68〕

事實上，不只是元末明初的文人，很可能整個明代都是如此，由家
刻本的地域分布同樣集中在南直隸〔註69〕、浙江二處，它所直接反
映的正是兩地文人活動的活躍、興盛，而明人選明詩則恰恰是這種
風氣下的產物。即便是分屬廣東、福建之黃佐、黎民表《明音類選》、
曹學佺《石倉歷代詩選》，亦同樣回應了所屬地域的詩學氛圍，無論
是由明初延續下來的嶺南、閩地詩風〔註70〕，或由渠等所參與的詩
社活動〔註71〕，可知，明人選明詩的編輯、刊刻實是明人頻繁詩歌

〔註68〕 何宗美云：「明代特別是明代文人結社的興盛情況完全超乎人們的想
像」何宗美：《文人結社與明代文學的演進》（北京：人民出版社，
2011年3月），上冊，頁48。

〔註69〕 江蘇、上海、安徽皆在南直隸範圍內。

〔註70〕 〔明〕胡應麟曾云：「國初吳詩派昉高季迪，越詩派昉劉伯溫，閩詩
派昉林子羽，嶺南詩派昉於孫蕡仲衍，江右詩派昉於劉崧子高。」
是則，閩地、嶺南詩風，自明初已開其端，而黃佐、黎民表、曹學
佺等之繼起，殆有以延續該地域之詩歌成果。〔明〕胡應麟：《詩藪》
（臺北：正生書局，1973年），續編卷一，國朝上，頁327。

〔註71〕 黎民表於嘉靖間與友人吳旦、梁有譽、歐大任等唱和其間，結詩社
南園，有南園後五子之稱，其師黃佐亦參與其中，「由此在嶺南形成
了繼孫蕡等人之後又一個有重要影響的文學社團」參見何宗美：《文
人結社與明代文學的演進》（北京：人民出版社，2011年），上冊，
頁243～244；曹學佺在福建先後參與芝社、霞中社，又發起石君社、
石倉社、西峰社等詩社，許建崑以爲「儼然成爲福建地區詩學的主
盟者」參見許建崑：〈晚明閩中詩學文獻的戡誤、搜佚與重建〉，收

交流下的具體成果，而有以聚焦在南直隸、浙江、福建、廣東等地。

第二節　明代書目中的存錄考論

　　明人選明詩在明代刊刻情況由官刻、私刻以考，略能概見其端，有以顯現明人對明詩選本的輯刊心態。而由明代各書目中明詩選本的著錄，則可更進一步看出明人選明詩在明代的保存以及流傳情形，在反映明代明詩的文獻規模中，得以瞭解明人對各選本的重視程度，或者說各選本所可能產生的影響力。以故，下列分就明代主要之官家、私家書目，考察明人選明詩之存錄狀況以為論述，並整理如下表，各書目以首字為標〔註72〕：

表五：明人選明詩之書目存錄情形

	書　　　目	編　選　者	官家書目	私家書目
1	雅頌正音	劉仔肩		*百、萬、近、天、千*
2	皇明詩選	沈巽、顧祿	行〔註73〕	千
3	滄海遺珠	沐昂		*百、晁、澹、近、千*
4	士林詩選	懷悅		*百、晁、天、千*
5	皇明風雅	徐泰	國、內	*晁、萬、徐、千*
6	皇明詩抄	楊慎	國、內〔註74〕、行	*晁、萬、徐、天、千*

　　於許建崑：《曹學佺與晚明文學史》（臺北：萬卷樓圖書股份有限公司，2014 年 2 月），頁 28～29。

〔註72〕私家書目若成於嘉、隆間，以斜體為標。

〔註73〕《行人司重刻書目》未標註編選者，僅標「皇明詩選四本」，未可確知是否即為沈巽、顧祿《皇明詩選》，或為慎蒙所編《皇明詩選》。〔明〕徐圖等撰：《行人司重刻書目》，收於《四部分類叢書集成‧三編》（臺北：藝文印書館，1972 年），文部六：國朝詩集類，頁 33。

〔註74〕題下標「莫詳編輯姓氏國初至嘉靖間名公詩」，未可確知是否即為楊慎《皇明詩鈔》。〔明〕孫傳能、張萱：《內閣藏書目錄》，收於《叢書集成‧續編》（臺北：新文豐出版公司，1989 年），第 2 冊，卷 4，頁 589。

7	明音類選	黃佐、黎民表	國	*萬*、徐、天〔註75〕、千
8	古今詩刪	李攀龍	國	脈、徐、天、千
9	國雅	顧起綸		千
10	續國雅	顧起綸		脈、千
11	明詩正聲	盧純學		徐、千
12	（皇明）詩統	李騰鵬		澹、千
13	明詩正聲	穆光胤		千
14	明詩選（盛明百家詩選）	華淑		
15	明詩選最	華淑		
16	國朝名公詩選	署名陳繼儒		
17	皇明詩選	陳子龍、李雯、宋徵輿		千
18	石倉歷代詩選	曹學佺		千
19	明詩歸	署名鍾惺、譚元春		

一、官方書目

　　明弘治以前，宮廷藏書頗富，此與早先帝王重視圖書搜集不無關連〔註76〕，不只太祖曾下令詔求遺書，成祖亦嘗「購募天下遺籍，上自古初，迄于當世」〔註77〕，永樂十九年（1421）遷都北京，成祖更

〔註75〕《天一閣書目》標爲《明詩類選》十二卷。〔明〕范欽藏；〔清〕范邦甸撰：《天一閣書目》，收於《續修四庫全書》（上海：上海古籍出版社，2002年），第920冊，卷4之3，總集類，頁266。

〔註76〕《中國藏書通史》一書中提到：「尤其是皇家宮廷藏書集中了宋、金、遼、元歷代的珍藏，又加洪武、永樂、宣德等幾代的皇帝多次向民間徵書，故全盛時期宮廷藏書多達兩萬餘部，約百萬卷之譜；迄至弘治、正德間開始走下坡路，趨向衰微。」傅璇琮、謝灼華主編：《中國藏書通史》（寧波：寧波出版社，2001年），上冊，頁525。

〔註77〕〔明〕董倫等修；解縉等重修；胡廣等復奉敕修：《明太宗實錄》，收於《明實錄》（臺北：中央研究院歷史語言研究所，1968年），第11冊，卷73，頁1018。

命「取南京所貯書，每本以一部入北」〔註78〕，原南京藏書即轉運北京庋藏。後正統六年（1441），英宗命少師兵部尚書兼華蓋殿大學士楊士奇等整理編目〔註79〕，為《文淵閣書目》，係今存明代最早官家書目，計二十卷，收有宋元及明代刊本。至萬曆三十三年（1605），以書籍散失，以及新刊圖書的增入，神宗命大理寺左寺副孫能傳、中書舍人張萱等，重新整理文淵閣館藏，編成《內閣藏書目錄》，共八卷〔註80〕。此二者「前者代表明初藏書狀況，後者代表明中期藏書狀況」〔註81〕，皆為國家藏書目錄，得以反映明代宮廷藏書變化。

另外，由中央各轄官署所纂之藏書目錄，比較重要的如萬曆三十年（1602）行人司司正徐圖，整理行人司所藏公贄——「凡乘使車事竣報命，無不購書數種為公贄」〔註82〕，所編《行人司重刻書目》。

〔註78〕〔明〕沈德符：《萬曆野獲編》，收於《筆記小說大觀‧十五編》（臺北：新興出版社，1976年），第6冊，卷1，頁3182。《明史‧藝文志》亦載：「值北京既建，詔修撰陳循取文淵書一部至百部，各擇其一得百櫃運致北京」〔清〕張廷玉等：《明史》（臺北：藝文印書館，2010年，清乾隆武英殿原刊本），第3冊，志第72，卷96，頁1035。

〔註79〕〈文淵閣書目題本〉：「少師兵部尚書兼華蓋殿大學士臣楊士奇等謹題：為書籍事，查照本朝御製及古今經史子集之書，自永樂十九年南京取回來，一向于左順門北廊收貯，未有完整書目。近奉聖旨移貯于文淵東閣，臣等逐一打點清切編置字號，寫完一本，總名曰文淵閣書目。合請用廣運之寶鈐識仍藏於文淵閣，永遠備照，庶無遺失，未敢擅便，謹題請旨。正統六年六月二十六日，少師兵部尚書兼華蓋殿大學士臣楊士奇、行在翰林院侍講學士臣馬愉、翰林院侍講臣曹鼐，當日早，于奉天門欽奉聖旨，是欽此。」見〔明〕楊士奇等：《文淵閣書目》，收於《景印文淵閣四庫全書》（臺北：臺灣商務印書館，1984年），第675冊，頁114。

〔註80〕〔清〕張鈞衡〈內閣藏書目錄跋〉：「萬曆三十三年歲在乙巳，內閣敕房辦事大理寺左寺副孫能傳、中書舍人張萱、秦焜、郭安民、吳大山奉中堂諭校理并纂輯。……方命能傳等重編此目，較正統書目十不一存，又加入歷朝編纂之書。」見孫能傳、張萱等：《內閣藏書目錄》，收於《叢書集成‧續編》（臺北：新文豐出版社，1989年），第2冊，頁671。

〔註81〕繆詠禾：《明代出版史稿》（南京：江蘇人民出版社，2000年），頁22。

〔註82〕〔明〕徐圖：〈行人司書目敘〉，見徐圖等撰：《行人司重刻書目》，收於《四部分類叢書集成‧三編》（臺北：藝文印書館，1972年），頁2。

又或非書目之形式，如嘉靖二十三年（1544）國子監祭酒黃佐、助教梅鷟所修南京國子監所藏圖書、版片之《南雍志・經籍考》、萬曆二十二年（1594），焦竑（1540～1620）以遜謝修國史不成，乃先撰寫之《國史經籍志》六卷等〔註83〕，亦皆得看出明代官方之藏書情況。

　　而透過上述明代官方藏書資料，可以發現，明人選明詩的載錄其實相當匱乏。固然是因爲這些書目未必能反映整個明代的情況，特別是萬曆後期的選本，但此中透露出的訊息是，相較於嘉靖、萬曆以後明人選明詩的大量出現，早先的明詩選本確實爲數不多，且受到的關注可能也相當有限。即便是在《南雍志・經籍考》中留有《雅頌正音》的梓刻版數，得以視爲該選本受到官方認可的證明，但在《文淵閣書目》中卻仍未得見，而大多是詩家別集的收錄，可知是時對於明詩的選收、編纂未臻成熟，連帶地在藏書上也顯得薄弱。

　　萬曆年間，焦竑《國史經籍志》中雖載有四部明詩選本，但主要爲嘉靖時期選本，且該作編目不依書之存佚爲準〔註84〕，參採有公、私諸家書目，所錄未必等於實際之官方藏書〔註85〕。因此，稍晚孫能傳、張萱等之《內閣藏書目錄》，徐泰《皇明風雅》的確然見收，就明人選明詩而言著實別具意義，畢竟它很可能是現存最早爲文淵閣——典藏國家藏書主要機構，所收藏的一部明詩選集〔註86〕。

〔註83〕《明史》：「二十二年，大學士陳于陛建議修國史，欲竑專領其事，竑遜謝，乃先撰經籍志，其他率無所撰。」〔清〕張廷玉等：《明史》（臺北：藝文印書館，2010年，清乾隆武英殿原刊本），第6冊，列傳第176，卷288，頁3174。

〔註84〕繆咏禾：「但是該書有一個缺點，焦竑在編目時，廣泛採取各類書目，不以存佚爲準，憑自己的判斷去取，難免有錯漏之處。有些書在前人的書目上雖然出現，實際上應不存在，焦氏也收了進去。」繆咏禾：《明代出版史稿》（南京：江蘇人民出版社，2000年），頁22～23。

〔註85〕焦竑《國史經籍志》之成書依據、體例缺失，可參見李文琪：《焦竑及其《國史經籍志》》（臺北：花木蘭文化出版社，2007年）。

〔註86〕《文淵閣書目》中載有《大明詩選》一部二冊，然未標選者，於其它書目中亦未得見此選，殆已佚失。〔明〕楊士奇：《文淵閣書目》，收於《景印文淵閣四庫全書》（臺北：臺灣商務印書館，1984年），第675冊，卷2，頁170。

而另一部《皇明詩鈔》，雖然未能確知是否即爲楊愼所輯，但較之於《文淵閣書目》所載，此時明人選明詩的庋藏，不失爲是官方對明詩選本的漸轉留意。又從《行人司重刻書目》載有楊愼之《皇明詩鈔》，行人司所藏既多爲官員由各地收集而來，以及承前述此作於雲南之官刻情形，可知焦竑書目所錄恰爲《皇明詩鈔》由地方傳至中央，其流布痕跡之體現，有別於此前其餘明詩選本之未能得錄，實都在在反映了《皇明詩鈔》於當時，基本上是作爲楊愼之選，所可能具有的影響力。

二、私家書目

不同於宮廷藏書在弘治以後的衰落，私人藏書在嘉靖、隆慶以後越見勃興〔註87〕，總計明一代藏書家之人數，多達八百多人，遠勝以往各朝〔註88〕，足見當時私家藏書之盛。而藏書既豐，無疑提供了可貴的出版資源，藏書家與出版業間便生聯繫，繆咏禾在論及藏書家與明代出版業的關係時，即云：

> 收藏的圖書豐富了，便可以把其中的善本印出來公之同好，把同類書印成叢書；可以據所藏的多種版本進行校勘，糾正前人刊本中的錯誤；可以把自己所藏的書編成目錄，寫出題跋、敍錄，成爲一代文獻之證。可以說，出版家必須是藏書家，而藏書家往往與出版有緣。〔註89〕

〔註87〕 袁同禮〈明代私家藏書概略〉：「嘉隆間，天下承平，學者出其緒餘，以藏書相誇尚，浙江與江蘇乃互相頡頏。」收錄於李希泌、張椒華：《中國古代藏書與近代圖書館史料（春秋至五四前後）》（北京：中華書局，1982年），頁415。

〔註88〕 《中國藏書通史》提到：「明代私家藏書超越以往任何一代，達到興盛，爲清代中國藏書事業的鼎盛打下了良好的基礎。據葉昌熾《藏書紀事詩》統計，明代藏書家達四百二十七人（不含藩府藏書），而范鳳書據各種資料整理統計，明代『私家藏書自又有發展，藏書更多，總計明一代達八百多人』。于此概可見有明一代私家藏書之盛。」傅璇琮、謝灼華主編：《中國藏書通史》（寧波：寧波出版社，2001年），上冊，頁558。

〔註89〕 繆咏禾：《明代出版史稿》（南京：江蘇人民出版社，2000年），頁366。

無論是寫本提供、叢書匯編、校勘圖書、編纂書目，甚至是沉潛書
海之餘，自著新作，這些藏書家之於出版上的付出，在明人選明詩
的輯刻、留存上多少有著一定的助益。比方在明人選明詩中，有不
少選者即爲著名之藏書家。明末姜紹書《韻石齋筆談》曾就明代著
述之富者，以爲「學海詞源，博綜有自，亦可見其插架之多矣」，
類推當時藏書名家，其中，楊愼、李攀龍、陳繼儒、鍾惺等俱在其
列〔註90〕。而今人范鳳書整理明代萬卷以上藏書家，又見黃佐、曹
學佺之名〔註91〕。是知明人選明詩的編纂、輯刻，亦有見明代藏書
風氣的影響。

　　而藉由現存私家書目的著錄，除了能反映明人選明詩與藏書之
風的聯繫外，進一步地也能得見明代藏書家對於明詩選本的看重程
度，以及當時明詩選本在各時期可能的留存、傳布狀況。依載有明
人選明詩的明人私家書目及其數量，就時間先後，嘉、隆間，有高
儒《百川書志》（3 本）、晁瑮（1511～1560）《晁氏寶文堂書目》（4
本）、朱睦㮮（1517～1586）《萬卷堂書目》（4 本）；萬曆以迄明末，
則有祁承㸁（1562～1628）《澹生堂藏書目》（2 本）、趙琦美（1563
～1624）《脈望館書目》（2 本）、徐𤊹（1570～1642）《徐氏家藏書
目》（紅雨樓書目）（5 本）、佚名《近古堂書目》（2 本）。另外，范
欽（（1506～1585）所藏，范邦甸等編《天一閣書目》（5 本）、黃虞
稷（1629～1691）《千頃堂書目》（15 本），雖成書於清，但基本上
是對於明一代書籍的收藏、整理，得觀明人選明詩的著錄情況，因
此亦將之歸入明人私家書目之列。

　　在統合諸書目後可知，首先，不同於官方書目，私家書目對明
人選明詩的著錄明顯增加，此與明人選明詩主要屬於私刻形式，以
及明代後期出版業的勃發現象大抵相應。

〔註90〕姜紹書：《韻石齋筆談》，收於《景印文淵閣四庫全書》（臺北：臺灣
　　　　商務印書館，1985 年），第 872 冊，卷上，頁 94。
〔註91〕參見范鳳書：《中國私家藏書史》（鄭州：大象出版社，2001 年），第
　　　　二節：明代收藏萬卷以上藏書家簡表，頁 168～187。

　　其次，除沈巽、顧祿《皇明詩選》外，萬曆以前選本，於私家書目中（尤其嘉、隆間的書目），幾乎都能得見，而萬曆以後的書目，僅《千頃堂書目》見有大量明詩選本〔註92〕，其餘則略顯分散。此中難免有各藏書家載籍喜好、搜羅難易，又或書籍散失的可能，但同時似也暗示明人選明詩的傳布、藏書家的重視程度的轉變，如萬曆以迄明末書目，僅《近古堂書目》錄有《雅頌正音》、《滄海遺珠》二部，其餘如徐𤊹《徐氏家藏書目》，五部明人選明詩均爲嘉靖、萬曆時作，趙琦美《脈望館書目》所載二部選本亦爲萬曆時作，祁承㸁《澹生堂藏書目》除萬曆中李騰鵬《皇明詩統》，雖錄有正統年間《滄海遺珠》一部，但不僅是祁氏沉酣典籍「多世人所未見者」〔註93〕，在書目分類上，《滄海遺珠》在總集類中亦未被祁氏歸作詩編，而是被視爲「郡邑文獻」來看待。

　　換言之，不惟是嘉靖以前明人選明詩的編纂未見發達，事實上在萬曆以後他們可能也沒得到對等的重視，這些選本在選錄明詩上的指標性意義也許已經受到質疑，或者在嘉靖、萬曆間大量出現的明詩選本，甚至是其它書類〔註94〕，分散了藏書家的注意，多少使各家在收藏上顯出了歧異。至於萬曆四十年後的選本，幾乎未見於書目之中，自與藏書家之未及收藏不無關連，而《千頃堂書目》中廣錄明人選明詩，然萬曆四十年後的選本，竟僅見陳子龍等《皇明詩選》與《石倉

〔註92〕《千頃堂書目》主要收明一代著作，又所著錄者非必眼見之書，又間採私家書目，是以所載明詩選本明顯爲多。《千頃堂書目》成書依據與收書體例，參見周彥文：《千頃堂書目研究》（臺北：東吳大學中國文學研究所博士論文，1985年）。

〔註93〕袁同禮〈明代私家藏書概略〉：「澹生之藏，創始於祁承㸁（爾光）。承㸁精於校勘，沈酣典籍，所鈔之書，多世人未見者。」收錄於李希泌、張椒華：《中國古代藏書與近代圖書館史料（春秋至五四前後）》（北京：中華書局，1982年），頁418。

〔註94〕大木康在論述嘉靖、萬曆以後書籍出版量之增加時，同時也提到了當時書籍種類繁多的現象，而特別點出了該時期顯著增加的出版物，如個人詩文集、叢書、總集、戲曲小說。參見〔日〕大木康著；周保雄譯：《明末江南的出版文化》（上海：上海古籍出版社，2014年），頁7～16。

歷代詩選》，則恰恰顯示這兩部選本在當時詩壇所具有之地位，得見流布，始爲黃氏所載。反之，若進一步從《千頃堂書目》未著錄之明詩選本以觀，則可發現他們幾乎都是坊刻本，是則，或可推知坊刻本於萬曆後雖大量出現，但明人選明詩的實際流通量未必爲廣，或者說在坊刻本上的質量（包括編選者、刊刻品質），其實不一定能爲藏書家所賞，進而收藏〔註95〕，畢竟藏書家雖欲廣收書籍，但在購書、藏書上也有一定的要求、原則〔註96〕，相對地，也就可能影響到部分明詩選本的傳布。

　　總言，明人選明詩的流布在官刻本上雖有其推力，如《雅頌正音》、《皇明詩鈔》，但大抵是以私刻的形式進行。此與選本作爲文人詩歌交流，或藉以博取名聲，壯大社團的產物，實乃密切相關。而在嘉靖、萬曆以後，坊刻本的增加，在突顯出版業的興盛之餘，亦也透露出了當時文人與書商間的聯繫，與讀者群對明詩選坊刻本的潛在推動力。總體呈現在明人書目中，顯見的是私人書目對明人選明詩的著錄，遠多於官方書目。然而，在官方書目中，萬曆年間的《內閣藏書目錄》記錄了當時明人選明詩在文淵閣的藏書情況，仍標誌著明詩選本影響力的提昇，漸爲官方所留意的重要意義，尤以徐泰《皇明風雅》代表。而《行人司重刻書目》則具體顯現了明人

〔註95〕 蕭東發論坊刻本，曾言：「坊間所刻各書歷來不受重視，藏書家對相當一部分的坊刻本都不屑收藏，不予著錄。」論其局限，又云「從主觀上看，書坊主人大多不是文人學士，即便有一些文化，水平也不會很高。他們在組織圖書生產的過程中，無法對書籍的內容質量進行有效的控制，實際上他們中的不少人也不負責；從客觀上分析，只有采用低價售書薄利多銷的策略，才能使本身存在下去並得以發展，而爲了降低書價，就必須降低成本，因此，坊刻本無論是用工還是選料，都無法與不惜工本的官刻、私刻本相比。」參見蕭東發：《中國圖書出版印刷史論》（北京：北京大學出版社，2001 年），頁 167、176。

〔註96〕 如祈承㸁〈藏書訓略〉云：「夫藏書之要在識鑒，而識鑒所用者在審輕重、辨真僞、覈名實、權緩急而別品類，如此而已。」可見，圖書之性質、內涵俱在藏書家的考量之內。見祈承㸁：《澹生堂藏書約》，收於《叢書集成‧新編》（臺北：新文豐出版公司，1985 年），第 2 冊，頁 748。

選明詩由地方傳至中央的流布痕跡，間接透露了楊慎《皇明詩鈔》在官方上的流通。

　　至於私家書目，基本上作爲私人藏書家的收藏紀錄，雖未必能代表明人書籍流布的總貌，但藉由書目的載錄，仍指標性地透露當時藏書家的收藏傾向，得以看出明人選明詩實際的留存情況。準此，萬曆以迄明末書目在選本著錄上的分散，無疑地帶出了明詩選本在流布上的問題，即隨著明人選明詩、各類書籍數的增加，包括當時的詩學氛圍，甚至坊刻本可能有的瑕疵，或多或少地也都影響到了明人選明詩的流布，決定其是否得爲藏書家所青睞，如嘉靖以前的選本在留存上的斷層，也許便預示著明人在詩歌交流間，對於明詩已有了不同既往的想法。是以，明詩選本的編纂，在嘉靖、萬曆以後雖越見發達，然量多是否質精，是否眞能在當時佔有一席之地、具有重要影響力，在文人交流、收藏間，得以廣爲流傳，其實未必樂觀。那麼，在眾聲喧嘩之間，得爲書目所載者，如陳子龍等《皇明詩選》、《石倉歷代詩選》，在當時所引發的效應、傳布情形，自然也就不言可喻了。

第三節　結　語

　　總結上述，可以得知：

　　第一、明人選明詩在明代的傳播、流布情況，是明人對明詩選本重視程度的具體反映。透過刻書、藏書情形的考察，明人選明詩的編纂成書、推展，於是有了更爲明確的呈現。大抵而言，明人選明詩是明代論詩風氣、刻書業結合下的產物。而明代刻書業的發達，與政府對圖書出版的相對開放不無關連，由是，作爲間接的推力，在嘉靖以後，隨著經濟的漸顯蓬勃，造紙、印刷術的改良，自然都爲選本刊印提供了良好的發展條件。在嘉靖、萬曆以後，明人選明詩數量的明顯提昇，且在家刻本的形式外，更見有坊刻本，顯然不有政府舉措、社會經濟環境轉變的影響。其中，坊刻本的出現，在突顯出版業的興盛

之餘，更透露了當時文人與書商間的聯繫，與讀者群對明詩選坊刻本的潛在推動力。

第二、明人選明詩的流布，主要是私刻，官刻本的部分有限，包括在官方書目中，明人選明詩的著錄亦乏，顯示明詩選本基本上是文人私下詩歌交流，或藉以博取名聲之用，藉由編纂、刊刻地域的考察，大抵聚焦在南直隸、浙江、福建、廣東等地，是明人頻繁詩歌交流下的具體成果，明代政府的關注度其實有限，是則，早先在民間書版未廣之時，明人選明詩的編纂、刊印不多，殆非無由，而劉仔肩《雅頌正音》既有見南京國子監之刻，相較於楊慎《皇明詩抄》有雲南布政司、大理府地方政府之官刻，爲中央認可，符應朝廷詩歌期望的指標性意義顯然更具，即使在流通上，未必比《皇明詩抄》來得更廣。至於，萬曆年間，《國史經籍志》、《內閣藏書目錄》官方書目對明人選明詩的著錄，係明詩選本漸爲官方所留意之證明，亦也反映此時明人選明詩的蓬勃，恐怕已是難有忽略。尤其，徐泰《皇明風雅》但爲家刻本，卻是《國史經籍志》、《內閣藏書目錄》著錄明人選明詩中，成書最早的一部選集，間接透露是書在當時的接受程度，乃得爲國家所收藏。

第三、相較於官方書目，在私人書目上，明人選明詩的著錄多有，除了萬曆四十年後的選本，藏書家未及收藏外，萬曆以前選本，於私家書目中，幾乎都能得見。在呼應明人選明詩大多爲私刻的形式外，亦也顯示論詩、選詩，乃至於收藏詩選，明代政府的不見著力，並未眞的讓明詩選本的發展停擺。只是，書目著錄上的略顯分散，或多或少反映了諸本明詩選在明代的流布情況，或者說在明人眼中不同的重視程度，如萬曆以迄明末書目，對嘉靖以前明詩選的著錄有限，在編纂未見發達，書籍難有收藏的原因之外，諸作在選錄明詩上的指標性意義受到質疑，或者說在嘉靖、萬曆以後，大量出現的明詩選本，更有符合他們的喜好、期待的選集，當時詩學氛圍已然轉變也不無可能。包括在明人選明詩的編纂、刊印更見繁盛

下，《千頃堂書目》著錄之明詩選本少見坊刻本，不惟有編纂、刊印質量的考慮，選本自身流布程度不高也是原因，以及萬曆四十年後的選本，僅見有陳子龍等《皇明詩選》與曹學佺《石倉歷代詩選》，以是書主要收有明一代圖書，公私家書目兼有所採的情況下，不難想見此二部選本在當時詩壇具有之地位、流傳情形。由是可知，明人選明詩的發展、傳布，以及伴隨著的詩壇風尚，透過明人的收藏、書目著錄，折射出的選本接受、肯定程度，實都得到了一定的反映。

第四章　識詩能力與實踐型態
——編選者及其編選特點

　　明人選明詩承繼著前代的詩選成果，科舉以八股取士未嘗阻斷了他們對詩歌的好尚，學詩、作詩、論詩仍然充斥在生活間，別集、詩話伴隨著刊刻印刷的發達，更是蓬勃開展，推促、呼應著選本的編纂。選本在流布間由是從家刻本爲多，到坊刻本亦見，甚或官方書目予以著錄，有所關注。這股明詩選本潮流自明初至嘉靖、萬曆以後尤顯蔚然，其發展不惟選家，係爲明人所共見、共同經歷。對於如何選詩？選者如何成爲一知音者？如何篩選具有代表性的一代之詩？箇中難處，相較於前代，明人儼然有著更爲深切的體認。

　　〔明〕李東陽（1447～1516）於詩話論著《懷麓堂詩話》即云：「選詩誠難，必識足以兼諸家者，乃能選諸家；識足以兼一代者，乃能選一代。一代不數人，一人不數篇，而欲以一人選之，不亦難乎？」〔註1〕他標舉出選者之「識」，認爲選者識力當有以兼備諸家、一代者，適足以選之。面對前代唐詩選本的瑕瑜互見，作爲讀者，李東陽所以發出了如是之嘆。顯然，在強調「選詩誠難」的背後，透露的其實是對於選本「質」的一種要求。對應魯迅所云：「選本既

〔註1〕〔明〕李東陽著：李慶立校釋：《懷麓堂詩話校釋》（北京：人民文學出版社，2009 年），頁 104。

經過選者所濾過，就總只能吃他所給與的糟或醨」〔註 2〕，嘲弄似的口吻間，清楚表達選本總歸也只能是「糟或醨」，就其「質」抱有著強烈懷疑〔註 3〕。李東陽「欲以一人選之不亦難乎」的探問，以選家之「識」，作爲選本質優質劣的前提，終究是寬容多了，留有著對選者，或者說對選本的期待。遑論在李東陽前、後，明人於選本中已不只一次表達過類似的見解，即便他們更多的是想藉此肯定選者編纂的出色。然而，明人對選詩的重視、選本質量的追求，乃至對好的選本出場的相信，實已不言可喻，並具體呈現在對選者的要求上。如楊士奇（1364～1444）〈滄海遺珠序〉：

> 然代不數人，人不數篇，故詩不易作也，而尤不易識。非
> 深達六義之旨，而明於作者之心，不足以知而言之。……
> 其采之不詳，選之不當，皆不免於後來之譏。蓋選之不當
> 者，識之不明也。（沐昂《滄海遺珠》，總頁碼 451）

不同於李東陽迤談選詩之難，提出選者識力當足以兼備諸家、一代，對選家識力深廣的強調。早先，楊士奇係在「詩不易作」的前提下，突顯「識」詩尤難。選者非通達《詩經》六義要旨、體察作家用心，便無由知詩、言詩。他對選者的要求，識見的洞明，實繫於對詩歌的掌握度，作爲一個知音者的敏銳。認爲選者若無法具備如是條件，採集詩作不甚周詳，刪選不當，有恐獲致他人譏訕。稍晚，呂原（1418～1462）〈士林詩選序〉提出「夫詩不易作，亦不易選，選之善者，作之善也。」（懷悅：《士林詩選》，總頁碼 394）

〔註 2〕魯迅：〈選本〉，收於《魯迅全集》（北京：人民文學出版社，1991 年），第 6 冊，頁 137。

〔註 3〕魯迅對選本「質」的懷疑，來自於選本未能眞正且全面瞭解作者，對選者的眼光，尤其呈現出不信任的態度。這與明人表達選詩之難，最終仍對好的選者、選本出現抱有期待，顯然有別。如〈題未定草〉一文中，嘗云：「選本所顯示的，往往并非作者的特色，倒是選者的眼光。眼光愈銳利，見識愈深廣，選本固然愈準確，但可惜的是大抵眼光如豆，抹殺了作者眞相的居多，這才是一個『文人浩劫』。」魯迅：〈「題未定」草〉，收於《魯迅全集》，第 6 冊，頁 421～422。

明顯將選者的創作能力納入考量，認爲選詩佳者，其創作必然亦佳。萬曆間，李維楨（1547～1626）〈盛明百家詩選序〉更謂：

> 詩不易選，選本朝詩尤不易。必其學識囊括千古、淹浹百家，且超軼諸作者，而後能鑒定之；必其不眩空名、不徇私昵，不以己所偏嗜爲裁量，而後能去取之。是以，難也。
>
> （華淑《明詩選》，總頁碼 5）

他特別提出「選本朝詩」的不易，著眼的一方面是明詩的成就，選者識力已不僅是兼備諸家、一代者可勝任，非囊括千古、深通百家，足以超絕諸詩家之上者無由鑑定。另一方面，他點出選者裁量詩作易受限於名聲、私情與個人偏嗜，隱約透露當時選者可能犯下的弊病。不難發現，因應著選本的流行，優劣、瑕瑜之間明人不免對選詩進行反省，在強烈感受到選詩之難的過程中〔註4〕，伴隨著的是對選者要求的愈發具體、全面，尤其展現在明人選明詩的編纂上，殆揭示著他們對當代詩選的亟爲重視。

　　衍伸而來，不禁要反問，若明人對選詩很是重視，追求著選本的質量，對選者亦頗有要求，屢屢標舉出選者之「識」。那麼，這些出於選本序跋的文字，多半帶有著對選本的肯定，是否暗示著該選者即具備有「識」詩的能力？作爲一種初步的檢視，選本的編纂倘爲選者識力的一種表現，本章所欲探究的是，首先，選者如何能「識」詩？以選者身分、交遊爲觀察視角，分析可能左右其識見，影響選本編纂

〔註4〕如〔明〕鄒迪光（1550～1626）更曾提出：「爲詩非難，選難。選詩非難，選今人詩難」，並羅舉出選今人詩之八難，云：「蓋有去取則有愛憎，取未必愛，而去無不憎。任愛寡而任憎多，難也；雕蟲名高，而刷青未出帳中之秘，覓之無緣，難也；能詩者未必真能詩者，吾以名取，而人以實求，實不如名，不以爲阿，則以爲瞽，難也；載贄而求，紹介以請，冀一廁名其間，而許之不可，不許不能，難也；肆口嘲譏，觸忌抵諱，強而入之，人不作者憾而刷者憾，難也；本名流而或嫺無韻、不嫺有韻，因無韻而及有韻，即識者以爲然，而於吾心不然，信人不自信，難也；海內詞人夥矣，不宜一失，而況百漏，即千手千足歷珠域而網羅之，虞窮年皓首之不逮，難之難者也；若其識虧罔象，見局離黃，昧雌雄之神鍔，忽山水之絕調，不能詩而掄詩，斯之爲難，又所勿論矣。」鄒迪光：〈盛明百家詩選序〉，見華淑：《明詩選》，頁7。

的潛在因素；其次，實踐在選本中，編選動機、目的及其編選體例，如何對應著選者的識力？不同時期的選本，又呈現出了哪些差異？進以瞭解明詩選本在發展的過程中，明人在選本中的開拓與轉變。

第一節　編選者分析——以選者身分、交游爲觀察視角

劉勰（約 465～521）《文心雕龍·知音》嘗云：「豈成篇之足深，患識照之自淺耳。」〔註 5〕關鍵不在於作品的過於深奧，但在評賞者自身的識鑒淺薄。即便「音實難知」，劉勰仍然嘗試提出了「知音」的可能。恰如明人選詩，往往著意在選者識力的深廣與否，顯然，他們願意相信選者可以作爲一知音者，「明於作者之心」。然而，「識」詩如何成爲可能？當明代的選者「將經自己識力判別的一套文學正典一一羅列」〔註 6〕，他們的身上呈現出了哪些特質、具備了哪些條件，足以養成，或者說影響其識力的判別？藉由選者身分、交遊圈的考索〔註 7〕，大致可歸納爲以下兩部分以爲論述：

一、身分：名士、顯宦與山人

總的來看，十九部明人選明詩，共計二十二位編纂者〔註 8〕。據可查考之科第、官職資料，選者或爲地方官員，殆有一方名望者。如《皇明詩選》——顧祿、《滄海遺珠》——沐昂、《士林詩選》——懷悅、《皇明風雅》——徐泰、《皇明詩統》——李騰鵬等；或爲布衣山人身分，未入仕途者，如《明詩正聲》——盧純學、《明詩選》、《明詩選最》——華淑。渠等雖未必富有詩名〔註 9〕，然大都雅好於文藝，

〔註 5〕〔南朝齊〕劉勰著；周振甫注：《文心雕龍注釋》（臺北：里仁書局，1994 年），頁 888。
〔註 6〕陳國球：《明代復古派唐詩論研究》（北京：北京大學出版社，2007 年），頁 217。
〔註 7〕參見附錄一〈編纂者分析簡表〉，頁 1～4。
〔註 8〕參見附錄一〈編纂者分析簡表〉，頁 1～4。
〔註 9〕選者除顧祿詩名較顯，明詩選本每錄其作，計有十次。其餘選者入選

遂投身選本的編纂。又或具有進士身分，嘗出入翰林、擔任中央六部要職者，如《皇明詩抄》——楊慎、《明音類選》——黃佐、《古今詩刪》——李攀龍、《石倉歷代詩選》——曹學佺等。相較前述選者，渠等位居顯宦，詩社活動多有參與，在詩歌上的成就表現、矚目程度尤著。唯編纂選本，多半處於遭逢謫戍，抑或賜歸、解職家居期間。

　　大抵而言，由選者的身分可知，明人選明詩的編纂行列已然擴大，不光是地方又或中央官員，即使失意、無心於官場者，同樣得以投入其中，選錄符合他們期待的作品，明人選明詩所以蓬勃開展，正來自於各方選者的致力。誠如蔡英俊所言：「古典文化傳統中關於詩歌的創作與解讀，基本上即是士階層知識養成教育的主要部分，可說就是一種個人與社會生活的實踐。」〔註10〕這些選者理應接受過此一知識教育之洗禮。他們習詩、作詩，以劉勰之謂：「操千曲而後曉聲，觀千劍而後識器」〔註11〕，選詩，適為渠等識詩能力的展現。

　　其次，因著選者的身分地位，分屬不同階層，不光選詩角度多少有些差異，選錄詩歌的指標性、關注度，連帶著選本有以發揮的效應亦難免為之調動。比方，就選詩來看，山人群體在「嘉靖、萬曆（1522～1619）間大盛」〔註12〕，選者之為布衣山人，如盧純學《明詩正聲》、華淑《明詩選最》，對當時山人的創作，重視程度即高於萬曆間其他選本〔註13〕；就關注度而言，嘗身居中央要職者，

〔註10〕次數至多不超過兩次。

〔註10〕蔡英俊：《中國古典詩論中「語言」與「意義」的論題——「意在言外」的用言方式與「含蓄」的美典》（臺北：臺灣學生書局，2001年），頁309。

〔註11〕〔南朝齊〕劉勰著；周振甫注：《文心雕龍注釋》（臺北：里仁書局，1994年），頁888。

〔註12〕張德建：《明代山人文學研究》（長沙：湖南人民出版社，2005年），頁5。

〔註13〕以萬曆間的八部選本來看，選錄詩數前十名的詩家，為嘉靖、萬曆間山人者，標以方框。

古今詩刪	王世貞 72	李夢陽 63	徐中行 61	謝榛 何景明 59	邊貢 38	許邦才 37	吳國倫 32	劉基 27	高啓 王廷相 高岱 24	宗臣 21

諸如楊愼、黃佐、李攀龍，渠等選本著錄於官方、私人書目的比例，明顯高於布衣山人——盧純學、華淑〔註14〕，可見矚目度的差距。當然，這不會只是因爲彼此的身分位階，還包括詩壇地位、詩名的顯達與否。畢竟，楊愼、黃佐、李攀龍等編纂選本時，早非中央官員。渠等影響力的延伸，基本上建立在社會位階流動間，與周遭人際的往來互動，比方參與詩社時，活躍於詩壇，詩名之累積，乃至選本編纂後的付梓刊行，同樣繫諸選者之交際網絡。如楊愼《皇明詩抄》，友人程旦爲之序，稱「予懼其抄之弗廣也，命雲南沈尹繼芳，梓而傳之」（頁 2～3）；黃佐《明音類選》，門生黎民表爲之參訂，云：「積有歲年，始克成編。友人潘少承甫獲觀焉，遂以梓請」〔註15〕；李攀龍《古今詩刪》，由友人汪時元「謀梓之」，「走數千里，以序屬世貞」（頁 1）。

國雅 續國雅	唐順之 56	陶允宜 55	高啓 53	皇甫汸 43	李夢陽 42	何景明 41	薛蕙 39	徐禎卿 37	黎民表 35	姚廣孝 34
明詩正聲（盧）	王世貞 106	何景明 93	李夢陽 86	王叔承 74	李攀龍 73	謝榛 67	徐中行 邊貢 59	吳國倫 53	高啓 52	王穉登 50
皇明詩統	劉基	高啓	何景明	王紱	楊基 瀋憲王	李禎	今瀋王	程誥	李夢陽	王恭 馮惟訥
明詩正聲（穆）	李夢陽 116	王世貞 91	李攀龍 76	何景明 74	穆考功 51	謝榛 46	孫一元 41	李先芳 36	李化龍 35	宗臣 高啓 32
明詩選	湯顯祖 39	高啓 32	何景明 28	袁宏道 27	湯賓尹 25	屠隆 24	陳繼儒 楊愼 23	李夢陽 22	王世貞 21	鄒迪光 20
明詩選最	高啓 何景明 28	楊愼 湯顯祖 22	李夢陽 21	王世貞 19	袁宏道 17	鄒迪光 楊基 陳繼儒 16	劉基 王穉登 湯賓尹 王賁 15	邊貢 屠隆 胡儼 14	吳國倫 13	太祖皇帝 魯鐸 馮時可 12

〔註14〕 合計官方、私家書目的著錄次數，楊愼《皇明詩抄》、黃佐《明音類選》、李攀龍《古今詩刪》都在五次以上，盧純學《明詩正聲》、華淑《明詩選》、《明詩選最》至多不過二次。書目存錄情況可參第三章第二節。

〔註15〕 黎民表〈皇明類選後序〉，未見於國圖所藏《明音類選》（明嘉靖戊午潘光統刊本），該序係轉引自王文泰：《明代人編選明代詩歌總集研究》（上海：復旦大學博士論文，2005 年 9 月），下編：明人編選詩歌總集彙考，頁 59。

　　總之，即便具有識詩之能力，選者的身分位階，仍有以左右其選詩，甚至影響選本的刊行、流布。且誠如羅時進所云：「文人都是網絡關係中的節點，無論是在什麼位置上，他都在網絡化、團體性的關係之中」〔註16〕，以明代選者多半參與詩社活動，選者的交遊圈，顯然是另一個有以調動選者識力判別、選詩取向的重要原因。

二、交游：一方交流到詩社盟友

　　承前述，明詩選者於詩歌的學習、好尚，有以培養出他們的識詩能力。然而若以作爲詩家之知音，「無私於輕重，不偏於憎愛」，「深識鑒奧，必歡然內懌」〔註17〕的境界，對明代選者而言，卻似乎還是個理想？

　　鄒迪光〈盛明百家詩選序〉曾提出：「選詩非難，選今人詩難。」他羅舉出選今人詩之「八難」。首一難即謂：「蓋有去取則有愛憎，取未必愛，而去無不憎。任愛寡而任憎多，難也。」（華淑：《明詩選》，頁7）表示去取之間未必能眞實體現選者對詩作的好惡。割捨詩作自然有不予認同者，所以入選，在喜愛詩作之外，也可能包含著其它的考量。可知，審愼去取，「任愛寡而任憎多」，無有選者的偏私，確實也依舊考驗著明代的選者，是他們選詩上的重要難題。那些圍繞著選者的交遊圈，諸如對所屬地域詩家的熟悉、有心彰顯，詩家在入選條件上的相對有利；又或與友人間的詩歌交流、往返，固不無詩識之增長，但無形中調動著的詩歌好惡、對友人詩作取捨抉擇等，似乎都成爲了選者是否「平正如衡，照辭如鏡」〔註18〕的一種檢視。換言之，倘若理想範式的擇定，是選者對詩歌的審美要求，某一種程度上代表著選者識見的洞明與否，亦即「選之不當者，

〔註16〕羅時進：《文學社會學——明清詩文研究的問題與視角》（北京：中華書局，2017年），頁36。

〔註17〕〔南朝齊〕劉勰著；周振甫注：《文心雕龍注釋》，頁888～889。

〔註18〕〔南朝齊〕劉勰著；周振甫注：《文心雕龍注釋》（臺北：里仁書局，1994年），頁888。

識之不明」。那麼，著眼於偏私愛憎，以選者交遊圈爲觀察點，對於探究有以左右其選詩──選者識詩能力之展現，顯然不失爲一有意義的嘗試。

洪武初，劉仔肩編有《雅頌正音》，係其薦召入京後所集之時人詩歌〔註19〕。馬漢欽依《雅頌正音》目錄後之劉氏自注語：「仔肩所采之詩，但得之即錄之」〔註20〕，嘗指出：「本集的采詩完全是限制在劉仔肩本人的交接範圍內的，劉仔肩交接範圍之外的詩人，則不在入選的範圍內。」〔註21〕又謂：「從入選的詩歌看，本集所選多是一些應制、唱酬之作，且與編者劉仔肩相關者很多。」〔註22〕可知，《雅頌正音》的編選，在薦召入京後開始進行，詩作所錄則大抵環繞在劉仔肩的交遊圈。

從入選詩作來看，確實不乏詩作由篇名已能看出詩家與劉仔肩的往來關係，如陶安（1315～1368）〈贈劉汝弼赴京〉、劉崧（1321～1381）〈雙翠軒詩爲劉汝弼賦〉等。倘以所屬地域來看，更能發現劉仔肩與所錄詩家的聯繫，即劉仔肩爲鄱陽人（江西），《雅頌正音》總收六十二位詩人，江西詩家已佔二十名〔註23〕，數量居選本之冠。甚者，選錄詩作最多者──劉丞直（元至正進士），亦爲江西詩家。換言之，即使由選集的命名──以明初詩歌爲《雅》《頌》，不難看

〔註19〕〔清〕朱彝尊《靜志居詩話》云：「洪武初，用薦應召至京。汝弼一應鶴書，旋集都人士詩，爲雅頌正音。而以己作附之，殆游大人以成名者。」〔清〕朱彝尊著；姚祖恩編；黃君坦校點：《靜志居詩話》（北京：人民文學出版社，1990年），上冊，卷5，頁120。

〔註20〕因《雅頌正音》四庫本並未有目錄，無由見劉氏自注，此語係依馬漢欽所引。參見馬漢欽：《明代詩歌總集與選集研究》（哈爾濱：哈爾濱工程大學出版社，2009年），頁11。

〔註21〕馬漢欽：《明代詩歌總集與選集研究》（哈爾濱：哈爾濱工程大學出版社，2009年），頁11。

〔註22〕馬漢欽：《明代詩歌總集與選集研究》（哈爾濱：哈爾濱工程大學出版社，2009年），頁14。

〔註23〕數據參見馬漢欽：《明代詩歌總集與選集研究》（哈爾濱：哈爾濱工程大學出版社，2009年），頁16。

出劉仔肩有意昭示明代文治之盛的用心。所錄詩歌有見應制、頌美之作，如詹同〈春日駕幸鍾山應制〉、汪廣洋（？～1379）〈大祀〉、〈大饗〉、高啓（1336～1374）〈聖壽節早朝〉等，《四庫總目提要·雅頌正音》亦云：「雍雍乎開國之音」〔註24〕。又或者，劉仔肩於選本中附入不少個人詩作，興許冀望在「游大人以成名」〔註25〕。而在這些編選動機之外，值得注意的實是隱藏在選本背後，《雅頌正音》所帶有的地域性——選詩係以劉仔肩之交遊爲核心，江西詩家爲主軸，遂乃擴及入京後采收之一時名公卿詩。衍伸而來，在選錄詩家上可能有的偏狹〔註26〕。

　　類似的情況，即選詩圍繞在選者交遊、所屬地域，亦有見於其它明人選明詩，諸如沈巽、顧祿《皇明詩選》。沈巽爲詩作主要的蒐集者，顧祿則負責校選。兩人分別爲吳興（浙江）、華亭（南直隸）人，《皇明詩選》所錄詩家以湖州（浙江）、金華（浙江）、蘇州（南直隸）人爲多〔註27〕，屬於同一地域範圍。又，曹孔章嘗爲〈皇明詩選序〉，與沈巽頗見交誼〔註28〕，《皇明詩選》錄有其詩五首。但明人選明詩中，曹孔章詩實罕有收錄〔註29〕。而顧祿，其人「自少

〔註24〕〔清〕永瑢等撰：《四庫全書總目提要》，收於王雲五主編：《萬有文庫簡編》（上海：商務印書館，1940 年），第 5 冊，總集類 4，卷 189，頁 44。

〔註25〕〔清〕朱彝尊著；姚祖恩編；黃君坦校點：《靜志居詩話》（北京：人民文學出版社，1990 年），上冊，卷 5，頁 120。

〔註26〕馬漢欽針對《雅頌正音》的選詩情況，即曾指出：「因此，這就使得劉仔肩交接範圍之外的詩人的詩歌難以入選，而他交接範圍之內的詩人的代表作並未能選入，使得本集的代表性大打折扣。」參見氏著：《明代詩歌總集與選集研究》（哈爾濱：哈爾濱工程大學出版社，2009 年），頁 12。

〔註27〕依沈巽、顧祿《皇明詩選》所錄詩家名氏爲計，標爲湖州人之詩家計有 9 位，金華、蘇州則各有 8 位。

〔註28〕〔明〕董斯張《吳興備志》提及沈巽，有云：「精于繪事，嘗爲曹孔章作水晶宮圖贈貝瓊。」可知，沈巽與曹孔章殆有往來，遂爲之作畫贈予貝瓊。〔明〕董斯張：《吳興備志》（臺北：新文豐出版公司，1989 年），卷 25，頁 591。

〔註29〕以本文研究範疇之十九部選本來看，僅沈巽、顧祿《皇明詩選》收

力學，才藻豔發，能詩善書」（《皇明詩統》，卷 3，頁 15），明人選明詩雖多錄其詩，然數量上實遠不及《皇明詩選》所收，高居選本第三位。可知，《皇明詩選》所以選收曹、顧詩作，明顯建立在對兩人創作上的熟悉。尤其，顧祿作爲校選者，詩作的大量入選，或出於沈翼對顧祿詩作的有意推崇，抑或如同劉仔肩《雅頌正音》之附入己作，欲藉以彰顯自身詩歌則未盡可知。

又若沐昂《滄海遺珠》，冀望彌補前選之不足，在選詩上著眼於謫遷雲南詩家，與沐氏家族往來之文人亦每每有見收錄。比方逯昶與沐昂關係尤爲密切，「在沐昂《素軒集》中出現頻率最高」〔註 30〕；又或平顯，爲沐英（沐昂父）延爲塾賓〔註 31〕，「沐晟、沐昂兄弟與平顯相交尤深」，「平顯詩集中有多首謝贈之作」〔註 32〕，「沐昂《素軒集》中也有十餘首詩是寫給平顯的」〔註 33〕。《滄海遺珠》各錄二人詩，計二十一首，同居選本第三位。〔清〕袁嘉穀（1872～1937）即嘗指出：「蓋全集多沐氏私交之作也。」〔註 34〕孫秋克〈滄海遺珠考〉一文亦謂：

> 從《遺珠》所載部分詩題看，編者沐昂在其中起到了聚集這批詩人的重要作用。《遺珠》所錄詩人的謫戍地並不完全在雲南府，但作爲首府，這裡是遷客騷人的必經之地，沐

入曹孔章詩。

〔註30〕 參見李超：〈論沐氏家族與明初謫滇詩人關係〉，《昆明學院學報》（2016 年），第 5 期，頁 98。

〔註31〕 〔清〕鄂爾泰等監修《雲南通志》載有：「平顯，字仲微，杭州人。洪武間，應孝弟，力田。爲廣西藤縣令，降主簿，尋謫戍於滇。博學能文，西平侯沐英請於朝，除伍籍，爲塾賓。」〔清〕鄂爾泰等監修：《雲南通志》，收於《景印文淵閣四庫全書》（臺北：臺灣商務印書館，1984 年），第 570 冊，卷 23，頁 211。

〔註32〕 李琳：〈明初謫滇詩人平顯考論〉，《江漢論壇》（2008 年），第 11 期，頁 156。

〔註33〕 參見李超：〈論沐氏家族與明初謫滇詩人關係〉，《昆明學院學報》（2016 年），第 5 期，頁 98。

〔註34〕 袁嘉穀：《滇繹》，收於《中國西南地理史料叢刊》（成都：巴蜀書社，2014 年），第 3 冊，卷 3，頁 384。

　　氏又向來喜歡和文士交往，所以《遺珠》所錄詩人可能或
　　多或少都與沐昂有關係。〔註35〕
是知，《滄海遺珠》的編選同樣集中選者的交遊圈上。從選錄內容不
乏有的題謝、次韻沐氏之作，又或滇地風光之歌詠〔註36〕，沐昂有心
肯定沐氏功勳，推廣雲南文風之用意，實已隱然可見。

　　至若懷悅《士林詩選》，除自身創作外，收有不少相與倡和者之
詩歌，如姚綸、蘇平、陳顥、丘吉、岑琬、姚翼等〔註37〕，選本編纂
與選者交遊圈的關係更見緊密。倘由選本所錄二十九名詩家來看，以
浙江為最，佔二十三位，其次則為江蘇，計有四位〔註38〕，不難看出
懷悅所以選錄者泰半為江浙詩家。換言之，《士林詩選》不僅作為文
人雅集後之成果展現，縱然懷悅未必刻意〔註39〕，選錄取向集中在選
者交遊、所屬地域周圍，明顯強化了選本的地域性，變相地也讓《士
林詩選》帶有著地方性詩歌選集的色彩。

　　事實上，不難發現，上述選本對選者所屬地域詩家上的偏重，
諸如《雅頌正音》之於江西、《滄海遺珠》之於雲南，又或《皇明詩

〔註35〕孫秋克：〈滄海遺珠考〉，《昆明學院學報》（2010 年），第 2 期，頁
　　　　39。
〔註36〕袁嘉穀曾羅舉《滄海遺珠》所選詩作，以為「不言所謝之人，細玩
　　　　詩意即謝沐氏」、「不言所次何人，而無非次沐氏者」，又稱「滇中山
　　　　水歌詠最盛，談滇掌故，烏可忽之！」參見袁嘉穀：《滇繹》，收於
　　　　《中國西南地理史料叢刊》（成都：巴蜀書社，2014 年），第 3 冊，
　　　　卷 3，頁 384。
〔註37〕由選本所錄姚綸〈壽懷鐵松〉、蘇平〈送懷用和納粟之京〉、陳顥〈月
　　　　波軒——為懷鐵松賦〉、丘吉〈東莊八詠——為懷鐵松賦〉、岑琬〈留
　　　　別懷鐵松〉、姚翼〈懷鐵松壽日〉，不難看出渠等與懷悅間應有往來
　　　　關係。
〔註38〕籍貫係依《士林詩選》所載進行統計，扣除江、浙二十七名詩家，
　　　　另外兩名詩家，其一為陳鑒，因選本未錄所屬，不予列入，另一名
　　　　則為轟大年，屬臨川人（江西）。
〔註39〕柯潛〈士林詩選序〉嘗提及懷悅對古今人詩作之遐搜博取，並云：「古
　　　　詩先有集不復錄，獨錄今詩，積薰滿窗几，又延致博雅之士，共料
　　　　揀其精者，名曰《士林詩選》。」（頁 395）可知，懷悅之編選未必有
　　　　特定地域取向，所錄主要來自他對時人詩歌的搜集。

選》、《士林詩選》之於江、浙一帶。固然，基於詩歌搜羅上的便利，又或如沐昂刻意選收流寓遷謫雲南詩家，這樣的選錄取向並不令人意外。但是，如果留意到，除了《滄海遺珠》，其餘三部選本均附入了大量的個人詩作——數量居選本前三位，難免讓人對選者的去取標準、編選意圖發出了問號，遑論懷悅《士林詩選》對往來詩家的集中選錄。意即，選者編纂著眼於一方交流——圍繞所屬地域及其交遊，「選」的意義顯得薄弱。如同這些選本於序跋文字間，往往流露對明朝盛治的頌讚，所以選錄詩歌，似乎只是對「鳴國家之盛」的一種回應〔註40〕。

然而，在嘉靖以後，選本的選錄取向似乎有了一些轉變。無可否認的，選者的交遊圈仍舊影響著選本的編纂〔註41〕，只是選錄重心未必拘於所屬地域周圍，且文人間的往來每每形諸爲群體——詩社。

何宗美嘗指出：「嘉靖時期文人群體化、集團化進入了日漸迅猛的發展階段」，以爲「詩人社團與學者講會，層出不窮，交相輝映」。更稱：「隆、萬時期文人結社超過二百二十例，這無疑標誌著明代文人結社自此已步入巔峰」，時至萬曆後期，「詩社無疑仍爲這一時期的

〔註40〕諸如宋濂（1310～1381）〈雅頌正音序〉曰：「雅頌正音者，鄱陽劉仔肩之所集也。其曰雅頌者何？雅則燕饗會朝之樂歌，頌則美盛德，告成功於神明者也。今詩之體與雅頌不同矣，猶襲其名者何？……今古雖不同，人情之發也、人聲之宣也、人文之成也，則同而已矣。」（頁 584）以選本詩歌堪名之爲《雅》《頌》；又或貝翔〈皇明詩選序〉云：「我太祖高皇帝，起自布衣，削平群雄，歸四海於一統、復中華於三代，偃武脩文三十餘年，時和歲豐、民安物阜，固必有宏才碩學出於其間，以鳴國家之盛，而爲一代之文，誠出於天地自然之運，豈偶然哉」（卷序，頁 1）、呂原〈士林詩選序〉：「我朝承平百年，縉紳賦咏，以昭治世之音者多矣」（總頁碼 394），選本序跋文字間幾乎都帶有著對明朝盛治的稱美。

〔註41〕如穆光胤《明詩正聲》錄有王世貞〈穆考功敬甫早歲乞休惟以讀書苦吟爲事今年擬少陵秋興八首俾其子光胤集右軍書書之見寄走筆爲謝〉一詩，可知穆光胤父與王世貞當有往來，是則，穆光胤收錄此詩，又或選本所以看重王世貞——收有王詩 91 首，居選本第二位，隱然帶有著交遊圈的熟悉。

主要形式」〔註 42〕。可知，嘉靖迄於萬曆，文人結社情形益趨普遍，
詩社形式亦未嘗中斷。以明詩選者而觀，嘉靖以後的選者，大多參與
詩社活動，且不乏活躍其間，穿梭各社者，如楊慎早年與同鄉士子成
立麗澤會〔註 43〕。謫戍後，據楊釗的說法，「所結詩社史載有三，一
是曹嶼的『汐社』，二是張峨南的『青蓮社』，三是張佳胤的『紫房詩
會』。」〔註 44〕又或黃佐，「在正德間曾與王漸逵等結社」〔註 45〕，至
嘉靖時期，先後投入粵山詩社與門人黎民表、歐大任等人所組之南園
後五子詩社。至若萬曆以後，選者李攀龍任職京師、曹學佺在閩中、
金陵、陳子龍於雲間（華亭），同樣多方參與詩社，且大多時候，這
些活躍詩社的選者，他們是以核心人物之姿推動著詩社的交流活動。

衍伸而來，當選者積極投入詩社活動，頻繁的、群體性的詩歌交
流，有以強化他們對詩歌好惡的評賞，甚或凝聚出了共同的詩歌主
張。體現在選本中，自是「選」詩意圖的更顯強烈，選本成爲了渠等
表述個人看法，又或反映詩社群體論見的一種形式，顯見者如李攀龍
《古今詩刪》。在選本中，他大量地選入了後七子詩社成員的作品，
如王世貞、徐中行、謝榛、宗臣等，讓《古今詩刪》成爲了呈現群體
詩歌主張的載體。且，由後七子詩社成員之來自各方，彼此結社某一
部分係來自於同僚關係的促成，可知，有別於拘限所處，一方交遊的
唱和往來，詩社的組成更顯多元，成員未必屬於同一地域，其等的聚
合更多時候展現出的是詩歌理念的呼應、連成一氣，亦即嘉靖以後選
者多半參與詩社，詩社活動的熱絡背後反映出的實是他們在詩歌上有
了更多的討論與思索。

〔註 42〕何宗美：《文人結社與明代文學的演進》（北京：人民出版社，2011
　　　　年），上冊，頁 233、319、374。

〔註 43〕參見何宗美：《文人結社與明代文學的演進》（北京：人民出版社，
　　　　2011 年），上冊，頁 166。

〔註 44〕楊釗：《楊慎研究：以文學爲中心》（成都：巴蜀書社，2010 年），頁
　　　　448～449。

〔註 45〕何宗美：《文人結社與明代文學的演進》（北京：人民出版社，2011
　　　　年），上冊，頁 238。

援是，相較於早先的明人選明詩，嘉靖以後的選本，編選意識愈顯清晰，選者詩歌理念愈發具體。諸如在選詩上，除了李騰鵬《皇明詩統》於刻行時另作附入〔註46〕，明人選明詩選收己作的情況罕見，選詩撇除了彰顯自身創作的可能。又或選本提出所錄係爲往賢，如黃佐、黎民表《明音類選》、穆光胤《明詩正聲》、陳子龍、李雯等《皇明詩選》〔註47〕，凡此種種，隱約表明作爲選者，他們期望保有的客觀立場。乃至所屬地域詩家，縱有選錄上的留心，但由序跋、凡例文字間，選者時而流露出的對明詩流變的體察，以及選本實際的選錄情況，都能看出選者對明代詩壇的確有關注。比方提及明詩之演變，選者大多留意李夢陽（1472～1529）所佔有的關鍵性地位。呈現在明人選明詩中，李夢陽詩往往多有選錄。詩數居選本前三位的情況，計有八部選本〔註48〕。以李夢陽爲慶陽（甘肅）人，又或爾後之遷居大梁（河南），與選者之所屬地域皆不相同，就現存可考資料，亦未見彼此間有直接的往來關係。足見，選者所以看重李夢陽，著眼點確實來自於他在詩歌上的表現。甚者，以李夢陽作爲前七子復古派之代表，就復古思潮在明代詩壇的聲勢，即可發現，眞正影響選者選詩的，不在於地域所屬，而是他們對明代文學思潮的接受態度，是他們對明詩發展過程中，詩歌審美標準的再思辨。

〔註46〕《皇明詩統》李騰鵬名下小傳，有云：「李如松曰：此吾郡司理李使君詩也。君彙我明一代之詩爲詩統。既已刻行，胡可無君詩，乃取集中愜余意者錄入，君頗謙遜，復刪其半。」（卷39，頁70）可知，《皇明詩統》附入己作，乃刊行時應時人之求，並非出於李騰鵬原意。

〔註47〕如黃佐〈明音類選序〉提及：「各選已往遺音，無慮數百家，廊廟山林，鉅公畸士見存者，方將輕漢魏以追風雅，則不與焉，然所見人人殊，門人黎子民表，乃更訂定」（卷首，頁1）、穆光胤〈明詩正聲敍〉云：「余小子不揣，妄取昭代諸名家集，自洪、永而下，隆、萬而上，其間名已著，而人已僊遊者，稍爲次第，一如正聲之例」（總頁碼4）、陳子龍、李雯等《皇明詩選·凡例》：「選中所載，咸屬往賢。蓋以當代名家，全集未定，未敢遽爲論次。」（頁1）

〔註48〕八部選本爲楊愼《皇明詩抄》、黃佐、黎民表《明音類選》、李攀龍《古今詩刪》、盧純學《明詩正聲》、穆光胤《明詩正聲》、華淑《明詩選最》、陳子龍、李雯等《皇明詩選》。

簡言，「蓬勃興起的社團往往是文學思潮的載體和存在形式」
〔註49〕，嘉靖以後的明詩選者多半投入詩社活動，他們的編選自然
也成爲了明代文學思潮的一種反映。是以，選者詩歌理念或見差
異，選本選詩上的各有偏重，作爲識詩能力之展現，對應著的無非
是明代文學思潮的變動，進而呈現出了對當代詩歌的不同思索。

綜合上述，明人選明詩的編纂行列，有爲仕宦，亦見名士、山
人；或小到詩社成員，或大至詩壇盟主，不一而足，選者身分縱然
有別，但他們對詩歌的愛好，所投注的心力其實同顯深刻，累積著
他們「識」詩的能力；而交遊圈的屬性、廣狹，左右著選者的編纂
心態、詩歌好惡。大抵而言是選者編選意識的愈發清晰而強烈，他
們更有自覺地透過選詩表達對詩歌的看法，編選意圖漸而轉變，相
信選本足以宣揚自身的理念。這是選者識力的一種表現，當然也表
示他們很有可能徇庇私昵，或者因著詩歌的偏嗜，提供的一套文學
正典可能猶待商榷，成爲了明人再一次強調選詩之難的具體例證，
或給予了爾後選者必須補遺、芟正的理由。無論如何，縱然識力未
竟深廣，或許無由「囊括千古、淹浹百家，且超軼諸作者」，但當明
詩選者不斷地調整步伐，嘗試精進選本的內涵，事實上已讓明人選
明詩的編纂更見完善，而選者識力的各有不同，選詩有別，恰恰鋪
排出了明代詩歌的接受史，作爲眞實的呈現，具體表述了明人對當
代詩歌的看法。

第二節　編選動機與目的

對詩歌的好尙，適足以培養選者的識力，而交遊圈的往來則是增
進，亦是對選者識力的一種調動。總的來看，在明人選明詩的發展過
程中，選者的編選意識其實愈發清晰，編輯的態度亦更顯審愼，表示
選者識力將在其中得到充分的展現。衍伸而來，固然不同的選本，帶

〔註49〕何宗美：《文人結社與明代文學的演進》（北京：人民出版社，2011
　　　年），上冊，頁294。

有著選者各自的眼光，但事實上無非呈現他們對當代詩歌的思考。那麼，藉由選本編選動機與目的的考索，將有以看出選者心態上的變化。特別是，如欲進一步瞭解選者識力之呈現——「選」的行為，所由何來、如何而選，在掌握編選標準前，選本的編選動機與目的應當是初步的切入點。

援是，本節將由此進行闡論，透過序跋、凡例文字的整理，即便序跋文字未必出於選者 (註50)，但作為間接瞭解選者用意之參考，仍將納入討論。進以綜合、歸納出諸選本編選動機、目的之總體方向，以瞭解明代選者編選心態之演變，掘發明人選明詩發展之軌跡。大抵而言，可得出以下幾點：

一、昭示文明，以鳴其盛

明朝武功、文治是否盛明，殆有大可討論之處。比較有趣的地方是，在諸明人選明詩的序跋文字中，實不乏對其時代稱美之詞。甚而將時政、氣運與文風相連結，如貝翔（字季翔）〈皇明詩選序〉云：

> 一代之興，必有一代之文，此天地自然之運，亦天地自然之文也。……我太祖高皇帝，起自布衣，削平群雄，歸四海於一統，復中華於三代，偃武脩文三十餘年，時和歲豐，民安物阜，固必有宏才碩學出於其間以鳴國家之盛，而為一代之文，誠出於天地自然之運，豈偶然哉！（沈巽、顧祿《皇明詩選》，頁1）

又，柯潛〈士林詩選序〉：

> 竊惟天地氣運有盛衰，而詩之工拙系之。我朝奄有六合，氣運之盛，自秦漢以來所未有者。列聖繼作，以仁厚之澤，涵育萬物，而鴻生雋老出於其間，作為歌詩，以彰太平之治。其言醇正，其音平和，前世萎靡乖陋之風，於是乎丕變矣。（懷悅《士林詩選》，頁5～6，總頁碼395～396）

結合二說，可以發現，第一、對於明初開國氣象，頗見認可，即柯

─────────────────────

〔註50〕本文討論的十九部選本，有序跋且見選者之語者，計有十一部，參見附錄二：〈選本體例一覽表〉，頁5～11。

潛之謂「氣運之盛」；第二、認爲國家太平、民安時，自當有鴻生碩學之士爲詩文以鳴，就貝季翔言，這是「天地自然之運」所致，而柯潛則進一步認爲，氣運的盛衰，不僅影響著創作的產生，更可能決定詩歌的工拙好壞。

其間，可能延伸出的問題是，得以被認定爲「工」的作品，是否必然出於時代氣運之盛？又「工」的作品，是否代表著要能「彰太平之治」，是「其言醇正，其音平和」？

顯然，就此時的選者而言，選錄詩歌的背後，固然有對詩家表現的肯定，但更不乏對新王朝建立的一種期許、認同，是以有意昭示文明，以鳴其盛〔註51〕。又，詩歌可以是一種時代風氣的展現，但逆向而觀，詩歌好壞會否又決定時代的興亡？若然，詩歌選本的選收作品，是時代氣運的體察、回應，亦將形諸爲對往後詩歌作品的要求，一種醇正、平和，「溫厚和平〔註52〕」風格的呈現。

類似看法，在其它選本中，亦能得見。如李騰鵬〈皇明詩統序〉云：

> 皇明詩統者，統皇明之詩以爲言也。聖神御宇，考文觀化，郁郁之風與王化相爲遞邅，無論廊廟山林、虎賁綴衣、閨壼釋老，下逮臧獲，以皆摛詞振藻，握靈蛇而採驪龍，雖各道其性情，無非宣洩一代人文之盛，余得而錄之，此詩統之所以名也。(頁1)

〔註51〕明人此種心態，蔡瑜亦曾論及：「明朝在建立之初，就帶給文士階層莫大的期待，加以統治階層以重文治爲名，行中央集權之實的策略，使文學的走向趨於服務帝國，保守的政教觀念再度興盛，最具代表性的即是文辭與政化相通、文章囿於世運的論調，……一方面檢討歷朝詩風的發展，再度強調時代與聲音之道的關係，另一方面則特別重視本朝作品以詩鳴國家之盛，彰顯國勢氣運的時代使命。」見蔡瑜：〈論「聲音之道與政通」的意涵及其在唐詩學中的演繹過程〉一文註58，收於蔡瑜：《唐詩學探索》（臺北：里仁書局，1998年），頁319～321。

〔註52〕〔明〕曹孔章：「大道之行，三光五嶽之氣全，禮樂刑政無不脩舉，天於是時必生溫厚和平善鳴之士，以鳴國象之盛，而非怨嘆感憤悲懣不平之鳴也。」（沈巽、顧祿《皇明詩選》，頁1）

李騰鵬細數各階層人士，以為皆能道其性情，宣洩明一代人文之治。這自然出自於對明朝文治、昌明之運的肯定，然亦能得見他對詩家組成的關心。觀其選本所收詩家，能別立二卷以歸整天橫（帝族）、閨秀、羽人（道士）、衲子（僧人）之作，即可知其選本在鳴時政之盛外，亦隱含著對詩家創作群榮景之強調，而方發「但幸生熙朝而際景運，目睹作者如林，易於湮沒，使後之惜今，猶今之惜昔也」（頁4）之語。

又如穆光胤〈明詩正聲序〉云：

> 蓋詩者，發乎情、微乎聲，而觀乎氣運，故吳季子遍觀列國之樂，而治亂興衰一一品定。如我二祖，迅掃胡元，廓清中夏；列聖覃敷文教，加意作人。以氣運論，正如太和保合，以人材論，真如金玉莫耶，則以見之聲律，孰非元聲元韻之流布？（頁5～6，總頁碼5～6）

同樣將詩歌結合氣運以論，穆光胤引季札觀樂例，說明詩歌得以觀見政教之治亂、得失，從而就明代君主能夠澄清中原，廣布文教，著意造就人才，謂此一時代氣運之「正」、人材之「真」。

值得留意的地方是，穆氏對時代氣運的肯定，實已連結至詩歌聲律上，如序中直謂「必五音迭奏，洪律不奸，而後可謂之正；亦必十二律旋相為宮，音節不爽，而後可謂之正」（頁3，總頁碼4），此以音律結合時政之說，雖非首見〔註53〕，但亦已見得明人對詩歌形式、風格上的一種要求，且有別於元聲、元韻之流布，似也默許了明聲、明韻之存在。那麼作為一種時代風格，選本所以選收詩歌，除了再次透露著選者乃有意透過詩歌以表彰時代、歌頌詩家，這種潛在的選錄傾向，亦將引領往後詩家思索著如何在詩歌的音聲間，

〔註53〕 蔡瑜：「楊士弘審辨唐代詩作音律的正變，區分為始音、正音、遺響，對明代的唐詩評論，產生頗大的啟迪作用。在明人的觀念中，唐音是明以前，唯一能『別體裁之始終，審音律之正變』的選本。高棅於前代選本中，也最稱許唐音，自然於其中汲取精華，以為己用」由此可知，穆光胤「音律正變」之說，實前有所本。見蔡瑜：《高棅詩學研究》（臺北：國立臺灣大學出版委員會，1990年），頁55。

安頓自我，以回應時代氣運之「正」。從中，選本的出場，似乎成了一種紀錄，不僅僅是時代、詩家、詩歌，更是選者，亦作爲讀者，從中見證、省思的過程紀錄。

二、采詩振教，嘉惠後學

　　昭示明代文治之盛、詩歌之榮，反映著明人對其所處時代以及詩歌的期望。劉仔肩《雅頌正音》選收明初詩歌，擬爲雅、頌，視爲「正音」，即是最明顯的例子，雖《四庫全書總目》謂之「未免溢美」〔註54〕，無可否認的仍是明人不自覺流露出的自信。宋濂爲之序，曾云：

> 其曰雅頌者何？雅則燕饗會朝之樂歌，頌則美盛德，告成功於神明者也。今詩之體與雅頌不同矣，猶襲其名者何？體不同也，而曰賦，曰比，曰興者，其有不同乎？同矣而謂體不同者何？時有古今也。時有古今也，奈何？今不得爲古，猶古不能爲今也。今古雖不同，人情之發也，人聲之宣也，人文之成也，則同而已矣。（《雅頌正音》，頁1，總頁碼584）

宋濂認爲今詩與古之雅頌，似異而實同。相同的地方是，它都在表達一種人情的發抒、人聲的宣洩、人文的遂成。這樣的概念，基本上與〈詩大序〉：「在心爲志，發言爲詩」、「情動於中而形於言」〔註55〕

〔註54〕《四庫全書總目·雅頌正音》：「其時武功初定，文治方興，仔肩擬之《雅》、《頌》，固未免溢美。」〔清〕永瑢等撰：《四庫全書總目提要》，收於王雲五主編：《萬有文庫簡編》（上海：商務印書館，1940年），第5冊，總集類4，卷189，頁44。

〔註55〕〈詩大序〉：「詩者，志之所之也。在心爲志，發言爲詩。情動於中，而形於言。言之不足，故嗟歎之。嗟歎之不足，故永歌之。永歌之不足，不知手之舞之，足之蹈之也。情發於聲，聲成文，謂之音。治世之音，安以樂，其政和。亂世之音，怨以怒，其政乖。亡國之音，哀以思，其民困。故正得失，動天地，感鬼神，莫近於詩。先王以是經夫婦，成孝敬，厚人倫，美教化，移風俗。」〔漢〕毛亨傳；鄭玄箋；〔唐〕孔穎達等疏：《毛詩注疏及補正》（臺北：世界書局，1981年），上冊，頁2～3。

有所相通。那麼，今、古詩歌「體」的不同，似乎只是時間先後上的差異，兩者在本質上並無所別。於是，等於間接肯定了今詩亦得爲雅、頌，對此集詩歌有了一定的地位提升。隨後他更提到：

> 世之治，聲之和也。聲之和也，奈何？天聲和於上，地聲和於下，人聲和於中，則體信達順。至矣體信達順其亦有應乎？曰有三秀榮，鳳鳥見，龜龍出，騶虞至，嘉禾生，何往而非應也。應則烏可已也。烏可已，則有作爲雅頌，被之絃歌，薦之郊廟者矣。是集之作，其殆權輿者歟？（《雅頌正音》，頁1，總頁碼584）

接續著〈詩大序〉「情發於聲，聲爲文，謂之音。治世之音，安以樂，其政和〔註56〕」的概念，宋濂謂「世之治，聲之和」，著眼的是治世之時，音聲由是得以相和、和暢的情狀〔註57〕，能得致「體信達順」之境，諸萬吉象亦將隨而相應，此一情勢無可已矣，體現在詩歌上，則有雅、頌之作「被之絃歌，薦之郊廟」。而劉仔肩所選輯，作爲開端，正是反映此類詩歌的出場，所以稱之爲「雅、頌」，似無有不可，回應此一治世，亦足以贊之爲「正音」。基本上，雖未見得劉仔肩自述其選詩用意，但從其選集命名，出於對當時詩歌的認可，時政的信心、期待，應是得以推知的了。

其後一百餘年，黃佐、黎民表《明音類選》亦出現了相類的概念，黎民表〈明音類選序〉云：

> 我明郅隆之治，酌諸成周，文儒故老之贊述，被之金石者，至媲雅頌，畸人放士之所謳謠者，亦可參大國之風，猗歟盛矣〔註58〕。

〔註56〕此段〈詩大序〉文字，實接引自《禮記‧樂記》。唯以宋濂所敍乃針對雅、頌詩作起論，故此處方謂其延續〈詩大序〉概念。

〔註57〕〈詩大序〉援引《禮記‧樂記》文字，藉治世之音得以反映時政之平和，突顯詩歌足以端正得失、感動天地鬼神的力量，以謂先王由是行諸教化，敦厚人倫；而宋濂則藉此反向類推治世之時，以天地音聲亦將平和相應，以追溯雅、頌之作的出場。

〔註58〕轉引自王文泰：《明代人編選明代詩歌總集研究》（上海：復旦大學博士論文，2005年9月），下編：明人編選詩歌總集彙考，頁59。

引文中對明朝政治頗有贊揚，甚至將文士朝臣、逐客奇人之作，譬諸風、雅、頌，以極謂其盛景，黃佐爲序亦云此編乃「類選治世之音，用昭隆盛於無窮」（頁 1），足以見得明人對其時代詩歌確有一定的肯定，媲美爲風、雅、頌，作爲治世之音以傳，是昭顯當代於後，亦流露出選者對詩歌的期待，尤其當「家是所習，人各有心」，或有「務恢誕者」或「攻華豔者」，使「古樂不作」、「新聲代變」，唯恐治世之音未能保有，甚而影響「道之汙隆」〔註59〕，亟於重振詩教，采擇合於風雅之詩，便成爲了一種內在推力，促使他們進行詩歌的編選。

此中，各選者如何看待詩歌的教化意涵，怎樣才稱得上他們心目中的「治世之音」，以及是否同樣有感於近世詩歌之缺，或單純出於一種對治世之音的保有、紀錄心態，也許尙待討論，但植基於這樣的想法，萃收認可的詩作，昭示於來者，提供範本，以爲後學之典則，便構成了選者共同的編選目的。

因此，徐泰《皇明風雅》謂所收乃「盛世之音」，以爲「國家方隆億萬載無窮之治，後固有當采擇之任者」〔註60〕，自許爲采擇者，取名選集爲「皇明風雅」，以連結《詩經》六義意涵，徐咸作序，即稱此作「上以昭當代人文之盛，下以普嘉惠後學之心」（卷末）；陳仕賢爲楊愼《皇明詩抄》序，亦云：「皇明詩抄者，升菴楊公所錄，以惠教後學也」（頁 1），以其間「或未盡其全，一代之英華、典則多在

〔註59〕黎民表〈明音類選後序〉：「然家是所習，人各有心：務恢誕者乏潤色而漸□於俗；攻華豔者少骨氣而日淪於弱。求其中節合律，不詭於風人之義者，鮮矣。夫古樂不作，而新聲代變，道之汙隆系焉。」轉引自王文泰：《明代人編選明代詩歌總集研究》（上海：復旦大學博士論文，2005 年 9 月），下編：明人編選詩歌總集彙考，頁 59。

〔註60〕徐泰〈皇明風雅題辭〉：「名之以風雅，何也？曰：盛世之音也。風雅之義云何？曰：詩有六義，曰風，曰雅，曰頌，曰賦，曰比，曰興。舉風雅而六義備矣。曰：《大明風雅》蜀人蕭方伯儼亦旣梓矣。曰：吾固見之矣。襲其名無所嫌乎？曰：盛世之音又何嫌乎其同也？備一代而名之，可也。曰：國家方隆億萬載無窮之治，後固有當采擇之任者。」（頁 1）。

是矣」；又盧純學《明詩正聲》謂此作明代「二百年風雅之妙，萃於斯者幾過半矣」（頁 2），「未必無補於初學」（頁 6）等等，皆可看出明人將時代詩歌上追風雅，期望樹立典範之心。

晚明陳子龍、李雯、宋徵輿編選《皇明詩選》，李雯為序，更見沉痛之語。李雯〈皇明詩選序〉提出明詩三變說：

> 紀厥源流，殆有三變。洪永之初，草昧雲雷，靈臺偃革，菼林未薙，而精英澄湛之風，已魄已兆。時則有季廸、伯溫唱之，而袁、楊諸公和之，皆颺然特起，才穎初見。雖騰踔甫驚，而流風不競。俚者猶元，腐者猶宋。至於弘正之間，北地、信陽，起而掃荒蕪，追正始。其于風人之旨，以為有大禹決百川，周公驅猛獸之功。一時並興之彥，蜚聲騰實，或号或歌，此前七子之所以揚丕基也。然而二氏分流，各有疆畛。勁者樂李之雄高，秀者親何之明婉。蓋才流競爽，而風調不合者。又三四十年，然後濟南、婁東出，而通兩家之郵。息異同之論，運材博而撸會精，譬荊棘之既除，又益之以塗茨，此後七子之所以揚盛烈也。自是而後，雅音漸遠，曼聲竝作。本寧、元瑞之儔，既夷其樊圃，而公安竟陵諸家，又實之以蕭艾、蓬蒿焉。神、熹之際，天下無詩者蓋五六十年矣。（頁 4～5）

歸其要意：一變為洪武至永樂時期，屬草昧未開之際，有高啓、劉基、袁凱、楊基等人為之唱和，其等才穎騰踔，頗開其端，但流風未競，未能一改宋、元之弊；二變為弘治至正德時期，以李夢陽、何景明一掃荒蕪，能力追正始之風，引領風尚，奠定、發揚前七子之宏大基業，然二人後見分流，各有好者，才流為之爭勝；三變為嘉靖、隆慶後，李攀龍、王世貞等融通李、何之說，息異同之論，遂開後七子之風，只是其後李維楨、胡應麟等未能繼之，公安、竟陵又行之破壞，以致萬曆、天啓期間，長達五、六十年，天下竟可稱詩者。在此一情況下，李雯方謂：

> 予小子不敏。嘗與同學之士，臥子陳氏、轅文宋氏，切磋究之，痛蜩螗之群鳴，憫英韶之莫嗣，遂撍材覃思，紹興

絕業，歷序一代之作者，哀其尤絕，附於採風之義，亦其
勉厥所學，昭示來者，用彰本朝之巨麗云。（頁5）

為了泯除詩壇紛亂、喧嚷之聲，振起詩歌衰弊之勢，編選《皇明詩
選》目的正在興紹詩歌中斷之業，所以選錄明代優秀詩家之作，振
復詩教，亦期望彰顯當代詩歌之隆景，以為勉勵後學。此中，蘊含
有李雯等人對於當代詩歌之解讀，雖不一定符合實際情況，但不難
發現，此時的「勉厥所學，昭示來者」其實已經有著更為強烈的背
後動機，即將選本視為是糾弊振教的手段，詩歌合於風雅是他們的
共同理想，如何讓後學循著這樣的步伐，以延續明代詩歌之盛，穩
立所處時代詩歌的成就，可能才是他們更想達到的目標。

　　尤其，若當他們信仰著詩歌能夠反映時代興衰時，眼下時政又
未必符合他們的期待時，透過選本以為標榜的動機就會更為強烈。
而在這樣一個對時代詩歌信心滿滿，到發出哀憫之語的過程中，明
人對自身時代詩歌的自覺、省察、找尋定位，就在選本的編選目的
中，隱隱然地被透露出來了。

三、鑑察前選，以裨其闕

　　選本，是選者披沙揀金過後的成品，能夠整理、宣揚選者之見，
就讀者而言，這自然是閱讀詩歌的方便之門〔註61〕，只是讀者不一
定滿意，尤其在作品日多的情況下，各有偏好，所見迥異，更是難
免，如同錢協和〈皇明詩選序〉所言：

取隨其人之力，力盡於人之識，以故詩人人殊，選人人異，
或取於此而失於彼，或棄於彼而選於此。同好者如易牙之
味、師曠之聲、子都之狡，無待言也，至有遺於耳目之所
未及，如和玉蘊璞，明珠函蚌，南金在鑛，以俟得之者，
次第而增入焉，無不可也。（《國朝名公詩選》，頁4）

〔註61〕朱光潛嘗言：「編選本既能披沙揀金，所以選本不但能為讀者開方便
　　　之門，對於作者也有整理和宣揚的效果。」朱光潛：〈談文學選本〉，
　　　收於朱光潛全集編輯委員會編：《朱光潛全集》（合肥市：安徽教育
　　　社出版社，1993年），第9冊，頁219。

隨各人識、力之不同，選者，同時作爲其它選本之讀者，從中修正、補充，另輯他選，實「無不可也」。是以，楊士奇〈滄海遺珠序〉有云：「仔肩過略，俪錄雖精且詳，而猶未免於有遺也」（頁 1，總頁碼 451）、呂原〈士林詩選序〉亦謂：「見諸編集有若《大明詩選》、《江西詩選》之類，而詩之出於天下者，豈能一一與選而無遺哉」（頁 3，總頁碼 394）都表達了選者有意，亦相信自己得以補遺的心態。

　　至於華淑《明詩選・凡例》則是直指俞憲《盛明百家詩》「冗濫」之缺，自謂將「刪其繁雜，存其精要，復補入萬曆名家稿若干」（頁 1，總頁碼 12）。可知，無論是有感前選內容不足，出於補遺，或以爲所選過於蕪累冗雜，亟於芟繁，皆可感受到後之選者的企圖心，或者也可以說，選本提供了選者與讀者對話的空間，當讀者得以一躍而爲選者時，他必然要面對的，正是先前諸多選本所架構出的體例、詩歌譜系，如何從中找出自己的定位，甚至爭取同好知音，在裨補闕漏之餘，得以後出轉精，恐怕是他們更需要克服的挑戰。而這樣的心境，反映在序、跋，或凡例中，常常成爲對過往選本的檢討。如：顧起綸《國雅》凡例：

> 按徐氏風雅、黃氏類選、張氏文纂、俞氏百家，凡我明詩人無慮數百家，徐所編詳於成化前而略於成化後，黃所編詳於正德前而略於正德後，黃稍敍世次變體節目準品彙例也。張、俞二氏則存沒兼收，中無倫次，張復分類瑣屑，殊失詮次本義，鈞之乎浩漫未核也。余就故篋中手筆諸名家愜意詩若干卷，并平生所積名集，得商略而采之，復大搜未備，隨適哀帙。（頁 1）

盧純學〈明詩正聲序〉：

> 嘗讀諸家所輯矣，西蜀楊用脩之皇明詩抄、江陰王秉忠之皇明珠玉、海鹽徐山人泰之皇明風雅、無錫俞汝成之盛明百家詩、顧玄言之國雅、臨淮李師孟十二家明詩、江西益王之盛明十二家詩（案：當指益藩益宣王朱翊鈏《盛明十二家

詩》)、上海李伯璵之文翰類選、東明穆敬甫之明七言律詩、
濮州李伯承之明雋。或精矣而不博，或博矣而不擇，或專
取近體而不求備，或合眾體而不類分。徐山人泰則詳江以
南，李尚寶伯承則詳江以北，大都喜深沉者寡風致，尚清
輕者亡悲壯。(頁2～3)

李騰鵬〈皇明詩統序〉：

是故類明詩者，若鳴盛集則限於時，若赤城集、江西詩選、
晉詩選、海嶽靈氣等書則限於地。黃氏之類選、徐氏之風
雅，則詳於正德以前，而略於正德以後，顧氏之國雅、張
氏之文纂、余氏之百家纂，則詳於近世而略於國初，楊用
脩之詩抄，則詳於古體而略於近體，謝高泉、狄鐵環之詩
抄，則詳於近體而略於古體，李伯承之明雋，江山人之風
雅，則詳於盛明而弘治以前者不與焉。(頁3～4)

結合三段文字，可以發現，其等檢討的方向，大抵有以下幾點〔註62〕：

第一、選詩在各時期上的完整：顧起綸、李騰鵬皆指出黃佐、
黎民表《明音類選》和徐泰《皇明風雅》在詩歌收錄時期上的疏略，
如《明音類選》略於正德以後，《皇明風雅》則顧、李分別有略於成
化、正德以後之見〔註63〕。而李騰鵬更述及，李先芳《明雋》、江昌
《盛明風雅》之未及弘治前，顧起綸《國雅》、張士瀹《國朝文纂》、
俞憲《盛明百家詩》之略於國初〔註64〕，以及晏鐸《鳴盛集》之「限

〔註62〕三段引文中所提選本，今或有未見，或名稱有別者。本文主要依《千
頃堂書目》、《四庫提要》以為類推，若有誤漏，尚祈指正。
〔註63〕徐泰〈皇明風雅題辭〉曾云：「此皇明風雅蓋予手錄我朝自開國迄今
百六十年內諸家之詩也」(頁1)。依所言推算，《皇明風雅》所收主要
為洪武至正德年間詩。又據徐衛《徐泰《皇明風雅》及其詩學理論研
究》附錄二：《皇明風雅》所選詩人按地域時間分類，可以發現，成化
至正德時期詩家收錄，相較此前確實較少。換言之，顧、李二人之見
雖有不同，但其實只是著眼點的不同，顧氏留意到此一時期作品量相
較為少，故由此而謂「略於成化後」，李氏則以正德以後詩家作品幾無
收錄情況，而謂其「略於正德以後」。徐衛：《徐泰《皇明風雅》及其
詩學理論研究》(上海：上海師範大學碩士論文，2012年3月)。
〔註64〕李騰鵬所指之「余氏之百家纂」，《千頃堂書目》、《四庫全書總目》均

其時」〔註65〕，以謂其等在收錄詩歌上未盡詳全之處。

第二、分類銓次上的嚴謹：顧起綸認爲張士瀹《國朝文纂》、俞憲《盛明百家詩》在詩家收錄上存歿皆採，難以具見倫次，又張士瀹《國朝文纂》分類過爲細瑣，反失次第編排意義〔註66〕。而盧純學羅舉諸選本，謂此中作品或有「合眾體而不類分」，則當指未能裁分詩體的收錄情況，如編排上單純以人繫詩，或李先芳《明雋》之按地域分集，諸集下再以人繫詩的作法〔註67〕。

第三、選詩在地域上的詳全：盧純學、李騰鵬皆論及地域問題，如盧純學指出徐泰《皇明風雅》略於江以北，李伯璵《文翰類選》略於江以南，兩者在選詩地域上的失衡；李騰鵬則謂謝鐸《赤城詩

〔註65〕 未見，筆者以爲「余」應爲「俞」之誤，此作當爲俞憲《盛明百家詩》。據〔明〕李東陽《懷麓堂詩話》云：「林子羽《鳴盛集》專學唐，⋯⋯宣德間，有晏鐸者，選本朝詩，亦名《鳴盛詩集》。」李騰鵬所述應爲明代選本之缺。見〔明〕李東陽著；李慶立校釋：《懷麓堂詩話校釋》（北京：人民文學出版社，2009 年），頁 72。又〔清〕朱彝尊《靜志居詩話》云：「晏鐸，字振之，富順人。⋯⋯振之采明初詩，爲鳴盛集，惜未之見。」〔清〕朱彝尊著；姚祖恩編；黃君坦校點：《靜志居詩話》（北京：人民文學出版社，1998 年 2 月），上冊，卷 6，頁 164。可知，《鳴盛集》當非林鴻之作，而爲晏鐸所輯，因主要採明初詩歌，以故李騰鵬謂之「限於時」。

〔註66〕 臺灣未見張士瀹《國朝文纂》一書，筆者依陳正宏所論《國朝文纂》特色所述：「先以位列卷一至卷六的賦一體爲例，該體下分京都、城邑、游覽、山川、宮室、物色、時令、草木、鳥獸、昆蟲、器用、志、哀傷十三類」、「再如卷十一到卷十三的七言古詩，分擬古、酬贈、簡寄、宴集、送別、感述、題詠、懷古、時令、閨情、哀輓十一類」推論顧起綸所謂「分類瑣屑」殆指此類分目之瑣碎。陳正宏：《明代詩文研究史》（上海：上海文化出版社，2000 年 11 月），頁 83～84。

〔註67〕 臺灣未見李先芳《明雋》一書，其體例編排特色，依陳正宏、朱邦薇：〈明詩總集編刊史略——明代篇（上）〉敘：「從地域的劃分入手，把當時的兩畿十三省詩歌，類比於《詩經》的十五國風，並首先刊刻了《燕趙集》、《秦晉集》、《齊魯集》、《河洛集》、《淮揚集附江北藩獻》、《蜀集》等主要以北方地區爲主的十卷。各集之中，也是以人繫詩，而詩人的排次，則大致依科舉年代前後爲序。」陳正宏、朱邦薇：〈明詩總集編刊史略——明代篇（上）〉，收於《中西學術》第 1 輯（上海：學林出版社，1995 年 6 月），頁 125～126。

集》、韓陽《（皇明）西江詩選》、徐熥《晉安風雅》、朱觀熰《海岳靈秀集》〔註68〕所收具有限制性，以其等但爲河北、江西、福建、山東之地方性詩選。

第四、選詩在詩體上的完備：除了地域，盧純學、李騰鵬亦都留意到了詩體上的偏重與否，如李騰鵬提到楊愼《皇明詩抄》，認爲它在近體詩的部分選錄較少，謝東山《明近體詩鈔》、狄斯彬《明律詩類鈔》則未收古體詩，而盧純學雖未具體所指，但依其謂「專取近體而不求備」，穆文熙《明七言律》應在指涉範圍之內。

總言，後之選者所留意的重點，或者說對於選本評價的問題，主要還是在於選詩是否完備上，包含時間、詩體、地域、分類等等。只是，各選者既有不同選詩訴求、喜好，加上所探之詩歌數不同，所呈現的結果自然迥異，因此，缺漏是否眞爲其缺，亦不盡然，以盧純學所云「或精矣而不博，或博矣而不擇」、「喜深沉者寡風致，尙清輕者亡悲壯」本都是難可避免的情況。換言之，在臚列前選的背後，隱然透露出的其實還是選詩之難，選者要想突破，除了體例清楚、目次井然外，在選詩上力求諸體兼備，立場公允，恐怕還是他們必須，也有意要努力的目標。至於，針對前選的選詩標準、詩觀的實際評析，則未有所見，推想是選本並不作爲闡述理論、觀點的性質，又或當時對選本的評價、期待，並不一定在於詩觀的具體建立、表達使然。

四、刪削評次，成一家言

選本的編選，可以爲了昭示文明，爲了嘉惠後學，也可以爲了裨補前選，當然亦可以爲了自己對於詩歌的體悟，作爲表述自身主張的手段，特別是在詩歌創作、選本編輯都已經達到了一定的發展程度時，有意識地刪削詩歌、評次作品，其實也是另一種的「成一

〔註68〕依李騰鵬「限於地」所述，筆者以爲「赤城集、江西詩選、晉詩選、海嶽靈氣等書」當爲《千頃堂書目》中所指之謝鐸《赤城詩集》、韓陽《（皇明）西江詩選》、徐熥《晉安風雅》、朱觀熰《海岳靈秀集》。

家言」。李攀龍《古今詩刪》付梓在其歿後數年，李氏當初爲何進行編選、如何編選，並未得見 [註69]，今僅見王世貞爲序云：

> 而于鱗取其獨見而裁之，而遂命之曰刪。彼其見刪於于鱗，而不自甘者，寧無反脣也。雖然，令于鱗以意而輕退古之作者間有之，于鱗捨格而輕進古之作者，則無是也。以于鱗之毋輕進，其得存而成一家言，以模楷後之操觚者，亦庶乎可矣！（《古今詩刪》，頁4）

王世貞認爲李攀龍以其「獨見」進行詩歌之刪選，難免引起不同的反對意見。但以李氏選詩「毋輕進」、「有輕退」的立場來看，此作當可提供往後爲詩者創作之楷模。又《四庫全書總目》亦謂：「明季論詩之黨，判於七子，七子論詩之旨，不外此編」 [註70]。由此可見，李攀龍《古今詩刪》應有見其強烈個人主張之反映，作爲「宣傳編輯者個人文學觀念及所屬文學派別具體主張」 [註71]，以「整理出一套值得學習的典範以擴大其詩文主張的影響」 [註72]。或者，由李攀龍在文字間不時出現的「知己 [註73]」一語，《古今詩刪》的

[註69] 蔣鵬舉曾援引李攀龍與友人書語，說明李氏曾多次論及該書之編選過程，唯由其所引文字「我朝諸公，選可七、八十首，亦未妥愜」（〈與許殿卿〉）、「前選詩槩未精愜，小刪其五」（〈與徐子與〉）、「獨佳集一部正欲留質《明詩刪》」（〈與徐子與〉）等，頂多只能說明李攀龍有在進行詩歌的編選，此一編選是否即爲《古今詩刪》，實難得知。蔣鵬舉：《復古與求眞：李攀龍研究》（北京：中國社會科學院出版社，2008年），頁138。

[註70] 〔清〕永瑢等撰：《四庫全書總目提要》，收於王雲五主編：《萬有文庫簡編》（上海：商務印書館，1940年），第5冊，總集類4，卷189，頁54。

[註71] 陳正宏：《明代詩文研究史》（上海：上海文化出版社，2000年11月），頁72～73。

[註72] 解國旺指出：「對李攀龍來說，整理出一套值得學習的典範以擴大其詩文主張的影響，是他編輯此選的最直接目的。」解國旺：〈論李攀龍《古今詩刪》的詩學取向〉，《天中學刊》（2007年2月），第1期，頁65。

[註73] 如：〈郡齋〉：「世路悠悠幾知己，風塵落落一狂生」（卷8，頁193）、〈比玉集序〉：「夫詩，言志也。士有不得其志而言者，俟知己於後也。」（卷15，頁375）、〈與李僉憲〉：「不佞私竊窺之，公不言也。

編選，又何嘗不有出於對「知己」的想望？

　　編選詩集是對詩歌、對時代的一種反省。選者主張的建立、突顯，在選本中發生，作爲學詩者的範例，足以影響他人。然而，此種成一家之言的方式若少了「知己」者，想法未能得到認同、支持，恐難以感受此「千載一快」〔註74〕。如果說，王世貞爲序，確實是要爲李攀龍「解紛」〔註75〕，那麼，可以想見李攀龍編選《古今詩刪》，似乎是有求得「知己」的必須性了。亦即，選者也許「不敢強天下以必從」〔註76〕，但當編選已經成爲了選者主張的表述方式，甚至加有評注文字，期望透過選本以行發抒，留與他人見從、取捨，便類近於一種「知己」者的追尋，而更多的是，選本作爲成一家言的態勢，就會更顯強烈。如陳子龍、李雯、宋徵興《皇明詩選》凡例云：

　　　　此書行世，具見本朝風雅之盛，將垂諸久遠，故論斷頗嚴。

公固不言，而識不侫私竊窺之是知己者益深，公蓋嘗不得於意，而相示以色，蓋謂與余爲同心，何必言矣。」（卷27，頁613）、〈與莘從龍書〉：「足下即自昭曠無校，其在某何以得此於左右？亡亦恬愉之誼，有槩乎足下之心，千里而一知己，所猶謂比肩者與？」（卷28，頁635）、〈與徐子與書〉：「文章大業，是以君子欲及時也。……期月作苦，以遺二三知己，千載一快。」（卷30，頁668）〔明〕李攀龍撰；李伯齊點校：《李攀龍集》（山東：齊魯書社，1993年）。

〔註74〕李攀龍〈與徐子與書〉：「文章大業，是以君子欲及時也。……期月作苦，以遺二三知己，千載一快。」（卷30，頁668）〔明〕李攀龍撰；李伯齊點校：《李攀龍集》（山東：齊魯書社，1993年）。

〔註75〕王世貞《藝苑巵言》：「于鱗才，可謂前無古人，至于裁鑒亦不能無意向。余爲其《古今詩刪》序云：『令于鱗而輕退古之作者，間有之，于鱗舍格而輕進古之作者，則無是也。』此語雖爲于鱗解紛，亦大是實錄。」〔明〕王世貞：《藝苑巵言》，收於吳文治：《明詩話全編》（南京：江蘇古籍出版社，1997年），第肆冊，頁4296。

〔註76〕〔明〕朱隗〈明詩平論二集序〉：「隗自二十餘年以來，頗衰輯諸篇，有明詩選平論之役，謬爲評次，間采前人所言而斷以己意，隨類傅會，……蓋寄當與人心，而不敢執一說，而強天下以必從，亦庶幾取乎焉爾已。」此段文字係朱隗自敘其編選時之心態，所以不執一說，頗見其折衷態度，亦隱然可見選者其實已視選本爲闡發己見的方式。〔明〕朱隗：《明詩平論二集》（清初刻本）。

鄙意畧具三序及諸評中，茲不複贅。（頁1）

由其等視此作「將垂諸久遠」，論斷未敢輕忽的態度來看，選本幾乎成爲了另一種形式的「立言」。而有意識地視序跋、評語得以表述己意，亦透露著選者並不單以編輯者自居，選本其實是選者的一種「創作」。那麼，在刪削評次間，若或偶有詩歌字句的刪改〔註77〕，或加以箋註批點，除了出於糾謬，亦當與此種心態有所關連，可謂是一種「詮釋上的創發」〔註78〕。換言之，選本與選者間其實是一種相互牽動的關係，即當選本得以反映選者主張時，選者亦將透過選本來彰顯己見，形同創作一般，選本提供了選者立言的可能、有了「知己」共感的可能。因此，在進行編選時，選者所要面對的、表達的，恐怕不只是詩家，選詩要能符合己意，也不純然顯示自己的鑑賞品味，選者不自覺或自覺著的，也許還包含著，編輯者、創作者雙重身分下，自我定位、價值的拿捏與確立。

總結上述，作爲共時性的考察，諸選本的編選有著選者對時代風氣、選本發展，以及自我的省思。它可以是動機，有見於當代時政、詩壇風氣、前選缺失、個人定位，以進行編選，亦得形諸爲目的，以彰顯時代、嘉惠後學、裨益前選、成一家言。

若從歷時性的角度來看，在序跋文字中則可發現，早先的明人選明詩，編選大都兼有對時代、詩歌的肯定，如劉仔肩《雅頌正音》、沈巽、顧祿《皇明詩選》，即便是基於前選未收而另爲編選，亦多以表達治世之音爲尚，如沐昂《滄海遺珠》、懷悅《士林詩選》。其

〔註77〕在選本中對選詩進行刪改者，如：顧起綸《國雅》凡例：「論更例：諸名家詩間有累字舛韻者，隨筆謬更一二輒附篇末，嗣知言者詮定。」（頁3）、陳子龍、李雯、宋徵輿《皇明詩選》凡例：「濟南明詩選，於詩文原本，或易一二字。或刪去數語，頗有功作者。雯等間做其例，亦百中之一。覽者不必致疑。」（頁1）

〔註78〕蔡瑜在論及選本之箋註批點時，曾以鍾惺、譚元春《詩歸》爲例，說明渠等之詩觀在箋註上的反映，云：「這對於研究詩人本身的情感、心靈固然可以視作一種誤導，不過，卻也未嘗不可獨立出來視爲一種詮釋上的創發，並進而了解選者的批評觀念。」蔡瑜：《高棅詩學研究》（臺北：國立臺灣大學出版委員會，1990年），頁23。

後，隨著選本日多，雖亦見贊揚〔註79〕，但更見著墨在詩歌上，意
欲提供英作、典則，留予後學、回歸風雅，或亟於糾補前選缺失的
想法，這不光是選本發展上，選者力求精良的緣故，時政習尚、詩
壇風氣的改變，引起了選者的關注，視選本為調整風氣、申述己見
的方式，可能才是主要原因所在。如徐泰《皇明風雅》，徐咸為序
云「於世教豈曰小補」（卷末）、楊慎《皇明詩抄》，陳仕賢序之謂
「可為風教之一助」（頁2）、華淑《明詩選最》，陳繼儒作序云：「有
功於近世風會甚鉅」（頁3），甚至是序跋文字中每見對詩歌發展的
反省、表述〔註80〕等等，皆足以反映選本的發展已臻成熟，而越至
晚明，選者的主張、對時代詩歌的觀察，在選本中亦已越發具體、
明朗了。

〔註79〕如：李騰鵬〈皇明詩統序〉：「洪武之初，天造初闢，有若高、楊、
張、徐，變胡元之體，倡正始之音，稱為四大家外，若袁景文、林
子羽、孫仲衍、浦長源等相與並驅齊驥，以及三百年之間，皆駸駸
乎日益月盛。」（頁3）、穆光胤〈明詩正聲序〉：「我朝自高、劉開其
源，李、何、邊、徐標其盛，而王、李諸君子，又人人赤幟，家家
牛耳，迄今猶方盛未艾」（頁4，總頁碼5）、錢恊和〈國朝名公詩選
序〉：「當今聖明蒞治，政化一新，典章文物，備於三代，人才輩出，
萬世一時，其究心於是道者，蓋等漢魏而上之，奚三唐之能並也。」
（頁3）、曹學佺〈明興詩選序〉：「我國初自洪武迄永宣，僅六七十
年間，而作者名數已軼過宋元兩代矣。」（頁3）
〔註80〕或指其失，如：黎民表〈明音類選後序〉：「家是所習，人各有心，
務恢誕者乏潤色而漸？於俗、攻華豔者少骨氣而日淪於弱，求其中
節合律，不詭於風人之義者，鮮矣。」轉引自王文泰：《明代人編選
明代詩歌總集研究》（上海：復旦大學博士論文，2005年9月），下
編：明人編選詩歌總集彙考，頁59～60。顧起綸《國雅‧凡例》：「自
洪武初高楊諸公倡為正始，此明之初音也。歷永成間假無姚曾李石
數公，稍振頹風，幾亡詩矣。」（頁2）、陳文燭〈明詩正聲序〉：「嘉
隆以來，宰相嚴惟中，詩頗清逸，意不右文，詞人淪落，七子並興，
號稱專門，王李猶為大家，蔚乎盛矣，後生英俊，始學初唐而近效
其體，種種學步，纖豔不逞，闡緩無當，作非神解，傳同耳食。」（盧
純學《明詩正聲》，頁3）、王汝南〈明詩歸序〉：「因思明興三百年，
詩人滿天下，莫不各具性情，莫不性情各具於詩，然或率爾成吟，
或間然有賦，甚且盜襲應酬，周旋餖飣，災之梨棗，咸稱曰詩，究
與性情何涉？」（頁2，總頁碼531）。

第三節　編選型態

　　選者是否有足夠的識力選錄出合適的作品，詩歌的取捨自然是最直接的檢視，然而詩歌的取捨往往來自於選者的編纂動機與目的，編選動機與目的又每每扣合著選本的編選標準與體例安排。是以，延續著對選者識力的檢視，本節進一步針對選本的編選型態，探究在實際選詩外，選者識力之實踐與落實，茲分編選標準、編選體例兩部分論述之。

一、編選標準

　　編選標準，是選者刪選去取的態度、準則。縱然不同選者在鑑衡作品上各有識見，但由整個明人選明詩的發展歷程來看，仍能看出一些類似的選詩傾向。顯示明人對明詩的取捨，其實有著共同的關注點，堪爲瞭解明詩範式、代表作家所以生成、逐步確立，背後潛在的推動力量。職是，以下嘗試歸整諸選本之編選標準〔註81〕，綜合其傾向，以爲析論：

（一）力追雅頌，接續古作

　　早期的明人選明詩，多半帶有表彰當代時政的色彩。如同上節所述，在選本的序跋文字中，頗見「鳴盛」之意。此間是否「瀰漫著一股努力使學術爲皇朝政教服務的功利氣息」〔註82〕，又或純然出於對新王朝、新政府的一種期待、肯定，透過詩歌、選本以爲回應尚不得而知。唯依循著這樣的脈絡，可以發現，明人往往好以雅、頌

〔註81〕部分選本因資料有限，未列入討論。如：署名陳繼儒《國朝名公詩選》，因選者未確，又雖見錢協和、陳元素序，但未涉及編選標準，由陳元素謂「況天之生才不盡，要以清遠洪亮，占世運之全盛乎，至足矣而權之，審必取昂者，所謂惟其有之，是以似之」，僅可推知，陳元素肯定該作「審必取昂者」，大抵有清遠洪亮，足以體現明朝世運者。

〔註82〕陳正宏指出：「明代前期的當代詩文評，淪爲濃重的崇道抑文陰影所籠罩。而相對來說本可具有些超然姿態的詩文總集編纂領域，也瀰漫著一股努力使學術直接爲皇朝政教服務的功利氣息。」陳正宏：《明代詩文研究史》（上海：上海文化出版社，2000 年 11 月），頁 14。

為比，肯定時代詩歌的價值，同時視之為一種時政興盛的反映。這種傳統政教觀的評詩方式，自不免受到了〈詩大序〉援引〈樂記〉「聲音之道，與政通矣」的概念，從而帶來的「風雅正變」之說的影響〔註83〕，只是透過這樣的類比，背後突顯著的還是選者對明詩的反省。尤其，作為選錄詩歌之標準，符合雅、頌之作，呈現在詩歌形式、內容上的具體特色究竟為何。蔡瑜曾云：

> 詩評中的時代論起於「聲音之道與政通」的政教觀，其轉化的可能性便基於內容與形式融成的風格議題，在發展的過程中不斷融入新的內容質性與語文表現，雖然它的價值判斷常常受到政教觀的制約，顯現出保守復古的傾向，但在尋索作品與政治關係的詮釋時，必然展現了時代的風格取向，為了使架構依然適用，勢必考量時代的特質而作出扣合時代的新詮，使原先的象徵系統為之質變或多元化。
> 〔註84〕

意即，「風雅正變」說關涉的層面雖是政治興廢，但脫不開是詩歌的語言文字如何表現的問題。詩歌的內容、形式形塑出什麼樣的風格，在政教觀的影響下，將隨著不同時代，而有不同的詮釋。因此，透過選本對詩歌的選錄、編選標準的擬定，反映著的其實是選者自覺或不自覺地，在詩歌政教觀的影響下，在龐大的詩歌譜系中，他如何為明詩找到該有的定位，為明詩風格所作出的新詮。

　　在《雅頌正音》中，劉仔肩藉由書名表達了他的選評心態、準則，宋濂則進一步地在序言中以「人情」、「人聲」、「人文」之今古無別，證成是集所選係同於古之雅、頌。至於「正音」，序言雖未述及，但大抵可推知是「世之治，聲之和」，治世之音的呈現。顯然，《雅頌正音》所收，是劉仔肩在政教觀的影響下，企圖縮合明

〔註83〕風雅正變說的討論，可參見蔡瑜：〈唐詩時代意識的遞嬗──以風雅正變觀為參照的探討〉，收於氏著：《唐詩學探索》（臺北：里仁書局，1998年），頁179～236。

〔註84〕蔡瑜：〈唐詩時代意識的遞嬗──以風雅正變觀為參照的探討〉，收於氏著：《唐詩學探索》（臺北：里仁書局，1998年），頁181。

初詩歌與古之雅、頌，藉以表彰時代的一種體現，但在宋濂的指涉下，「其曰雅頌者何？雅則燕饗會朝之樂歌，頌則美盛德，告成功於神明者也」（頁 1，總頁碼 584），卻未必能明確說明《雅頌正音》的選錄情況。

在近三百首詩作選錄詩作中，以題詠、寄贈、送別類作品爲多，篇題上具體回應時政的作品，其實有限〔註 85〕，而大抵爲文士朝臣間來往酬答，即便就劉仔肩自身選錄的作品進行考察，十四首中亦僅有〈望闕口號〉一首關涉朝政。那麼，在同樣發乎人情外，這些作品將如何連接至古之雅、頌，尤其是頌的部分，似乎產生了某一種空白。那麼，《雅頌正音》也許反映出的是選者編選標準與所選詩歌上的偏離，劉仔肩所錄但爲「隨得隨錄」，命名純粹是出於對時政的頌美。

但另一種可能是，從《四庫全書總目》曾總括該書風格，謂是作「舂容諧婉」，有「雍雍乎開國之音」，又如高啓詩歌的選錄，八首之中，扣除〈聖壽節早朝〉、〈甘露降宮庭柏樹〉此等明確頌讚朝廷之作，以及〈擬古〉四首之敘男女相思情懷、〈堂上歌行〉詠主客飲宴、〈贈金華隱者〉流露遊仙、隱逸思想等作，內容均未有憂時傷亂之悲，詩風得謂諧婉從容。推想，劉仔肩之編選，應是在詩家吟詠情性的前提上，擺落易代之際，詩人可能有的離亂傷感，掌握住從容婉雅，「聲之和」的詩歌風格，以作爲選詩的大方向。是故，縱不形構成一嚴密的編選編準，難免有對時政的頌讚，《雅頌正音》仍在一定的程度上，表達了對詩歌風格的期待、願景。

在《雅頌正音》之後，同樣表明國家承平、詩道之昌，有意昭示文治，以爲詩歌編選的選者不少，而這些選本，也都在不同層面上，延續了與《雅頌正音》相類的選錄方向。如：沈巽、顧祿《皇明詩選》，依沈巽所述，他所選錄的是「平日所裒集」之「當時知名

〔註85〕經筆者統計，題詠類約有 50 首；寄贈類約有 38 首；送別類約有 23 首，明確指爲應制、奉和類作品僅有 4 首。

之士所詠詩」，而曹孔章爲序時云：

> 大道流行之日，宜乎溫厚和平善鳴之士彬輩出，以鳴國家
> 之泰和也。遴選之詳，光燁簡冊，相傳吟詠，豈不猶連城
> 之璧、千里之駿，……而得馳聲於泰和雍熙之盛，以繼雅、
> 頌之遺哉。（沈巽、顧祿《皇明詩選》，頁3）

撇除曹孔章可能對《皇明詩選》的過度稱美，視沈巽所選詩歌得以
「繼雅、頌之遺」，不同於《雅頌正音》直接在命名上的類比，曹
孔章的態度即便保守，仍間接表達了對時代詩歌的期許。而「宜乎
溫厚和平善鳴之士」，則不免見出「溫柔敦厚，詩教也」〔註86〕的
影響痕跡，這是對詩人情性的要求，反映在詩歌上，是否同樣蘊有
詩歌「依違諷諫，不指切事情」〔註87〕的意涵，又具體呈現出的詩
歌內容、風格如何，則未見曹孔章有進一步的說明。若就《皇明詩
選》所錄而觀，作爲詩歌的校選者，顧祿自己的詩歌，收有三十九
首，內容除頌讚朝廷、朝臣宴飲留別之作，尚有懷古、紀遊類詩歌
的選錄，如〈謁睢陽張中丞廟〉、〈經魏武帝銅雀臺〉、〈謁采石李太
白墓〉、〈過彭澤縣訪陶靖節先生故居〉等，顯示《皇明詩選》在選
詩上已經拓大許多〔註88〕。而這些內容縱然構不成美刺諷諫，在情
感、詩歌風格上，亦也不脫溫厚含蓄，亦頗能對應徐泰對顧祿詩的
評價「醇雅後則」〔註89〕。

　　固然，以顧祿一人的情況，不足以說明《皇明詩選》的全貌，但

〔註86〕《禮記·經解》，見〔漢〕鄭玄注；〔唐〕孔穎達疏：《禮記正義》（臺
　　　　北：廣文書局，1971年），頁373。

〔註87〕〔唐〕孔穎達《禮記正義·經解》：「溫柔敦厚，詩教也者。溫謂顏
　　　　色溫潤，柔謂情性和柔。詩依違諷諫，不直切事情，故云：溫柔敦
　　　　厚，詩教也。」〔漢〕鄭玄注；〔唐〕孔穎達疏：《禮記正義》（臺
　　　　北：廣文書局，1971年），頁373。

〔註88〕以選詩數而言，沈巽、顧祿《皇明詩選》本就多於《雅頌正音》，約
　　　　多兩百餘首，但以《雅頌正音》未見懷古之作，仍顯示了《皇明詩
　　　　選》在選詩範圍的拓大。

〔註89〕〔明〕徐泰：《詩談》（清道光辛卯（11年）六安晁氏活字印本），頁
　　　　3。

至少提供了一個可能的訊息是，《皇明詩選》與《雅頌正音》在返歸雅、頌的共同企盼下，在大方向上，都有著諧婉、溫厚的詩風追求。假設把沐昂《滄海遺珠》、懷悅《士林詩選》對詩歌的要求一併列入討論，也能發現這樣的類通性：

> 余閱其詩，大抵清楚雅則，和平婉麗，極其韻趣。（楊士奇〈滄海遺珠序〉，頁1，總頁碼451）

> 而鴻生雋老出於其間，作爲歌詩，以彰太平之治。其言醇正，其音平和，前世萎靡乖陋之風，於是乎丕變矣。（柯潛〈士林詩選序〉，頁6，總頁碼396）

可知：

第一、基於補遺的心態，沐昂《滄海遺珠》將「前選所不及」者作爲選錄〔註90〕。尤其，他鎮守雲南，面對的詩歌群顯然有別，難免生有遺珠之憾。而哪些作品得以被沐昂視爲「遺珠」，依楊士奇所言，這些作品大體上是典雅、委婉的。在所選詩歌中，題材上亦以題詠、寄贈、送別類爲多〔註91〕，那麼，這樣的詩風，走的似乎還是《雅頌正音》「春容諧婉」的路子。

第二、柯潛〈士林詩選序〉的這段文字，與曹孔章述《皇明詩選》之語，有著異曲同工之妙。都是時代之盛，自有文士出而歌詠的概念，只是從「繼雅、頌之遺」，轉而聚焦在詩歌之言辭、音聲。但這種言辭上的醇厚雅正、音聲上的平正諧和，若如〈書士林詩選後〉所云，懷悅所採選的是「可尾於古者」（頁2，總頁碼491）之作，則與《皇明詩選》一般，延續雅、頌的概念，似又呼之欲出，無形中突顯出了兩者在選詩上的共通處。

第三、無論是《滄海遺珠》的「雅則」，或是《士林詩選》的「醇正」，同樣都有著對於詩歌之「正」的追求。

〔註90〕相關討論參見本章第一節〈編選者分析——以選者身分、交游爲觀察視角〉。

〔註91〕經筆者統計，《滄海遺珠》計有275首。其中題詠類約有53首；寄贈類約有25首；送別類約有16首。

　　綜合以上，不難發現，無論是劉仔肩將時代詩歌寄以「雅頌正音」之託，沈巽、顧祿《皇明詩選》要繼「雅、頌之遺」，又或《滄海遺珠》的「清楚雅則，和平婉麗」、《士林詩選》的「醇正」、「平和」，其實都不約而同地表達了他們在盛世之下，對詩歌的一種要求：溫厚平和，求諸於正。

　　只是，這種要求、理想如何落實？什麼樣的詩歌可以稱之為「正」？古之雅、頌要如何延續？在所選詩歌中，應制奉和類如果不為大宗，文士間的交遊、寄贈，甚至題詠，能否作為雅、頌之遺，似乎都是這些選本中未能解答的問題。不僅是選者留存的資料有限，選本不作為理論的表述，選者所提供的，但作一種範式，可能也是原因之一。無論如何，可以確知的是，這些早期的明詩選本，也許因為籠罩在盛世的光環、傳統政教觀之中，以致選者自身對詩歌的具體要求、規準，顯得相形薄弱，但在追求溫厚平和的理想下，選者所試圖提供的詩歌風貌，仍在不同面向呈現了明詩的各種可能。

　　其後，在嘉靖年間，在選詩上同樣有上追古作傾向的，尚有徐泰《皇明風雅》、楊慎《皇明詩抄》。

　　與《雅頌正音》相類，《皇明風雅》在命名上同樣有著時代詩歌的標榜。徐泰有云：

> 名之以風雅，何也？曰：盛世之音也。風雅之義云何？曰：詩有六義，曰風，曰雅，曰頌，曰賦，曰比，曰興。舉風雅而六義備矣。曰：《大明風雅》蜀人蕭方伯儼亦既梓矣。曰：吾固見之矣。襲其名無所嫌乎？曰：盛世之音又何嫌乎？其同也，備一代而名之，可也。（頁1）

透過問答的形式，徐泰闡述了選集命名的緣由。歸納要義，可知：首先，他認為所選乃是「盛世之音」，故稱之為風雅，即使與他人之選名稱相同，亦無礙於是集之命名。再者，盛世之音以風雅名之，乃是藉風雅以涵括《詩經》六義。換言之，他對時代有稱美，對所選也有肯定，且有別於雅、頌之標舉，從名稱的訂定，《皇明風雅》的選收範圍就已經提供了擴大的可能，「備一代以名之」，更有視所

選爲當代代表的用意存在。又，張沂〈皇明風雅後序〉云：

> 余閱之，愛其詞之雄，氣之肅，而思致之悠爽，并仰我朝
> 士風宣朗之盛，得詩人性情之正。（卷末）

張沂認爲《皇明風雅》所錄，有詞雄、氣肅之作，又可見詩家「思致之悠爽」，以故，透過這部選集，得以覽觀當時文治之盛，亦可得詩家「性情之正」。若對應於《詩經》「思無邪」的概念，可知，徐泰的編選，在盛世之音的追求中，當有著上追《詩經》的冀盼，如就徐泰所著《詩談》以觀，論詩家風格每好用「雅」字，如「雅健」、「清雅」、「高雅」、「醇雅」等以爲形容〔註92〕，更足見他對於詩風雅正的推崇。因此，可以推想，徐泰於凡例中，曾謙虛云：「詩皆擇其偶愜鄙意者錄之，非敢有去取於其間也」，得以讓徐泰「偶愜鄙意」之作，自當是符合此一傾向的詩歌。

另外，徐泰將時代詩歌連結至《詩經》以美之的作法，相較此前，突顯的除了「盛世」，可能還在於「盛世之音」。徐泰在〈皇明風雅題辭〉中曾提及「國家方隆億萬載無窮之治，後固有當采擇之任者」（頁1），作爲今之采詩者，他沒有強調自己采擇的是鳴盛之作，但云：

> 詩蓋盡於此乎？曰：予錄其目之所及者耳。選之精乎？曰：
> 五色線惟具眼者能辨之。予其小兒嗜梨果，特取適己口者
> 而莫知其餘也。（頁1）

徐泰認爲自己並非「具眼」者，他只是就自己所掌握到的詩歌，那些「適己口者」進行選錄。是以，不難發現，此時選收詩歌的焦點似乎已經略微轉向，在昭示時代，選詩以明之外，選者開始留意到的是詩歌漸次發展下的變化，如《皇明風雅》凡例云：「雖無刻集，而偶得其一二可錄者亦所不棄」（頁2），或謂「詩人雖有隱顯，惟其詩錄之而已」（頁2），著眼的都是詩作本身，而非詩家。又徐泰

〔註92〕 如：「王汝玉羣漸入清雅」（頁1）、「張以甯高雅俊逸」（頁1）、「吳子愚、陳文東俱雅健」（頁3）、「吳吉甫醇雅」（頁4）等，見〔明〕徐泰：《詩談》（清道光辛卯（11年）六安晁氏活字印本）。

云：「謂予不自量而有所去取焉，罪則不能逃矣」（頁 1），他的不自量之罪可以來自於所選唯憑個人愛好，但顯然已不再單純地只是詩作的鳴盛與否。關於這樣的改變，陳正宏曾云：

> 它標志著明人編纂當代詩文總集的目的，已從明代早期的
> 爲輔佐教化、歌頌聖治，逐步向單純地爲文學本身轉變。
> 〔註93〕

然而，這終究只是逐步轉變的過程，在頌詠時代的框架下，選者自身的意見表達，多少還是顯得保守，就像徐泰反覆提及所選是「適己口」、「愜鄙意」一般，楊愼在述及《皇明詩抄》之編選，亦曾發類似之語：

> 予何所去取乎哉？予漫錄之而已。（〈皇明詩抄後語〉，頁 2）

對於詩歌的選錄，楊愼沒有留下太多的說明，只留下「漫錄」之說。此中，固然有楊愼對於「選」的謹愼〔註94〕，但從「詳於古體而略於近體」的內容來看，仍不免透露出了他的喜好。陳仕賢〈皇明詩抄〉曾云：

> 我朝皇風汹穆，人文丕著，名公逸士，力追古作，詩教復
> 振，誠足以鳴國家之盛，與盛唐浚（案：應爲後）先相望也，
> 然唐詩諸家所選精矣。皇明之詩，茲得楊公所抄，雖不以
> 選名篇，而遺意固有在也。（《皇明詩抄》，頁 1～2）

陳仕賢認爲，《皇明詩抄》是有作者「遺意」的，楊愼所選乃是明代那些上追古作，振興詩教，得以鳴盛時政的詩作精華。這自然是陳仕賢自己的意見，但當他將《皇明詩抄》界定爲鳴盛之作的選錄，認爲詩歌是用來「章志貞教」，《皇明詩抄》乃楊愼以此「惠教後學」〔註95〕

〔註93〕陳正宏：《明代詩文研究史》（上海：上海文化出版社，2000 年 11 月），
　　　　頁 47。
〔註94〕由楊愼曾幾度提及選詩情況，可知他對「選」的謹愼。如「作詩之
　　　　難難矣，未若選詩之難也。」、「宋詩信不及唐，然其中豈無可匹體
　　　　者，在選者之眼力耳」見楊愼：〈皇明風雅選略引〉，收於〔明〕楊
　　　　愼著；王文才、張錫厚輯：《升庵著述序跋》（雲南：雲南人民出版
　　　　社，1985 年），頁 270。
〔註95〕陳仕賢〈皇明詩抄〉：「皇明詩抄者，升菴楊公所錄，以惠教後學也。

時，顯然是將它置放在傳統政教觀的脈絡上來看待，且程旦爲序，謂該作「幾於今者，埒於古也」〔註96〕，更說明了楊愼所選是能夠比並於古作的一代之音。可知，楊愼的漫錄，雖未見明確的選錄準則，仍在一定的程度上，反映了他的尾古傾向。

是知，隨著明詩的發展，在盛世底下，詩人所做的種種創作嘗試，都將帶給選者新的刺激，如同詩人在「創作本身既受著詩學發展的內在規律所牽引，又與當代的政治社會情境相刃相靡，而融入個人生命的時空意識，從而形成舊有理論無法限界的風格表現」〔註97〕，選者的編選，也將在這樣的轉換之中，從傳統政教觀的思維，漸漸形塑成更爲具體的編選方向，顯現出個人對詩歌的體察與反省。

（二）中節合律，歸於正

明人對於詩歌的思考，反映在選本中，除了延續既有的詩教傳統，對詩歌之「正」的追求，尚有著更爲具體的，之於詩歌本身體製的反省。

早先，〔元〕楊士弘編纂《唐音》以「審音律之正變」作爲他的目標，分始音、正音、遺響三部分，並對唐詩作了大致的分期：初盛唐、中唐、晚唐。他的編選，引起了明人的一些討論，他們從時代氣

余閱之，有感焉，作而言曰：夫詩章志貞教，言之不可以已者也。」（頁1）。

〔註96〕程旦〈皇明詩抄後語〉：「讀是篇則曰：狩歟！粹哉！一代之音，渢渢乎可歌也已。幾於今者，埒於古也。」（頁1）。

〔註97〕蔡瑜論述初盛唐詩人在詩歌創作與理論上的矛盾時曾云：「文人雖在理性意識上認爲應該創作輝映時代的盛世之作，但在理論層次上此一文學想像只能在歷史中尋索對應；但創作本身既受著詩學發展的內在規律所牽引，又與當代的政治社會情境相刃相靡，而融入個人生命的時空意識，從而形成舊有理論無法限界的風格表現。」筆者以爲明初詩人，面對新王朝的建立，可能來臨的盛世之治，亦當有如是情況。而選者在選錄詩歌時，除了明顯的頌美之作，無形中所選錄的各種詩歌風貌，正足以體現此時詩家在創作上的種種試鍊，而這樣的成果，對選者來說也是種刺激，得以對詩歌進行更深刻的反省。蔡瑜：《唐詩學探索》（臺北：里仁書局，1998年），頁192。

運興衰的角度來看待《唐音》，卻在《唐音》的世次、音律裡發現了參差的情況，如《正音》裡摻雜著中、晚唐詩、《遺響》中又包含盛、中、晚唐〔註98〕。就此，陳國球曾謂：

> 其實楊士弘雖然說過「專取乎盛唐，欲以見其音律之純，繫乎世道之盛，附之以中唐晚唐」一類話，但很明顯，「繫乎世道之盛」只是門面話，他的宗旨還是在於詩的藝術成就（即「音律之純」）那一方面。〔註99〕

換言之，即便《唐音》將音律、世道結合以論，不免帶有傳統詩說的影響痕跡，但在編選標準上，詩歌的音律依然是主軸。而楊士弘云：「學詩者先求於正音，得其情性之正」〔註100〕，更顯示音律不只是單純的體製規律，尚包含著詩人情性的流露，音律已是一種風格意涵的思考〔註101〕。這樣的理念、方式，影響所及，對明人來說，不只是進一步對唐詩世次、音律關係的討論〔註102〕，顯現在對明詩的反省上，其實也得到了一定的對應，在選本中就能發現，詩歌已

〔註98〕 參見陳國球：《明代復古派唐詩論研究》（北京：北京大學出版社，2007年），頁180～185。

〔註99〕 陳國球：《明代復古派唐詩論研究》（北京：北京大學出版社，2007年），頁184～185。

〔註100〕 〔元〕楊士弘編選；〔明〕張震輯注；顧璘評點；陶文鵬、魏祖欽整理點校：《唐音評注》（保定：河北大學出版社，2006年），下冊，頁629。

〔註101〕 蔡瑜嘗言：「楊士弘所謂的『音律』指的是詩人性情流出的風貌，實即詩作整全的藝術表現，詩歌的聲情自然涵括其中，而詞情的直接理會則更形重要，因此『音律』一詞實近於風格之義，只是必須注意其以『音律』來提時所側重的詩歌反映世道的意義。」蔡瑜：〈《唐音》析論〉，《漢學研究》（1994年12月），第12卷，第2期，頁256。

〔註102〕 蔡瑜指出：「但《唐音》在世次與音律的對應上又不免存在著明顯的參差，故其首先建立音律選詩的體系對後世的啟發固然重要，但其世次與音律的參差現象也成為後世尤其是明代批評討論的焦點，後人接續努力的方向是如何更完整的落實唐詩『聲音之道與政通』中世次與音律的系統。」見蔡瑜：〈論「聲音之道與政通」的意涵及其在唐詩學中的演繹過程〉，收於氏著：《唐詩學探索》（臺北：里仁書局，1998年），頁319。

從盛世之「正」的考量，漸漸走向了音律之「正」。這並不意味著他們不再留意詩教傳統，在《詩經》中探源，追索詩歌表現，仍是他們努力的目標，或者也可以說，當鳴盛不再是他們的首要考量，詩人如何言志，如何在既定的詩歌典範、體製之中呈現自我，才是他們更為關注的部分。

黃佐〈明音類選序〉即曾云：

> 詩豈易言哉，風、雅之所以異於頌者，托物比興，言其志而已矣。頌則紀盛德，告成功於神明，可以觀興而群怨亡與焉。……劉伯溫之〈旅興〉、汪朝宗之〈壯遊〉，若倦鳥、風林之類。至於吳下四傑、嶺南五先生，大家輩出，莫不比興成音，其深於詩者乎。……作家鳴盛，莫可覯縷。明音得自風雅，安數唐哉！（頁1～2）

黃佐於序言中先愷言風、雅與頌之別，著眼風、雅有託物言志，生發興觀群怨之效。後則羅舉劉基、汪廣洋、吳下四傑、嶺南五先生，以為渠等之詩，皆如《詩經》風、雅之作，有比興發揮以為抒志，是「深於詩者」，因此認為明詩自有承繼《詩經》之處，其表現並不亞於唐詩。可知，黃佐留意的是詩家在託物言志上的表現。又云：

> 陶淵明嘗論詩矣，曰：「寧效俗中言」，是古詩貴雅不貴俗也。杜少陵嘗論詩矣，曰：「晚於詩律細」，是律詩貴細不貴粗也。（頁2）

同時，在詩歌體製上，如何符合各詩體的要求，如古詩貴雅、律詩貴細，也是黃佐所看重的部分。是以，《明音類選》的編纂，固然是要選出「治世之音」〔註103〕，「音也者，與時高下，通於政者也」（頁2），這種強調詩歌與時變化，反映時政的思維，他沒有拋下，只是延續著《詩經》風、雅，詩人如何安頓自己在時代之中，「毋邪爾思」〔註104〕，展現在詩歌體製間，能夠「應律合節」〔註105〕，

〔註103〕 黃佐〈明音類選序〉：「明音類選，奚以編也，類選治世之音，用昭隆盛於無窮也。」（頁1）

〔註104〕 黃佐〈明音類選序〉：「梁陳之體足以致寇，趙宋之體不能退虜，詩三百而蔽以一言，蒼姬所以為有道之長也，變而不失其正，吾於風

顯然才是他更爲關注的。又黎民表爲序時，提及時下詩歌，亦謂：
「求其中節合律，不詭於風人之義者，鮮矣」〔註106〕，足見看出
他們在追求《詩經》風、雅之餘，對詩歌音律上的強調。由此可知，
《明音類選》的編選標準，自當以「中節合律」，得以返歸風雅之
作爲尚。

　　與此相類，萬曆年間，顧起綸《國雅》、《續國雅》〔註107〕同樣
有見對詩歌音律上的留意。

　　顧起綸於《國雅》凡例——論采例，有云：

> 國初元季名人已編入元音體要，及雖未盡編，或聲調欠雅
> 者，悉略之，自洪武初高、楊諸公倡爲正始，此明之初音
> 也。……至弘嘉間諸名公作而大暢風雅，此明之盛音也。
> 故文與時遷，雖高下異習，揆之，閑不踰檢，而雅得餘風
> 者亦在所采。（頁1～2）

可知：從顧起綸論明之初音、盛音，顯示他試圖在爲明詩表現作分
期，此時的「盛」，著意點在於詩歌，而非時代。其次，他仍然關注
詩歌能否承繼《詩經》風、雅，但對「聲調欠雅」的考量，則透露

雅體三致意焉。毋邪爾思，盍其傲諸。」（頁2）

〔註105〕黃佐對音聲的強調，尚可由其論詩、樂之別觀之。黃佐：「詩以其
　　　　辭也，樂以其聲也，樂歌中倡有歎，倡者發其韻，和者繼其聲。詩
　　　　辭之外疊字散聲，歎發其趣，故曰展詩會舞，應律合節。苟句之長
　　　　短，字之多寡，聲之平仄，一定而不易，則其歌聲躁急，無復平淡，
　　　　是以詩就樂，而非以樂就詩，奚此所以貴審聲也。」〔明〕黃佐：
　　　　《庸言》，收於《續修四庫全書》（上海：上海古籍出版社，2002
　　　　年），第939冊，卷4，頁265。

〔註106〕轉引自王文泰：《明代人編選明代詩歌總集研究》（上海：復旦大學
　　　　博士論文，2005年9月），下編：明人編選詩歌總集彙考，頁60。

〔註107〕關於《續國雅》，顧起綸有云：「國朝之詩如墳林藻海，非衰眊能窮
　　　　編，中有一二首佳者，凡百餘家未輯，當續而廣之，作續國雅。」（《國
　　　　雅·凡例》，頁3）、「余鈔明詩既得二十卷，海內故多名家，家有一
　　　　二篇什之雅者，漫不及編，即品所稱瑣瑣瑟瑟，靡非實也，乃藏之
　　　　篋笥，將有嗣乎續之。居無何，而俞氏百家後編出，始克捃摭互證
　　　　而并鈔焉」（《續國雅·卷1》，頁1）可知，《續國雅》的編纂，主要
　　　　是針對來不及選收，以及參酌俞憲《盛明百家詩》後進行選錄，在
　　　　編選標準上當與《國雅》無別，故此處主要就《國雅》爲論。

出他尚留意到詩歌的音律，如同皇甫汸〈國雅序〉云：

> 今選者，徐、黃、張、俞而下，無慮數百家，咸靡當焉，
> 非身入堂奧，審音協律，若持衡以平劑量，秉鑑以燭鬚眉，
> 妍醜眩而輕重乖矣。（《國雅》，頁2）

他對諸選家的批評，主要在於未能「審音協律」。換言之，他所肯定
《國雅》，認為它得以「宣盛世之雅音，立詞壇之赤幟」（頁3），很
可能正是顧起綸得以身入堂奧，重視詩歌音律的緣故。

另外，由顧起綸以「雅」論聲調，亦可發現，「雅」的指涉意涵
已明顯擴大。
顧起綸云：

> 卜商序詩曰：言形於四方，謂之雅。雅者，正也。蓋政有
> 大小，故有大雅焉，有小雅焉。大抵極藻麗之辭，得情性
> 之正，斯雅在其中矣。…余也，採方國之盛音，纂明代之
> 正始，乃祖述二三子者，於是乎名之曰國雅。（凡例，頁1）

雖同樣留意《詩經》風、雅，但或基於「存雅庶可以回風」〔註108〕
之想，可以發現《國雅》尤側重於雅。顧起綸認為所選，既是纂收
天下四方，得以彰顯明代王道之盛音，於是命名為「國雅」。可以發
現，顧起綸的編纂，就「宣盛世之雅音」的立場，與既往選本昭顯
當代的政教思維似乎無別，但當他試圖將用之讌饗朝會，敘政之小
大的雅，轉為詩家性情、辭藻的指涉，甚至包含著詩歌的音律，《國
雅》的編選，得以讓顧起綸謂為「愜意詩」〔註109〕之作，其「雅」
的內涵，自已是一種對詩歌藝術表現上的思考。

稍晚，穆光胤《明聲正聲》有著更進一步對詩歌聲律上的說明。
穆光胤云：

〔註108〕 皇甫汸〈國雅序〉：「王風哀以思，大雅久不作，昔人蓋傷之矣，下
緝陳詩之典，上罷采風之使，出於摛藻揆天者多，而興於擊轅相杵
者少也，存雅庶可以回風，否則詩不幾乎亡乎？」（顧起綸《國雅》，
頁1）
〔註109〕 《國雅·凡例》：「余就故籃中手筆諸名家愜意詩若干卷，并平生所
積名集，得商略而采之，復大搜未備，隨適哀帙。」（頁1）

聲以正稱，豈偶然哉，必五音迭奏，洪律不奸，而後可謂
之正；亦必十二律旋相爲宮，音節不爽，而後可謂之正。
至一切促節繁響，淫聲哇韻，俱屏而不用。以是而準之詩，
即有掞天蓋地之能，刻脂鏤冰之巧，而不軌於正者，失之
玄；即有五車二酉之富，雕龍繡虎之工，而不約於正者，
失之妄；即有腸嘔五色，鬚斷千莖，而自立門戶，有乖於
正者，亦辟焉而已。故差低差昂，欹左欹右，俱不得與，
而惟正者歸焉。（頁 3～4，總頁碼 4～5）

很明顯地，雖然穆光胤也發「蓋詩者，發乎情，徵乎聲，而關乎氣
運」（頁 5，總頁碼 5）之語，但相較於時代氣運，他更多說明的是
詩歌聲律上的「正」。他由五音、十二律論聲，謂聲律不奸擾、無差
失，方可爲正，又以繁促、靡淫之聲皆當屏除不用，透過這些對聲
律的要求，引爲對詩歌判定的規準。然而，由樂聲論詩，謂巧能、
學識、苦思所爲，縱爲工巧，甚或卓然自立，只要有失於正，自當
辟之之論，穆光胤所導向的自然容易形諸爲詩歌字句、平仄等形式
上的要求。如同穆光胤以「聲出金石，調合律度，無非同歸於正者」
（頁 4～5，總頁碼 5），評論明詩自高啓、劉基，到王世貞、李攀龍
等人之表現，又或引李攀龍《古今詩刪》爲例，謂自己「不敢輕進，
亦不敢輕退，惟取其有當於正者」〔註110〕等，實都能看出他對詩歌
聲調、音律上的重視，是以，《明詩正聲》的編選標準自當繫於此。

　　至於，《古今詩刪》的編選，相較於穆光胤《明詩正聲》之未敢
輕退、輕進之舉，在詩歌的選錄上，顯然更有選者個人意見的表露。
其去取，李攀龍未曾明言，惟藉由王世貞所序，概可掌握一二：

彼其所上下者，雖號稱數千年，其所近者，僅風而已，其
所近而云雅頌者，百固不能一二也。而于鱗之所取，則亦
以能工於辭，不悖其體而已，非必盡合于古。……雖然令

〔註110〕穆光胤〈明詩正聲序〉：「昔于鱗爲詩刪，元美敘云謂于鱗以意而
　　　　輕退古之作者有之，謂舍格而輕進古之作者則無是也，余不敢
　　　　輕進，亦不敢輕退，惟取其有當於正者錄之。」（頁 6～7，總
　　　　頁碼6）。

> 于鱗以意而輕退古之作者間有之，于鱗捨格而輕進古之作
> 者，則無是也。(《古今詩刪》，頁3～4)

王世貞認爲李攀龍所選，性質類近於《詩經》中的風，而主要以工
辭藻，不違體製者爲好，故所收錄者未必能切合古作。是以，可推
知，李攀龍的「意」、「格」，很有可能指的就是他對詩歌體製、辭藻
上的要求。如李攀龍謂「唐無五言古詩，而有其古詩」〔註111〕，顯
示他心中自有一套對五言古詩的標準，有悖其體者，自然有所去取
〔註112〕。又如他在〈送王元美序〉中所云：

> 以余觀於文章，國朝作者，無慮十數家稱於世。即北地李
> 獻吉輩，其人也，視古修辭，寧失諸理。今之文章，如晉
> 江（王愼中）、毘陵（唐順之）二三君子，豈不亦家傳戶
> 誦？而持論太過，動傷氣格，憚於修辭，理勝相掩。彼豈
> 以左丘明所載爲皆侏離之語，而司馬遷敍事不近人情乎？
> 〔註113〕

此段文字係針對唐宋派而發。其中的「修辭」，依其與「理」並論，
可知主要指的是文辭。又就李攀龍所言，可知他確實留意文辭，認
爲不應爲理而掩辭，同時指出在古人的作品中，效學其辭，亦不見
得失理、遠情，舉左丘明、司馬遷爲例，以明辭與情、理，未必衝
突〔註114〕。是以，可以發現，李攀龍既重視辨體，也能留意到文辭

〔註111〕 李攀龍：〈選唐詩序〉，收於〔明〕李攀龍著；包敬第標校：《滄溟
　　　　先生集》（上海：上海古籍出版社，1992年），頁377。

〔註112〕 陳國球有云：「他先肯定了一個『五言古詩』的傳統（這是唐代以
　　　　外的作品所組成的），然後再指出唐代的五古（『其古詩、）不屬於
　　　　這個傳統。『唐無五言古詩而有其古詩』一語，並置了兩個不同的
　　　　傳統以至兩種不同的『體』。」陳國球：《明代復古派唐詩論研究》
　　　　（北京：北京大學出版社，2007年），頁113。

〔註113〕 李攀龍：〈送王元美序〉，收於〔明〕李攀龍著；包敬第標校：《滄
　　　　溟先生集》（上海：上海古籍出版社，1992年），頁394。

〔註114〕 此段文字，因「視古修辭，寧失諸理」或作句點，或作問句，是以
　　　　引發不同的解讀。作句點解，如陳書錄：《明代前後七子研究》（江
　　　　西：江西人民出版社，1994年），頁154～156；作問句解，如許建
　　　　崑：《李攀龍文學研究》（臺北：文史哲出版社，1987年）。筆者認爲

與情、理的搭配，恰對應於他在《古今詩刪》中的編選傾向。

而此一傾向，相較於黃佐、顧起綸、穆光胤等，在選本中，從盛世之音引發的，對詩歌音律雅正的強調，更多表現出的是，聚焦在詩歌體製之中，所延伸而來的在文辭，甚至是押韻上的思考。如其云：「辟之車，韻者歌詩之輪也。失之一語，遂玷成篇，有所不行」〔註115〕，認爲若能博學古韻，行諸於詩，「寧假借，必諧聲韻，無弗雅者」。準此，李攀龍論詩歌音律，更明顯的將是面對詩歌傳統，在體製上所應呈現的詩歌整體藝術風格表現〔註116〕。

另外，同樣由詩歌體製以論音律者，尚可見盧純學《明詩正聲》、李騰鵬《皇明詩統》。

與穆光胤《明詩正聲》相同，盧純學《明詩正聲》的編纂，不管是體例〔註117〕、命名上，都有著高棅《唐詩正聲》的影響痕跡。至

〔註115〕 李攀龍既以左氏、司馬之例爲證，適足以表明雖重文辭，但仍不廢情、理，故此處當作問句解，強調李夢陽豈有因看待古作文辭，而有失於理？至於引文部分，爲尊重引文出處，仍採句號，特此説明。
李攀龍〈三韻類押序〉：「辟之車，韻者歌詩之輪也。失之一語，遂玷成篇，有所不行，職此其故。蓋古者字少，寧假借，必諧聲韻，無弗雅者。書不同文，俚始亂雅。不知古字既已足用，患不博古耳，博則吾能徵之矣。」收於〔明〕李攀龍著；包敬第標校：《滄溟先生集》（上海：上海古籍出版社，1992 年），頁 377。

〔註116〕 李攀龍《唐詩訓解》評〔唐〕盧綸〈和張僕射塞下曲〉云：「中唐音律柔弱，此獨高健，得意之作。此見邊威之壯，守備之整，而惜士卒寒苦也。允言語素卑弱，獨此絕雄健，堪入盛唐樂府。」〔明〕李攀龍選；袁宏道校：《新刻李袁二先生精選唐詩訓解》（日本田原仁翻刊明萬曆本）。可知李攀龍認爲此作雄健，與盧綸過往用語卑弱有別，不類中唐音律柔弱，而堪入盛唐樂府，顯示，李攀龍視音律爲整體詩歌之表現，甚至可能已是一種時代風格的表徵。唯以此作未能確知是否爲李攀龍評，恐爲託名，故引爲此處備考。

〔註117〕 穆光胤〈明詩正聲序〉：「余小子不揣妄取，昭代諸名家集，自洪永而下，隆萬而上，其間名已著，而人已僊遊者，稍爲次第，一如正聲之例。」（頁 2～3，總頁碼 4）、盧純學《明詩正聲·凡例》：「五言古詩、七言古詩、五七言律詩、五七言絕句、六言絕句、五七言排律，各以類分，一如《唐詩品彙》例。」（頁 2）。雖盧純學謂如《唐詩品彙》例，但《唐詩正聲》亦以詩體類分，也同爲高棅，是則穆光胤、盧純學在選本體例上，確實都有依循高棅之處。

於在編選標準上，《唐詩正聲》凡例云：「題曰正聲者，取其聲律純完，而得性情之正者矣」〔註118〕，顯示高棅的編選，主要以聲律、詩人之情性作爲選詩標準，這樣的方向大抵與〔元〕楊士弘《唐音》相符，其後顧起綸《國雅》亦能見類似的傾向。至於，穆光胤《明詩正聲》從五音、十二律論聲，則更著意在詩歌音聲之正，而盧純學論選詩，云：

> 是編云正聲者，以音調格律不出準繩之外也，五、七言古體，五、七言近體，必以古人爲的，外是者略之。（凡例，頁1）

可知盧純學論音律格調，強調的是詩家在各詩體的表現，並以是否合於古作爲準則。這是一種以古作爲範的辨體思維，詩家性情能於其間有所展現，得「鏗然金石之聲」，以「盡人文之變，表國家之大」〔註119〕，始爲盧純學所賞。陳文燭〈明詩正聲序〉評是作，云：

> 然大河以北，其聲豪矣，有能襲二京之遺，而盡醳其豪踈之氣乎，是聲之正於北也。大江以南，其聲柔矣，有能襲六朝之遺，而勝柔靡之氣乎？是聲之正於南也。是編所選，莊嚴而不豪，佳麗而不靡，矯矯著聲矣。（盧純學《明詩正聲》，頁4）

有見於時風「始學初唐而近效其體，種種學步，纖豔不逞，闒緩無當」〔註120〕，流於剽擬之習，陳文燭談聲之正，看重的是詩歌「存乎其人」〔註121〕的表現，因此，當他謂《明詩正聲》「矯矯著聲」，

〔註118〕 〔明〕高棅：《唐詩正聲》（明嘉靖間刻本），凡例，頁2。

〔註119〕 盧純學〈明詩正聲序〉：「風格流自性情，燁然者天地之色，弘潤者江海之音，高潔者山嶽之峙，冲融而秀拔者，鳥歌艸木之敷榮和暢也。宮有適而商隨之，鏗然金石之聲，幽感鬼神，明移風俗，足以盡人文之變，表國家之大。」（頁4）

〔註120〕 陳文燭〈明詩正聲序〉：「時李何爲之倡，嘉隆以來，宰相嚴惟中，詩頗清逸，意不右文，詞人淪落，七子並興，號稱專門，王李猶爲大家，蔚乎盛矣，後生英俊，始學初唐而近效其體，種種學步，纖豔不逞，闒緩無當，作非神解，傳同耳食。」（盧純學《明詩正聲》，頁3）

〔註121〕 陳文燭〈明詩正聲序〉：「人言宋不唐，唐不漢，漢不三代，江河之

肯定的自是該作所選，未見詩家因襲之弊，詩家得就各體展其詩風，或莊嚴，或佳麗之作。

換言之，同樣論聲，同樣有對詩歌藝術形式上的要求，穆光胤的以樂論聲，多少有就時代氣運，標舉明詩盛景的用意在，而盧純學所選，則在欲有補於初學的心態下〔註 122〕，由詩歌體製起論，以提供「不出古人谿徑」〔註 123〕，又得「各具妙音」之作。

另外，約與盧純學《明詩正聲》同時，李騰鵬《皇明詩統》在編選上，雖亦論詩歌體製，但未就「聲」論，而逕以格律稱之。李騰鵬云：

> ……參以群書，酌以鄙意，無論古近絕體，合格律者取之，關風化者取之，紀時事者取之，百不爲多，一不爲寡。（頁4）

由所引可知，李騰鵬「酌以鄙意」的關鍵有三：合格律、關風化、紀時事，在眾詩體中，若能合於此，即可入選。又敘《皇明詩統》之命名，有謂：

> 皇明詩統者，統皇明之詩以爲言也。聖神御宇，考文觀化，郁郁之風與王化相爲遞邅，無論廊廟山林、虎賁緻衣、閨壺釋老，下逮臧獲，以皆摛詞振藻，握靈蛇而採驪龍，雖各道其性情，無非宣洩一代人文之盛，余得而錄之，此詩統之所以名也。（頁1）

可以發現，《皇明詩統》的主要目的在「統皇明之詩」，那些「宣洩

不可軼而之山也，傷時代爾爾，又安敢望唐人哉？或曰：信如吾子言，唐絕響乎？陳子曰：存乎其人耳。」（盧純學《明詩正聲》，頁5～6）

〔註 122〕 盧純學〈明詩正聲序〉：「是編也，倪子元肇端，江季章昆仲竟其業，實藉二三友人之力，於不穀何有，有志於詩者，取是編而讀之，未必無補於初學云。」（盧純學《明詩正聲》，頁5～6）

〔註 123〕 盧純學〈明詩正聲序〉：「庶幾我明三尺矣，中間不無精粗小大，豪縱綺麗，隱僻暢晦，高下之不同，鳳皇鳴於崇崗，鶉鶉鳴於叢條，各具妙音，有不可掩者。古體亡論兩漢魏晉六朝，近體亡論貞觀開元大曆貞元元和，不出古人谿徑，若王良之御閑我馳驅也者。」（盧純學《明詩正聲》，頁5）

一代人文之盛」，能道出詩家性情的作品，無論身位地位，都是他的蒐集範圍。是以，若結合上述之關風化、紀時事，《皇明詩統》似乎只是一部鳴盛之作，具有政教色彩的選集。但當他點出「合格律者取之」、敘詩家之「摛詞振藻」，甚至發「不必曰詩莫盛於唐，明詩莫盛於何、李」（頁5）之語，他的關注層面，顯然又不僅僅侷限在王化、世道，而更多的已是明詩本身在詩歌體製、詞藻等上的發展、變化。

　　至若晚明陳子龍、李雯、宋徵輿《皇明詩選》，仍能見到對詩歌音律、體製上的留意，陳子龍〈皇明詩選序〉云：

> 子龍不敏，悼元音之寂寥，仰先民之忠厚，與同郡李子、宋子，網羅百家，衡量古昔，攘其蕪穢，存其菁英。一篇之收，互為諷詠；一韻之疑，共相推論。攬其色矣，必準繩以觀其體；符其格矣，必吟誦以求其音；愜其調矣，必淵思以研其旨。大較去淫濫而歸雅正，以合於古者九德六詩之旨。（頁1～2）

由觀詩歌體製之格，求其音調之協可知，不管是《明音類選》「中節合律」、《國雅》「審音協調」，或者是李攀龍之「意」與「格」、穆光胤求音聲之正、盧純學、李騰鵬論格律等，諸選本在時間上雖或先或後，其實都不約而同地著意在詩歌的藝術形式表現。只是，陳子龍此處進一步強調，詩歌尚要能符合古作「九德六詩」之旨意，得返歸「雅正」方可〔註124〕。然而，不同於早先的明人選明詩，基於當下的盛世期待，有意上追於雅、頌，陳子龍此處的「去淫濫」，「悼元音之寂寥，仰先民之忠厚」，自有針對時風而發者，其謂：

> 昭代之詩，較諸前朝，稱為獨盛。作者既多，莫有定論，仁鄙竝存，雅鄭無別，近世以來，淺陋靡薄，浸淫於衰亂矣。……而為風會憂；二三子生於萬曆之季，而慨然志在

〔註124〕 關於陳子龍詩論重「雅正」之相關論述，可見廖可斌：《明代文學復古運動研究》（北京：商務印書館，2008年），頁406～409；李新：《陳子龍詩文創作與文學理論研究》（天津：南開大學出版社，2012年），頁86～96。

刪述，追游夏之業，約於正經，以維心術，豈曰能之，國
家景運之隆，啓迪其意智耳。聖天子方匯中和之極，金聲
而玉振之，移風易俗，返於醇古。（頁1～3）

他對明詩家在創作上的努力其實是肯定的，但「仁鄙竝存，雅鄭無
別」的情況，卻讓他憂心，尤其是憂於時風，近世之作〔註125〕的「淺
陋靡薄」，更讓他與李雯、宋徵輿等興起了刪述之志，意欲「追游、
夏之業，約於正經，以維心智」，以啓迪時人意智，收「移風易俗，
返於醇古」之效。換言之，陳子龍等編選《皇明詩選》所要糾舉的
是近世猶恐「浸淫於衰亂」之詩風，更是詩風影響所及，可能帶來
的「風會」變化，所謂「以維心術」，正是對先民忠厚之所仰，是則，
《皇明詩選》的編纂，複沓著既有的詩教傳統，實寄予著「匡救世
道人心」〔註126〕的期盼，縮合著詩歌之格、調，呈現出的對詩歌的
形式、內涵的再思索。〔註127〕

〔註125〕 依李雯〈皇明詩選序〉：「又三、四十年，然後濟南（李攀龍）、婁
東（王世貞）出，而通兩家之郵。息異同之論，運材博而攈會精，
譬荊棘之既除，又益之以塗茨，此後七子之所以揚盛烈也。自是而
後，雅音漸遠，曼聲竝作。本寧（李維楨）、元瑞（胡應麟）之儔，
既夷其樊圃，而公安、竟陵諸家，又實之以蕭艾蓬蒿焉。神、熹之
際，天下無詩者蓋五六十年矣。」可推知陳子龍所謂近世，當指後
七子以後，萬曆至天啓年間之詩壇情況。

〔註126〕 陳正宏指出：「這裡首先引人注目的，是它在理論上又明確地回到
了明初總集編纂旨在『上續雅頌』的舊途上；同時它與明初那些以
『上續雅頌』為指歸的總集也有不同的地方，即其編纂目的最終落
到了『以維心術』上，而非單純的『歌頌聖化』。『心術』之所以需
『維』，蓋在崇禎朝將傾的大廈已不能給文士多少安全感，於是迂
執的文壇領袖不得不讓一部小小的文學總集也承擔起匡救世道人
心的重任。」陳正宏：《明代詩文研究史》（上海：上海文化出版社，
2000年11月），頁152。

〔註127〕 謝明陽論《皇明詩選》之選詩，亦曾標出「色」、「體」、「音」、「旨」
四點，以為「此四項條件是由詩歌的外在形式以至於內在意蘊的層
次關係」，唯以謝明陽以「色」為「詩歌言辭的外在色采」，筆者以
為就「一韻之疑，共相推論，攬其色矣」，「色」當繫於詩歌音韻之
類，與後之「必吟誦以求其音，愜其調」一致，故不另外標出「色」
以釋。相關說法參見謝明陽：〈明詩正宗譜系的建構——雲間三子

　　因此，當宋徵輿謂：「作詩者，言何必四，篇何必三百，而後謂之詩人也」（頁 8），目的並不在否定《詩經》傳統，突顯的乃是對今詩的期望、對詩歌本體的思考：「感於時、感於地、感于物，則哀樂生焉。一爲之吟，再爲之詠，三爲之歌，則甘芻豢者知禮矣，慕窈窕者知義矣」（頁 8），他相信詩歌是詩人有所感而吟詠，能興發知禮、知義之效，這是「聖人之所與」〔註 128〕，所以今詩自有可爲之處，如：

> 今之詩，雖非殷周之詩，然其稱述先朝，敷贊德美，以揚
> 當今，是亦頌之遺也。王公大人，政教得失，或褒或諷，
> 是亦大、小雅之遺也。若夫風人之志，抑又繁矣。（頁 8）

他將今之詩回扣到風、雅、頌上，提出「夫風、雅、頌之亡也，在於漢魏之間，迄於當今」（頁 7），稱美明詩，而眞正的旨歸，卻不一定指向齊梁以後，聲偶、格律的否定〔註 129〕，畢竟唐詩的「自爲其盛」，是既定事實，連明人都未必可及，因此，他與陳子龍、李雯會有「一韻之疑，共相推論，攬其色矣」的討論，只是他更想強調的，對明詩的冀盼，當是在「崇古深造」〔註 130〕間，同陳子龍之謂「以維心術」，所能引發的知禮、知義之效。

　　總之，可以發現這些選本論述詩歌每繫於「音」，或逐而論「聲」，或衍爲對音調格律之謂。遑論是否尙包含詞藻修飾的問題，此間隱然透露出的對詩歌體製的審辨、思索，看似是一種純然對藝

詩學論析〉，《文與哲》（2008 年），第 13 期，頁 52～54。

〔註 128〕　宋徵輿〈皇明詩選序〉：「夫人生而甘芻豢、慕窈窕，不得其所則怨。感於時、感於地、感于物，則哀樂生焉。一爲之吟，再爲之詠，三爲之歌，則甘芻豢者知禮矣，慕窈窕者知義矣。怨者適於命矣，哀者不至於傷，樂者不淪於淫矣。我不敢謂此即當于聖人之旨，殆亦聖人之所與也。」（頁 8）

〔註 129〕　如：宋徵輿〈皇明詩選序〉云：「我不敢謂初唐四家、李白、杜甫、王維、高適諸人，無當於詩，然其視三百篇也，猶之延年之新聲，必不愜于伶倫之嶰竹矣。」（頁 7）

〔註 130〕　宋徵輿〈皇明詩選序〉：「我國家所承者，若宋若元，詩亡之世。幸而弘嘉之際，作者數人，崇古深造，無遺力焉。」（頁 7）

術形式的追求，而選者時或溯追風、雅，求諸古人，又或扣合詩家情性以論的敘述，卻又顯示他們不只是「形式聲律一元」〔註131〕，他們對音聲、音律的強調，仍有著「聲音之道與政通」傳統政教觀的延續，在面對著從《詩經》以來的詩歌典範中，透過對當代詩歌的反思，始漸形發展成對詩歌本體的深究。因此，求諸於音律，背後所導向的，也許更多是一種對時代詩歌、詩風的形塑。

（三）本乎性情，盡於真

無論是力追雅、頌，對盛世之音寄予期待，又或審辨音律，對詩歌體製進行思索，同樣論述音聲。在明人選明詩中，體現著的是選者對時代政治、詩歌雙重期許下的尋找平衡點的對話。然而，無論偏重於何者，終究脫不開的是音聲之源——詩家的「情動於中」〔註132〕。因此，序言裡「詩本性情」、「情性之正」、「性情之正」、「風格流自性情」等語於是每見。只是，性情是否必然關乎世道？音調格律不出準繩，還能否展現性情？情性如何可稱為正？即便是詩家，在政教觀的影響下，如何發紓個人情感？面對既有詩歌典範，又該如何展現自我才情？在種種的拉鋸、交雜之間，對於詩家個人情性的論述，自然亦有所關注、聚焦。

尤其，面對片面求諸音律，或但以古人為的，可能引發的詩風

〔註131〕 蔡瑜嘗云：「自楊士弘編選《唐音》以後，明代大量的唐詩選本好用音、聲、律等相關辭彙為書名，論述中更是環繞著「音律」的特質發展各人的詩學，雖然音韻本即是詩別於其它文體最重要的特質之一，但明人論聲律的意涵不但極為寬廣，更絕非形式聲律一元，並時時顯現與傳統樂論相扣合的用心。」見蔡瑜：〈論「聲音之道與政通」的意涵及其在唐詩學中的演繹過程〉，收於氏著：《唐詩學探索》（臺北：里仁書局，1998年），頁320～321。

〔註132〕 〈詩大序〉：「詩者，志之所之也，在心為志，發言為詩，情動於中，而形於言」見〔漢〕毛亨傳；〔漢〕鄭玄箋；〔唐〕孔穎達等疏：《毛詩注疏及補正》（臺北：世界書局，1981年），上冊，頁2；《禮記·樂記》：「凡音者，生人心者也。情動於中，故形於聲。聲成文，謂之音。」〔漢〕鄭玄注；〔唐〕孔穎達疏：《禮記正義》（臺北：廣文書局，1971年），頁293。

走向，難免引發爭論，如華淑〈明詩選序〉云：

> 莫今人喜新，而於詩獨效古：莫今人好異，而於詩獨尚同，
> 影響勦襲，字比句擬，前人已襲前人，而後人復襲前人，
> 一韻落紙，不曰漢魏，則曰三唐。作者非是不愜，譽者非
> 是不美，百題如一題，百詩如一詩，籠統綴拾，濟南而後，
> 未知有極也。（頁1，總頁碼2）

歸納引文可知，華淑主要批判的是詩歌因過分效古所產生的勦襲弊病。他不滿於李攀龍等所帶來的襲擬之弊，認爲今人爲詩必得漢魏、三唐之跡，始得稱愜、譽美，這種行徑不過在古作之間，「籠統綴拾」而已。

對他來說，「夫詩，化工也」，是一種自然的工巧，行文間的光景、氣勢，時刻轉換，前人之作縱再潤飾、調整，亦無見生趣，「儼然故紙」一般，終不爲己作。是以，他提出「詩之傳者必能創，詩之創者必善舍」（頁1，總頁碼2）之論，認爲詩歌：

> 舍得一句，始創得一句；舍得一意，始創得一意。必令我
> 心空空廓廓，無一古人字句橫於胸中，而後我之眞意一一
> 迸出。（頁1，總頁碼2）

換言之，他強調的是詩家個人的「眞意」，詩歌要有自己的創「句」、創「意」，否則不過就是拾綴前人的糟粕，自難以「樹幟騷壇，震爍前後」。由此可知，華淑論「眞」，是針對擬古而發，那些在內容（意）、形式（句）上的仿效，雖是「貌得前人」，但「已失眞我」〔註133〕。

另外，華淑更云：

> 詩本性情，發乎天籟，非功令所可迫，亦非功令所得掩。
> ……余亦曰制科以詩能長天下之浮薄，不能長天下之性
> 靈。何也？性靈固有一定不可磨滅者也，辟之禪宗佛法，
> 何嘗奉功令爲闡揚，而彌天率土，共有皈依，乃知詩道本
> 於性情，固有不必闡揚而自日新者也。（頁3~4，總頁碼3）

〔註133〕 華淑〈明詩選序〉：「不則向來糟粕方盤據胸膈間，堅不可拔，貌得
前人，已失眞我，何能樹幟騷壇，震爍前後哉？」（頁1，總頁碼2）。

可知：第一、華淑認為「詩本性情」，渾然而成，非功令可迫，因此，制科以詩，其約制只可能使詩歌流於浮薄，未得助長天下之性靈。此說係針對唐詩之盛關乎以詩取士之論而發〔註 134〕，意在表達明詩自有其盛，未必不及於唐。

　　第二、提出「性靈固有一定不可磨滅者」，以禪宗不奉功令亦得闡揚為喻，說明詩道亦然，既本於性情，自能日新有成。此處華淑雖未明言性靈與性情之別，然就其所指，殆有託性靈以強調詩家性情之意。

　　換言之，雖亦論及性情，但有別於著眼於世道政教或音律審辨之選本，華淑更看重的是詩家之性靈、真我的展現，其論及《明詩選》之編選〔註 135〕時，即云：

> 讀禮以來，灰心槁形，無復生氣，間取今日韻語，潤其枯寂，評賞之餘，略為刪次，意各寫其真，情各標其勝，韻各領其奇，法各窮其變，一人自為一人之詩，不相襲也；一題自為一題之詩，不相冒也；一代自為一代之詩，不相借也，蓋已卓然上陵漢魏，下軼三唐矣。（頁 4～5，總頁碼 3～4）

是則，華淑之論「真意」、「勝情」、「奇韻」、「變法」，意在選出不相襲、不相冒、不相借的一人、一題、一代之詩。同時，他也認為這些作品，已是能超越漢魏、三唐的卓然之作。由此可見，華淑對當時摹

〔註 134〕 以明人選明詩觀之，涉及此說者如：陳文燭〈明詩正聲序〉：「歷魏晉至唐而詩盛者，唐以詩取士也，國朝經義科諸生，詩道闕然。」（盧純學《明詩正聲》，頁 2）、商周祚〈明詩正聲序〉：「顧為周之初、唐之盛易，為明之詩難也。周於邦國聘享，有喻志之賦，省方貢俗有歌風之采，唐則上非是無以取士，下非是無以邀榮，故周詩之美，美於其用，而唐詩之工，工於其尚。至我明則聘享無賦也，方俗無采也，取士自科制一試而外無庸也，以輕若此。」（穆光胤《明詩正聲》，頁 8～9，總頁碼 7）、李騰鵬〈皇明詩統序〉：「李唐代隋，三百年之間以詩取士，聲律之學於斯為極，今觀唐詩紀事所載，一千一百六十餘人，可謂盛矣。」（頁 2）。

〔註 135〕 華淑《明詩選最》，大抵是在《明詩選》的框架下所進行的精選之作，編選方向與此相符，故不另作討論。

擬、復古之風確有不滿，透過「安知千百年後今之所謂今，非後之所謂古乎」的反問，亦間接顯示出了他對文學演進的留意，與不以古今論優劣的想法。

此外，同樣著眼於性情，署名鍾惺、譚元春所選之《明詩歸》，王汝南爲序曾述及該作之選詩傾向，云：

> 選詩者之詩律不細，而詩人之性情不出也。獨吾邑鍾譚二先生則有異，猶是詩也，一爲拈出，使若興比皆在所略，盛晚俱可勿論，而一種眞性眞情，結爲纏綿，散爲幽情，無不令人感嘆低回，若置身於中而興觀懲創之無已。此何以故？大都性情靈於皮膜，以選者之精，領作者之神，則讀者之心思，自將悠然有會矣，非然而求之聲調，則肥瘠儋父未始不具鬚眉也。（《明詩歸》，頁1〜2，總頁碼530〜531）

他認爲有別於其他選詩者以詩律爲選，鍾、譚選詩重在詩家之「眞性眞情」，不刻意求比興、論盛晚，而一種詩家之「幽情」自能散發，得令讀者「感嘆低回」，足以生發「興觀懲創」之效。這個過程，端賴選者以性情領會詩家精神，方得使讀者有以「悠然有會」，若只是求諸詩歌聲調，則詩家之面目難見。觀此說殆有對應鍾惺〈詩歸序〉「引古人之精神以接後人之心目」〔註136〕之謂，亦突顯當時對於但求詩律、聲調之風尚的反對〔註137〕。又，王汝南進一步云：

> 再檢視二先生之選，不蘊藉則風騷，非溫柔則香豔，既尚曹劉，復高元白，亦何嘗跨仙詬鬼，矜瘦凌寒，屑屑以杜陵之晚節相高。然儇也雲霞表天上之姿，鬼也斧斤非人間

〔註136〕 鍾惺：〈詩歸序〉，見〔明〕鍾惺著；李先耕、崔重慶標校：《隱秀軒集》（上海：上海古籍出版社，1992年），卷16，頁235。

〔註137〕 王汝南〈明詩歸序〉即反覆提及著眼聲律，但求形式之非，如「矧詩性情也。性情所發，喜則鳥語花香；哀則鳳悲麟泣；樂則日暖風恬；怒則天摧地塌。感於心而矢之口，觸於物而形諸聲。當其然，且不知涕淚何從、舞蹈何故，又安知所謂律者而斤斤從事哉？」「因思明興三百年，詩人滿天下，莫不各具性情，莫不性情各具於詩，然或率爾成吟，或間然有賦，甚且盜襲應酬，周旋餖飣，災之梨棗，咸稱曰詩，究與性情何涉？」（頁1、2，總頁碼530、531）

之物，寒則落落疎梅，瘦則亭亭孤鶴，即按之以律，而自
至之淺深，獨知之冷暖，莫不出性情之固有，而若與杜陵
講之有素也，然後知二先生之選，又非黍離也，明一代風
雅所歸也。（《明詩歸》，頁3，總頁碼531）

藉由鍾、譚所選，溫柔蘊藉、風騷香豔之作俱在其間，不刻意求尚，
曹、劉、元、白皆所推崇，亦不著意矜偏，所選仙、鬼、寒、瘦之
風、求律之作，皆見有詩家之性情。王汝南由是肯定鍾、譚選明詩，
自非黍離悲國之作，明詩之風雅係歸其中。

　　是以，不難發現，上述明人選明詩中對詩家個人性情的重視，
實有針對但求聲律、刻意仿古者而發，他們或藉由肯定今詩，表達
效於古作之不必，或透過詩歌發於性情，強調著眼詩律之無當。無
論如何，他們試圖提供的其實是對「情動於中」的另一種詮釋，相
較此前所述選本，他們擺落既往，見於當下的成分更多〔註138〕，間
接反映了明詩發展的蓬勃，似也突顯了他們亟求明詩定位的努力與
野心。

　　此外，有別於前述選本，曹學佺《石倉歷代詩選》在編選傾向上，
依《四庫全書總目》所云：

學佺本自工詩，故所去取，亦大都不乖風雅之旨，固猶勝
貪多務得，細大不捐者。〔註139〕

可知，四庫館臣認為該作所選，主要以合於「風雅之旨」為的。然
而，《石倉歷代詩選》是否確以此為編選標準，就諸序言探之，可以
發現：

　　第一、在選古詩上，曹學佺認為他是「以詩選詩」〔註140〕，著

〔註138〕　筆者此處係就此類選本序言並未述及《詩經》以來詩歌表現，純就
　　　　　明代著眼而論。
〔註139〕　〔清〕永瑢等撰：《四庫全書總目提要》，收於王雲五主編：《萬有
　　　　　文庫簡編》（上海：商務印書館，1940年），第5冊，總集類4，卷
　　　　　189，頁59。
〔註140〕　曹學佺〈古詩選序〉：「予之以詩選詩也，或者謂予為風雅之功臣，
　　　　　而予實自知為宮牆之外望也。雖然，予猶知乎樂與詩之亡，又知乎

眼於古風、樂府之分，謂「見諸吟詠則爲古風，被諸管弦則爲樂府」
〔註 141〕，就「知乎代與體之變」的立場來看，曹學佺是有辨體意識
的，即便他自謙爲一「宮牆之外望」者。

　　第二、在選唐詩上，曹學佺謂「予之選亦惟倣其全者而已矣」
〔註 142〕，有意就高棅《唐詩品彙》能概收初、盛、中晚唐詩爲仿。
認爲自唐人選唐詩，以至近代李攀龍之《古今詩刪》、鍾惺、譚元
春之《詩歸》所取，皆「偏師特至」，各有矜尚，故所選力在展現
唐詩各期風貌。

　　第三、在選宋、元詩上，有別於既往「宋病于腐，元病于纖」
〔註 143〕之論，曹學佺認爲「宋元自有宋元之詩，而各擅其一代之
美」，在態度上相對顯得客觀。又見於宋詩「構思層疊，稍涉議論」
〔註 144〕，將如何選錄的問題上，能「固以宋人之選宋詩者選宋詩」，
縱有見保守，亦未嘗不可說是對宋人觀點的尊重與保留。

代與體之變，或有如孟氏所云：君子不屑之教誨而已矣，而觀者焉
可無審諸。」曹學佺〈古詩選序〉，見《石倉三稿‧文部序類》，收
於〔明〕曹學佺：《石倉全集》（臺北：漢學研究中心，1990 年），
第 15 冊，卷 2，頁 10。

〔註141〕　曹學佺〈古詩選序〉，見《石倉三稿‧文部序類》，收於〔明〕曹學
佺：《石倉全集》（臺北：漢學研究中心，1990 年），第 15 冊，卷 2，
頁 9。

〔註142〕　曹學佺〈唐詩選序〉：「自唐六家詩，而至近代之詩刪、詩歸，皆偏
師特至，自成隊伍，高氏品彙獨得其大全，予之選亦惟倣其全者而
已矣。」曹學佺〈唐詩選序〉，見《石倉三稿‧文部序類》，收於〔明〕
曹學佺：《石倉全集》（臺北：漢學研究中心，1990 年），第 15 冊，
卷 2，頁 13。

〔註143〕　曹學佺〈宋詩選序〉：「但宋病于腐，元病于纖，每聞乎稱詩者之言。
以今觀之：宋元自有宋元之詩，而各擅其一代之美，何可峀錮以瑕
訾也。」曹學佺〈宋詩選序〉，見《石倉三稿‧文部序類》，收於〔明〕
曹學佺：《石倉全集》（臺北：漢學研究中心，1990 年），第 15 冊，
卷 2，頁 13。

〔註144〕　曹學佺〈宋詩選序〉：「然而構思層疊，稍涉議論則有之。夫如是則選
當用何法？……然則予固以宋人之選宋詩者選宋詩而已矣。」曹學佺
〈宋詩選序〉，見《石倉三稿‧文部序類》，收於〔明〕曹學佺：《石
倉全集》（臺北：漢學研究中心，1990 年），第 15 冊，卷 2，頁 15。

　　第四、在選明詩上，曹學佺於〈明興詩選序〉中反覆論及明詩之盛，如「余觀于我國初之詩，而深歎乎人文之盛，非前代所得而幾及也」〔註145〕、「其安能如我朝洪、永、宣德間之盛也」〔註146〕等語，足見其編選明詩，殆有表彰時代詩歌之盛者。

　　綜合上述四點可知，《石倉歷代詩選》的編選，實有建立在曹學佺對詩歌體製、發展的觀察上。四庫館臣所謂「不乖風雅之旨」，就明詩選而言，雖得對應於其彰顯時代詩歌之意，但顯然不同於早先選本在政教觀上的偏重。又從其序言中對於明詩編選架構的述及，實已看出其試圖建構明代詩史的用心〔註147〕，雖或基於求全之故，在編選標準、個人好尚上的未必明確，殆有其力求客觀呈現當代詩歌的想法在。

　　總結上述，隨著明詩的發展，明人對詩歌的討論、思索愈見深入，體現在明人選明詩上，則是編選標準的更為具體、全面。陳正宏論此，曾以為這是「經過了完全依照正統觀念，逐漸用個人藝術標準，進而從文獻學的角度從事編纂的不同階段」〔註148〕。或者也可以說，當時代的憧憬，與詩家對自我生命意義的安頓結合，當既有詩歌典範，與詩家的創作歷程產生拉扯，作為一種紀錄，選本體現出的是選者對時代、詩歌，甚至是詩家的觀察，無論是尾於古的時代熱情，歸於正、盡於真的詩歌要求，透過編選標準的實踐，所折射出的實是選者對於當代文學發展的種種想像與渴望。

〔註145〕　曹學佺：〈明興詩選序〉，收於曹學佺：《石倉歷代詩選》（明崇禎 4 年原刊本），頁 1。

〔註146〕　曹學佺：〈明興詩選序〉，收於曹學佺：《石倉歷代詩選》（明崇禎 4 年原刊本），頁 6。

〔註147〕　許建崑〈曹學佺《石倉十二代詩選》再探〉：「相較於漢、魏、唐、宋、元之古代詩選而言，曹學佺的《明詩選》可以稱作「當代詩選」了。他試圖建構「詩史」，「古詩」部分只是詩的源起，而明代詩學的發展才是他主訴的重點。」收於許建崑：《曹學佺與晚明文學史》（臺北：萬卷樓圖書股份有限公司，2014 年 2 月），頁 153。

〔註148〕　陳正宏、朱邦薇：〈明詩總集編刊史略——明代篇（下）〉，《中西學術》第 2 輯（上海：復旦大學出版社，1996 年 11 月），頁 138。

二、編選體例

　　編選體例是選本整體架構的呈現，選者是如何進行編選、收錄方式為何，都能藉此一窺端倪。就某種程度來說，它可以是選者編選標準的反映，回應著選詩宗旨，然而在刪選去取之中，尚包含著作為選本時的編纂考量，比方是否加入詩人的字號、籍貫等資料、如何進行分卷、詩人及詩歌的編次問題等等。這些思考點或多或少透露著選者的詩觀，同時也是選者嘗試與讀者對話的一種表現，尤其當選本有傳播、付梓的可能時，如何較為完整地提供給讀者閱讀訊息，自然是選者必須面對的課題，是以，無論是否藉由序跋、凡例文字以為具體說明，透過分卷、編排等形式，選者仍以一近似導覽員的身分，帶領著讀者進入選本的體系當中。

　　換言之，對於編選體例的討論，某一種程度上是對選者決定入選作品後，思索著如何進行編排，其思考脈絡之探究，係對選本組織架構的再掌握。就明人選明詩的發展而言，更能看出明人對前選的承繼，如顧起綸《國雅》論體例以為「言準姚極玄、殷英靈二集例」（凡例，頁 1）、穆光胤於〈明詩正聲序〉中直謂是作「一如《正聲》例」（頁 2～3，總頁碼 4）、李騰鵬以《皇明詩統》體裁次序「準諸楊仲弘唐音」（頁 4～5）、華淑《明詩選》凡例謂「樂府不另標名目，止如品彙例」（頁 1，總頁碼 12）等，不惟是體例較為周密的考量，他們對明詩的編纂，融注在對唐詩選的思考中，預示他們將用類似的眼光去檢視明詩，假定《唐音》是楊士弘對唐代詩歌的歸整，蘊含著相當的詩史意識﹝註149﹞，而《唐詩正聲》是高棅在《唐詩品彙》後進一步對「聲韻取詩」的嚴格要求﹝註150﹞，那麼明人選明詩

﹝註149﹞　陳國球有言：「除了求全備這個宗旨外，《唐音》的體例安排也很值得注意，因為這些體例顯示出楊士弘對這一段詩史作系統化整理的構思。」陳國球：《明代復古派唐詩論研究》（北京：北京大學出版社，2007 年），頁 175。

﹝註150﹞　蔡瑜提出：「如果將品彙、正聲與唐音的體比較並觀，會發現高棅是將唐音中體例不純的情形加以改善，而分別用兩種選本，兩種體

在體例上的延續，有的將是他們對詩歌體製的審慎思辨，是對明詩在詩歌發展史上，較之於唐詩，成就、定位的密切關注〔註151〕。那麼，唐詩選本所帶給明人的，除了引發對唐代詩歌、詩人的討論外，殆已延伸到了他們對時代詩歌的看法上。即便未必所有的選者都以上述唐詩選本為效，承續著諸多前選提供的範式，明人選明詩在體例的編排中，仍將自覺或不自覺地流露出對明代詩歌的看法，而明詩史在此一過程中，透過選者的實際刪選，亦就逐步被拼構出來了〔註152〕。

〔註151〕　例，來表達不同的編選目的，因此將寄寓唐詩史觀之『審正變』的意義，用更精密的方式呈現在品彙中，對於聲律純完之選，則不再用區分時代的體例來限制，使編選旨趣都能在適當的體例中得到展現，而減少矛盾。」蔡瑜：《高棅詩學研究》（臺北：國立臺灣大學出版委員會，1990 年），頁 120。

〔註151〕　從明詩選本的序跋中，述及明詩，每與唐詩相較，以確立、肯定明詩地位，即可徵證。如陳仕賢〈皇明詩抄序〉：「我朝皇風泅穆，人文丕著，名公逸士力追古作，詩教復振，誠足以鳴國家之盛，與盛唐後先相望也。」（頁 1～2）、黃佐〈明音類選序〉：「作家鳴盛，莫可覼縷。明音得自風雅，安數唐哉！」（頁 2）、江一夔〈明詩正聲後序〉：「夫詩自漢魏而降，靡於六朝，自唐而振，亦自唐斬，斯道不講，蓋歷數世，惟我明興，作者輩出，雲蒸霞燦，朗若日星，即與貞觀、大歷諸君子並駕齊驅，未云少讓。」（盧純學《明詩正聲》，頁 1）、商周祚〈明詩正聲序〉：「詩自三百篇以後，為李唐之初盛，可謂工之極矣。梁、隋入於靡，宋、元病於纖，均不足以方軌而馳。惟明興以來，如青田、金豀諸公，得龍而起，相與翔而黼藻之，故迄今文章肖軼古昔，而詩遂與周之初、唐之盛並駕。」（穆光胤：《明詩正聲》，頁 8，總頁碼 7）、錢協和〈皇明詩選序〉：「當今聖明蒞治，政化一新，典章文物，備於三代，人才輩出，萬世一時，其究心於是道者，蓋等漢魏而上之，奚三唐之能竝也？」（署名陳繼儒：《國朝名公詩選》，頁 3）等。

〔註152〕　王兵論清詩選本作為清詩史建構之重要途徑時，曾云：「因為一方面，清詩選本的主體內容經過一定篩選的清代詩歌作品，每部選本中的詩歌都從一個側面反映出清代詩歌發展的風貌；另一方面，每一部清人選清詩選本的形成都是清代選家對清詩史的一次認知過程——它們既有一定的文學史意識，又有經過選擇的詩歌作品作為主體支撐，部分選本還有對詩家或詩作的點評，總之，它們是以一種獨特的方式進行清詩史的建構。」筆者以為此即選本特質之展現，

在所討論的選本中，有凡例以明其體例者，僅有五部，其餘或散見於序跋，或全無說明，只能就其編排，略見一二。以下即就諸選本之編排作一體例之綜合考察，較析其內涵，以總觀明人選明詩體例架構之演變，及其所揭示之明人對時代詩歌之見。諸選本之體例概況，參見附表。

（一）分卷形式

明人選明詩之分卷形式，主要可分為以人繫詩，依詩體分卷兩種。

其中，以人繫詩者有八部，即《雅頌正音》、《滄海遺珠》、《皇明詩抄》、《國雅》、《續國雅》、《皇明詩統》、《石倉歷代詩選》、《明詩歸》。

另外，即便以人繫詩的形式自明初至明末都不曾中斷，但詩體分卷的選本仍居大宗，且扣除時間較早的沈巽、顧祿《皇明詩選》、懷悅《士林詩選》、徐泰《皇明風雅》，其餘八部選本，皆立有目錄說明各卷收錄詩體，且幾乎都計有選詩數目，除了是體例上的詳備，便於讀者一覽其數，亦顯出明人對詩歌體製的高度關注，是為明人辨體觀之體現。

1. 詩體編排次第

昔〔元〕楊士弘《唐音》嘗依音律分作始音、正音、遺響三部分，其中正音又以詩體為別，後高棅《唐詩品彙》承之，改以詩體為綱，並衍列《唐音》所分，定九品目，以見唐「世次、文章高下」。另一《唐詩正聲》雖不列九品目，但仍以詩體為分，則明人選明詩之分卷形式，誠如前述，確實有著承繼、影響之跡〔註153〕。唯倘進

選者對當代詩歌的刪選、編排，得以反映當時詩歌之發展，亦為選者文學史意識之流露，是以，不惟清詩選本，明詩選本亦當如是，適足以作為明人對明詩史拼構之過程體現。王兵：《清人選清詩與清代詩學》（北京：中國社會科學出版社，2011 年 6 月），頁89。

〔註153〕 陳國球論述《唐音》，曾以為在明中葉以前，《唐音》影響遠超過《唐詩品彙》，敘其體例，亦嘗言：「這種先分體再分期的體例是以前的

一步就以詩體分卷之選本考之〔註154〕，則可得見以下情況：

表六：明人選明詩之詩體編排次第

	書　　目	編選者	詩　體　編　排　次　第
1	皇明詩選	沈巽、顧祿	四古→五古→七古→樂府→五律→七律→五排→七排→五言聯句→（五絕→六絕）→七絕
2	士林詩選	懷悅	七律→（五律→七絕→七古→五古）
3	皇明風雅	徐泰	五古→七古→五律→（五排→六律）→七律→（五絕→六絕）→七絕
4	明音類選	黃佐、黎民表	五古→七古長短句→（五律→五排→六律）→（七律→七排）→（五絕→六絕→七絕→風雅體）
5	古今詩刪－明詩	李攀龍	（五古→樂府）→七古→五律→七律→五排→（七排→五絕）→（七絕→六言詩）
6	明詩正聲	盧純學	五古→七古→五律→七律→五排→七排→五絕→（六絕→六律）→七絕
7	明詩正聲	穆光胤	五古→七古→五律→七律→五排→七排→五絕→七絕
8	明詩選（盛明百家詩選）	華淑	五古→七古→五律→七律→（五排→七排）→（五絕→六絕→六律）→七絕
9	明詩選最	華淑	五古→七古→五律→七律→（六律→五排→七排）→（五絕→六絕）→七絕
10	國朝名公詩選	署名陳繼儒	古風→排律→五律→七律→絕句
11	皇明詩選	陳子龍、李雯、宋徵輿	古樂府→五古→七古→（五律→五排）→（七律→五絕）→七絕

唐詩選本所未見的，但明代以後的選本卻多仿照這種形式，這當然是與明人『辨體』觀念互為影響的結果」，又謂「從明初到明中葉期間，《唐詩品彙》都沒有什麼影響力，它的影響要到嘉靖以後才顯現」，由是可以推知，明詩選本由明初至嘉靖以後，依詩體為分的取向，蓋先後與楊士弘、高棅所選有所關連。陳國球：《明代復古派唐詩論研究》（北京：北京大學出版社，2007年），頁175、171。

〔註154〕編次係依選本各卷情況，括號表示詩體收於同一卷內。

　　大致來看，編排次第幾乎都爲古、律、絕，以五、七爲次，唯懷悅《士林詩選》反之。依其選詩數以究，懷悅當是考量了各體選詩數後，再依體類爲分，方爲律、絕、古之形式〔註155〕。另外，在律詩、排律的編次上，雖各以類分，但或分律、排爲二，作「五律→七律→五排→七排」序，或就律、排爲一，從「五律→五排→七律→七排」次。總的來看，以前者爲多，扣除未收排律之《士林詩選》，十一部中即佔有九部，不同於楊士弘、高棅之編次〔註156〕。雖說諸選本中並未針對這樣的編排作說明，然而延續著前述明人辨體觀的思維，這些選本更加留意到的也許是詩歌體製上的實際差異，乃使得選者分就律詩、排律以歸五、七言之佳作，畢竟排律篇幅確較律詩爲長，在作法上亦難免有異，將之分諸爲二，實更能彰顯兩種體製之不同〔註157〕。

　　至於，收有六律、六絕者，在編排上亦多各從其體，依字數爲次，唯李攀龍《古今詩刪》、盧純學《明詩正聲》、華淑《明詩選》、

〔註155〕　七律424首、五律107首、七絕205首、七古77首、五古30首。

〔註156〕　楊士弘《唐音》之正音，詩體次第爲五古→七古→五律→五排→七律→七排→五絕→六絕→七絕。〔元〕楊士弘：《唐音》（至正4年刊本配補明刊本）；高棅《唐詩品彙》爲五古→七古（附歌行長篇）→五絕→七絕→五律→五排→七律（附七排）。高棅：《唐詩品彙》（臺北：學海出版社，1983年）；《唐詩正聲》爲五古→七古→五律→五排→七律→五絕→七絕。高棅：《唐詩正聲》（明嘉靖間刻本）。

〔註157〕　〔明〕唐汝詢《唐詩解》凡例云：「諸家詩體率以五七古、律與排律、絕句爲序，而《品彙》獨先絕後律，今悉從之，乃更七律於排律之前，則以篇章長短爲次。」可知，其所以將排律至於律詩之後，乃基於排律篇幅較長之故。又〔明〕徐師曾《詩體明辨》論排律寫法嘗云：「按排律原於顏謝諸人，梁陳以還，儷句尤切，唐興始專此體，而有排律之名。不以鍛鍊爲工，而以布置有序，首尾通貫爲尚。」認爲排律創作，當以「首尾通貫」爲要。換言之，明人對排律的留意，除篇幅外，亦隱含著對該體創作上的想法。〔明〕徐師曾著；沈芬、沈騏箋：《詩體明辨》（臺北：廣文書局，1972年），頁903、〔明〕唐汝詢：《唐詩解》，收錄於《四庫全書存目叢書》（臺南：莊嚴文化出版社，1997年），集部，第369冊，頁2，總頁碼538。至於《國朝名公詩選》將排律至於律詩前，絕句居末，可以推知或基於篇幅之長，故方將之置於律詩前。

《明詩選最》稍有異同。其中，《古今詩刪》不分律、絕，但以六言詩稱之，並置於卷末，顯然有將此體另作一類的安排。而盧純學於凡例中則云：「六言律詩自唐以來，作者不幾人，今得數首，附六言絕句之末」（頁 3），可知六律作品數其實不多，是以乃將之附於六絕後合併觀之，此與《古今詩刪》的作法頗有相似。只有《明詩選》、《明詩選最》，同為華淑所編，排序卻有不同，應是六律詩數較少，僅有六首，附帶收錄的性質較大，故或附於六絕，或從其律體，有置於七律後的安排。

2. 詩體分類情形

在詩體的收錄上，標出樂府者僅有三部，其它大多傾向將樂府置入各體詩中，其緣由從以下幾條資料略可得見：

> 古樂府五言者皆入五言古，七言者并長短句歌行皆入七言古，用《唐音》例也。或曰樂府一混入古風誤矣。曰古詩皆可被之絃歌者，豈特樂府哉？（徐泰《皇明風雅・凡例》，頁 1）

> 樂府無非因古人題目，模寫古人遺意，未必能出古人之上，其音律未必可歌之宗廟朝廷，故不復如郭倩專以樂府為類，只隨五、七言，古、今體分載于諸體之中如《品彙》例。（盧純學《明詩正聲・凡例》，頁 2）

> 樂府不另標名目止如《品彙》例分載諸體之中。（華淑《明詩選・凡例》，頁 1，總頁碼 12）

可知，前選之例是他們編排時的依據，當然，間接地也表示他們認同這樣的安排。在《唐音》中，楊士弘未曾提及樂府歸入古詩的安排，徐泰用《唐音》例，則以為古詩皆可被諸管絃，非僅樂府而已，由是反駁了樂府混入古風為誤的說法。事實上，徐泰之說有待商酌，但當他試圖從古詩、樂府同可被之絃歌的角度，說明《皇明風雅》將古樂府、長短句歌行分列入五、七言古的可行性時，恰恰顯示出他的編排非僅僅是依循舊例，乃是繫諸於古詩、樂府之體的思辨後始為之進行。

　　而盧純學則延續高棅的意見，認爲樂府之作大多因襲古人題，在音律上未必可歌〔註158〕，並進一步指出這些作品既多模寫古人遺意，成就亦恐難出於古人，是以方如《唐詩品彙》例，就其五、七言歸入古、今體中。只是，不同於高棅從唐人述作「達樂者少」〔註159〕作爲主要考量，盧純學此處以明人樂府表現未盡突出，因此無須專爲一類的說法，所指涉的已非辨體範疇，而是擴大到了作品成就、地位的思考。

　　換言之，當選本中出現了不同於一般詩體的分類，不一定表示選者未能辨別體裁，而很可能是選者刻意的安排。比方黃佐、黎民表《明音類選》選收何景明〈秋風諷也〉、薛蕙〈昊天贈崔子〉二詩，未歸爲四言古詩，反而以「風雅體」收於卷末。觀黃佐於序言中，以《詩經》之風、雅論詩，並就明初諸家詩歌之承繼〔註160〕，稱許「明音得自風雅，安數唐哉」，到後述「近世古詩，則以綺靡爲精，工律詩，則以粗豪爲氣格」，進而感嘆「觚不觚、馬不馬，其可乎哉」。可知，當他謂「吾於風雅體三致意焉」（頁2），收錄「風雅體」

〔註158〕 高棅《唐詩品彙・凡例》：「樂府不另分爲類者，以唐人述作者多，達樂者少。不過因古人題目，而命意寔不同，亦有新立題目者，雖皆名爲樂府，其聲律未必盡被於絃歌也。今只隨五、七言古、今體分類。」高棅：《唐詩品彙》（臺北：學海出版社，1983年），頁14。

〔註159〕 高棅《唐詩品彙・凡例》：「樂府不另分爲類者，以唐人述作者多，達樂者少。不過因古人題目，而命意寔不同，亦有新立題目者，雖皆名爲樂府，其聲律未必盡被於絃歌也。今只隨五、七言古、今體分類。」高棅：《唐詩品彙》（臺北：學海出版社，1983年），頁14。

〔註160〕 黃佐〈明音類選序〉：「劉伯溫之〈旅興〉、汪朝宗之〈壯遊〉，若倦鳥、風林之類。至於吳下四傑、嶺南五先生，大家軰出，莫不比興成音，其深於詩者乎。乃若〈皇矣〉用之者八轉，〈北山〉用或者三閡，演章法也。〈蕩〉之『文王曰咨』，〈抑〉之『其在於今』效書誥也。〈桑柔〉前八句者其章八，後六句者其章亦八，廣曲暢也。〈大東〉引物則鑱飱捄七，連類則箕斗女牛，闡幽奇也。景濂父子之送寄長篇，蓋亦祖之。女子善摛藻者，〈白華〉之外，〈谷風〉及〈氓〉而已，然其如悔恨何。宋氏之題郵亭，可謂顚沛不失其貞者矣。」（頁1～2）

之詩，實有其力求詩歌上追《詩經》風、雅的冀盼在，如黎民表之謂是編：「終何、薛之四言，近風雅之正也」〔註 161〕。

　　此外，收有四言古詩者爲數不多，或是易成難工，難見佳作〔註162〕，或如陳子龍等《皇明詩選・凡例》之謂：

> 四言古詩，本朝作者雖多，然皆擬三百篇，宗尚遠矣。宜別成一書，以備文獻，故此選不載。(頁2)

認爲明代四言古詩之作多仿擬《詩經》，取徑、宗法爲遠，應另作編輯，呈現成果，故而未選。

（二）詩家編次、收錄情形

1. 詩家編排次第

　　關於詩人名氏、里爵等資料，諸家選本除李攀龍《古今詩刪》外，皆有或詳或簡的介紹，詳者如李騰鵬《皇明詩統》、署名陳繼儒《國朝名公詩選》附有評述，曹學佺《石倉歷代詩選》則載有詩家小傳、小引等，總體而言，萬曆以後選本有更顯詳盡的傾向。而在編排方式上，一般多置於卷內詩家名下，亦有將之置於卷前，以爲詩家總目者，計有六部，其中黃佐、黎民表《明音類選》、盧純學《明詩正聲》、華淑《明詩選》更分期以明〔註 163〕，詩家活動時間由是

〔註161〕 轉引自王文泰：《明代人編選明代詩歌總集研究》（上海：復旦大學博士論文，2005 年 9 月），下編：明人編選詩歌總集彙考，頁60。

〔註162〕 楊愼《升庵詩話・四言詩》：「劉彥和曰：『四言正體，雅潤爲本；五言流調，清麗居宗。』鍾嶸云：『四言文約義廣，取效《風》《雅》，便可多得，每苦文繁而意少，故世罕習焉。』劉潛夫云：『四言尤難，《三百篇》在前故也。』葉水心云：『五言而上，世人往往極其才之所至，而四言詩雖文辭巨伯，輒不能工。』合數公之說論之，所謂易者，易成也；所謂難者，難工也。」〔明〕楊愼著；王仲鏞箋證：《升庵詩話箋證》（上海：上海古籍出版社，1987 年），卷1，頁2。

〔註163〕 黃佐、黎民表《明音類選》詩人名氏分爲國初至洪武末、永樂至成化、弘治至嘉靖；盧純學《明詩正聲》詩人名氏分爲洪武、永樂、正統、天順、成化、弘治、正德、嘉靖隆慶；華淑《明詩選》詩人姓氏分爲洪武、永樂、宣德、正統、天順、成化、弘治、正德、嘉

得以一覽。

　　而在詩家編排次第上，無論是詩家名氏目錄，或卷內詩歌選錄，大多依時間先後排序，間有依身分不同，而略作更動，如顧起綸《國雅・凡例》，論采例謂：「凡巖廊鉅公、海岱名士，暨閨秀、方伎旁流，無論今昔，只從世次詮定」（頁 1～2），但論纂例中則說明了三種例外的情況：

> 編中間有卓然名家如高楊李何輩二卷，是余篋中故所編，業已付梓，稍不拘世次。洪、弘之初二三家有錯雜後先者，是準唐詩錢劉入高岑例也。至四皇甫暨我諸府君幷山人之同里者，並以類敍，蓋互有倡和，得了然便覽亦準聯珠、篋中例也。（頁 2）

由引文可知，這三種例外，指的是：第一、已有舊編付梓之作，故卷一、卷五收高啓、楊基、李夢陽、何景明詩，此二卷世次有所不拘；第二、洪武至弘治其間，有就其詩歌成就，而次序先後者。顧起綸謂此係依從《唐詩品彙・凡例》「有一二成家特立，與時異者，則不以世次拘之」〔註164〕例，以「乾元以後，劉（長卿）錢（起）接跡，韋（應物）柳（宗元）光前，人各鳴其所長」〔註165〕，遂將錢、劉、韋、柳與高適、岑參同列名家；第三、四皇甫兄弟（沖、濟、汸、濂），或顧氏府君、山人有同里唱和者〔註166〕，作以類相從，便於讀者觀之的安排。顧起綸謂此係準於〔唐〕褚藏言《竇氏

靖隆慶、萬曆。
〔註164〕 高棅：《唐詩品彙》（臺北：學海出版社，1983 年），頁 14。
〔註165〕 高棅：《唐詩品彙・五言古詩敍目》：「夫詩莫盛於唐，莫備於盛唐。論者惟杜、李二家爲尤，其間又可名家者十數公，至如子美所贊咏者王維、孟浩然，所友善者高適、岑參。乾元以後劉、錢接跡，韋柳光前，人各鳴其所長。」高棅：《唐詩品彙》（臺北：學海出版社，1983 年），頁 48。
〔註166〕 如卷十七，顧舍人（可文）與姚山人（咨）、陳隱君（鳳）、陸文學（九州）同爲江蘇無錫人；卷十八，顧季子（道瀚）與葉山人（之芳）、成季子（成涓）、俞伯子（淵）、俞仲子（沂）同爲江蘇無錫人。

聯珠集》輯竇氏五兄弟詩〔註 167〕、元結（723～772）《篋中集》蒐沈千運（713～756）及其朋友、後生，同時相效者五、六人詩〔註 168〕之例。可知，若已有付梓編排之作，又考量詩家之成就、類別（身分、地域等），選者在詩家編次或許就會有所調動。

　　包括，如由附有詩人名氏的六部選本以觀，將會發現劉基在四部選本中皆居第一位〔註 169〕；又高（啓）、楊（基）、張（羽）、徐（賁），在嘉靖以後的四部選本中，都有連續排列的情況，其中兩部更將之置爲最前〔註 170〕。顯示選本亦有因詩家地位、名氣調整前後排序者，以及高、楊、張、徐四子之並稱、地位，殆自嘉靖後始漸普及，有著更明顯的確立。

　　總的看來，詩家之編次，如選本收有帝王、藩王詩者，或有置於卷前、卷後之別，僧道、閨秀女流、無名氏，或收有己作者，則一般以置於最末〔註 171〕爲原則。如下表所示〔註 172〕：

〔註 167〕　《四庫全書總目・竇氏聯珠集》：「唐西江褚藏言所輯，竇常、竇牟、竇羣、竇庠、竇鞏兄弟五人之詩。」〔清〕永瑢等撰：《四庫全書總目提要》，收於王雲五主編：《萬有文庫簡編》（上海：商務印書館，1940 年），第 5 冊，總集類 1，卷 186，頁 93。

〔註 168〕　〈篋中集原序〉：「近世作者，更相沿襲，拘限聲病，喜尚形似，且以流易爲詞，不知喪於雅正。……吳興沈千運獨挺於流俗之中，強攘於已溺之後，窮老不惑，五十餘年，凡所爲文，皆與時異，故朋友、後生稍見師效，能侶類者，有五六人。……盡篋中所有，總編次之，命曰篋中集。且欲傳之親故，冀其不忘於今。凡七人詩，二十四首。時乾之三年也」〔唐〕元結：《篋中集》（明崇禎元年虞山毛氏汲古閣刊本）。

〔註 169〕　即：沈巽、顧祿《皇明詩選》、徐泰《皇明風雅》、黃佐、黎民表《明音類選》、華淑《明詩選》。

〔註 170〕　即：盧純學《明詩正聲》、穆光胤《明詩正聲》、黃佐、黎民表《明音類選》、華淑《明詩選》。其中，盧、穆將四子置於詩人名氏最前。

〔註 171〕　置於卷末係指以人繫詩之選本，置於全書之末；以詩體分卷之選本，則指置於各體之卷末。

〔註 172〕　收入己作，是否置於卷末情況可參見體例總表，此處僅就選本選錄特殊身分作統計，括號內數字表示卷內收錄人數。

表七：明人選明詩之詩家編排次第

	書　目	編選者	收入己作	特殊身分〔註173〕	置於卷末	備　註
1	雅頌正音	劉仔肩	O（卷末）	釋（6）	X	僧釋詩作並陳
2	皇明詩選	沈巽、顧祿	O	釋（9）	X	部分符合（七律）
3	滄海遺珠	沐昂	X	釋（3）	O	
4	士林詩選	懷悅	O（卷末）	X	X	
5	皇明風雅	徐泰	X	釋（12）、羽（2）、閨（1）	X	1.僧釋詩作並陳 2.次序：羽→釋→閨
6	皇明詩抄	楊慎	X	釋（2）、閨（1）	X	
7	明音類選	黃佐、黎民表	X	釋（5）、羽（2）、閨（2）	X	1.僧釋詩作並陳 2.次序：釋→羽→閨
8	古今詩刪	李攀龍	X	釋（2）	O	
9	國雅	顧起綸	X	釋（12）、羽（7）、閨（24）、外（2）、青（2）	O	1.收有妃嬪、妓女之作 2.次序：閨→羽→釋→青→外 3.外族：王芳遠：朝鮮國人；苔黑麻：日本使臣
10	續國雅	顧起綸	X	X	X	
11	明詩正聲	盧純學	X	藩（12）、閨（28）、羽（5）、釋（21）、青（2）	O	1.收有妃嬪之作 2.藩王置所屬時期最前 3.次序：閨→羽→釋→青
12	（皇明)詩統	李騰鵬	O（卷末）	青（2）、侍（2）藩（20）、閨（35）、羽（12）、釋（89）	O	1.收有妃嬪之作 2.次序：青→侍→藩→閨→羽→釋

〔註173〕特殊身分包含帝王、藩王（宗室）、釋子（僧）、羽士（道）、閨秀（含妓女）、青衣（僕從）、侍中、外族（朝鮮、日本）、無名氏，列表內僅以一字爲標。釋子中若有外族者，歸釋子計，另外，山人因選本多不單獨爲類，姑不列入討論。而置於卷末一項，帝王、藩王因選本編排各有不同，故不在此計，僅於備註中說明。

13	明詩正聲	穆光胤	X	X	X	
14	明詩選（盛明百家詩選）	華淑	X	釋（4）、閨（3）	O	次序：釋→閨
15	明詩選最	華淑	X	帝（2）、藩（1）、閨（3）、釋（4）	O	1.帝、藩排序不一〔註174〕 2.次序：閨→釋
16	國朝名公詩選	署名陳繼儒	X	釋（7）、羽（3）、無名氏（3）、閨（6）	X	1.部分符合（五律、七律、絕句） 2.次序：無名→閨→羽→釋
17	石倉歷代詩選——明詩選、明詩次集	曹學佺	X	初集：閨（8）、羽（7）、釋（28） 次集：閨（5）、羽（2）、釋（2）	O	次序：閨→羽→釋
18	皇明詩選	陳子龍、李雯、宋徵輿	X	閨（4）、青（1）	O	1.閨秀中包含兩名朝鮮女子：許景樊、李氏 2.次序：閨→青
19	明詩歸	署名鍾惺、譚元春	O	帝（4）、藩（4）、釋（23）、羽（3）、閨（38）	O	1.收有妃嬪之作 2.帝、藩置於首卷 3.次序：釋→羽→閨

可以發現：

第一、即便前期幾部選本未將僧釋詩置於卷末，但詩作仍以並陳（即歸於一類）爲多。

第二、收有己作的情況較少，以置於卷末爲主〔註175〕。總計五本，其中天順以前即佔三本，此中或有選己作以爲標榜、錄詩以存的可能，相較於後來的選本，多選往賢之作以爲範式，渠等著眼於當下詩歌，突顯當代的成分更多。同時，透露出了往後選者視己身爲評選者，在編纂上的加倍謹慎，故而對於當時詩家，不敢遽以

〔註174〕 太祖皇帝詩列於各體卷前，建文皇帝、寧王詩則置於卷中。
〔註175〕 《皇明詩選》主爲沈㬤所編，故顧祿之作未置卷末；署名鍾惺、譚元春《明詩歸》既有後人加以編選，鍾、譚之作未置卷末亦在合理範圍。

論定的心態〔註176〕。

　　第三、在選錄詩家上，帝王、藩屬較爲少有，僅見四部，當爲其詩難以拜觀所致〔註177〕。雖爲如此，選錄範圍仍有漸顯擴大的情況，如僧釋、羽士、閨秀、青衣等詩的收錄，若扣除僧釋中爲外族者，顧起綸《國雅》收朝鮮、日本人詩，陳子龍等《皇明詩選》更收有朝鮮女子詩，明人選明詩在選詩上的紛呈由是可見。

　　第四、諸選本幾乎都選有僧釋詩，李騰鵬《皇明詩統》甚至收有八十九位，明代僧詩之發展軌跡由是可見。又閨秀之作在顧起綸《國雅》後，始見有大量的選錄，對應目前已知最早之明代女性詩歌選集，嘉靖三十六年（1557）由田藝蘅（1524～？）編的《詩女史》〔註178〕，可知對於女性詩歌的重視，基本上是從嘉靖後期發端，至萬曆以後方有較顯著的拓展，甚至收有十首以上女性詩歌的選集，幾乎全屬萬曆年間之作，誠如陳正宏所云：

　　　　萬曆前後明詩總集編刊的繁榮局面中，有兩類專題總集頗
　　　　引人注目：一是女子詩總集，二是僧侶詩總集。〔註179〕

亦即，當這兩類專題總集在萬曆前後開始陸續出現後，在明詩選裡同樣也得到了一定的選詩數量上的反映。只是僧釋詩從明初就已經受到關注，在萬曆時出現專集，不過是詩歌發展、累積至相當程度後的成

〔註176〕 如黃佐〈明音類選序〉：「屬者予講學於粵洲，諸用弦誦詠詩各選已往遺音，無慮數百家，廊廟山林，鉅公畸士，見存者方將輕漢魏以追風雅，則不與焉」（頁1）、陳子龍等《皇明詩選・凡例》：「選中所載，咸屬往賢，蓋以當代名家，全集未定，未敢遽爲論次。」（頁1）。

〔註177〕 如徐泰《皇明風雅・凡例》：「列聖暨諸王詩集未得拜觀。」（頁1）、盧純學《明詩正聲・凡例》：「我列聖諸王詩集藏在祕府不可得見，間得諸王一二則錄之。」（頁1）、顧起綸《國雅・凡例・論采例》：「赫奕有名列聖宸章、宗藩藻什，具在中祕弗錄。」（頁1）

〔註178〕 〔明〕田藝蘅〈詩女史敘〉中署有「大明嘉靖三十六年春三月」。見〔明〕田藝蘅：《詩女史》，收於《四庫全書存目叢書》（臺南：莊嚴文化出版社，1997年），第321冊，頁687

〔註179〕 陳正宏、朱邦薇：〈明詩總集編刊史略——明代篇（下）〉，《中西學術》第2輯（上海：復旦大學出版社，1996年11月），頁124。

果表現，而女性詩歌則是遲至嘉靖、萬曆間始有明顯留意，女性詩家由此得到的地位提升，不惟是識字率的提升或印刷術的進步所致，亦是明人在崇尚婦才上的一種現象呈現〔註180〕。由編排上，每與僧釋、羽士等作並排，置於卷末，但在次第上，十部中共有七部居僧、羽之前〔註181〕，選錄人數上，亦多與僧釋相當，甚至為多〔註182〕，皆可說明此一情況。

2. 元末明初詩人的收錄

在元末明初詩人的收錄上，有予以說明的，僅見徐泰《皇明風雅》、盧純學《明詩正聲》兩部，且他們都同樣表達了「詩人雖嘗仕元，既入國朝當錄之」〔註183〕的意見。換言之「元末明初」的認定、界限，也許未必是當時選者的困擾，只是徐泰進一步云：

> 若楊鐵崖雖嘗一被命至京，其詩已備載《元音》，故不錄。若戴九靈、丁鶴年入國朝最久，《一統志》已收入元，故亦不錄。詩人先仕元，而後入國朝，其年齒最高者，若危太樸，其詩刻元集者已多，茲但錄其一二而已。(徐泰《皇明風

〔註180〕 孫康宜指出：「在明清時代，所謂的『文人文化』是代表『邊緣文人』的新文化——它表現了一種對八股與經學的厭倦以及對『非實用價值』的偏好。首先，它重情、尚趣愛才——特別是崇尚婦才，迷醉女性文本，把編選、品評和出版女性詩詞的興趣發展成一種對理想佳人的嚮往。」見孫康宜：〈走向「男女雙性」的理想——女性詩人在明清文人中的地位〉，收於孫康宜：《古典與現代的女性闡釋》（臺北：聯合文學出版社有限公司，1998 年），頁 73。另外，關於中晚明女性詩歌編纂所呈現的文化意義，可參見陳廣宏：〈中晚明女性詩歌總集編刊宗旨及選錄標準的文化解讀〉，《中國典籍與文化》（2007 年），第 1 期，頁 40～48。

〔註181〕 顧起綸《國雅·凡例》云：「余觀唐六家詩并品彙並以宮閨置之仙釋後，是遵史例也。惟我明統志則列女在仙釋前，少別方內外也，於義頗安，是品昉之。」可知在次第上有時考量的是方內、方外之別。然相較於此前將之置於仙釋後，不遵史例，仍不乏是對女性詩歌的加以留意。

〔註182〕 僧釋詩人選錄數明顯多於閨秀者，僅有《明音類選》、《皇明詩統》、《石倉歷代詩選》（明詩初集）三部而已。

〔註183〕 徐泰：《皇明風雅·凡例》，頁 1。

雅·凡例》，頁 1）

可知徐泰的考量點有二：第一、曾短暫入明者，如楊維禎（1296～1370），其詩既已詳載《元音》，則不予收錄〔註184〕；第二、入明已久者，如戴九靈、丁鶴年、危素，其中戴、丁二人已爲《大元大一統志》歸入，是以不錄，而危素則詩刻元集者已多，因此僅錄一、二首。簡言之，元詩選本已錄且詳，或爲《大元大一統志》歸爲元人者，縱然「既入國朝」，徐泰在選詩上仍會有所調整。而盧純學則謂：

> 詩人雖有仕元者，暨入我朝，人文蔚然，彼亦丕變，無復
> 故習者，亦采而輯之。（盧純學《明詩正聲·凡例》，頁 2）

盧純學強調的是「彼亦丕變，無復故習」，意即他在意的是詩人詩歌上的轉變，那些由元入明的詩家，是否能夠一轉元風〔註185〕。有別於徐泰，從元詩選、元志中釐定，盧純學顯然更關注在詩人自己的詩歌表現，他在詩歌發展上所具有的意義。

　　若實地綜合各選本選錄元末明初詩家以查，可以發現，在入明不到五年即已辭世的詩家中，張以寧（1301～1370）的選錄次數最多。這不惟是對張以寧詩的肯定，照理說他人生大半的歷程、詩歌創作都落在元代，視爲元詩名家亦未爲不可，但卻仍有高達十五本明詩選收入其作。類似情況如顧瑛（1310～1369）、錢惟善（？～1369）、楊維楨（1296～1370）等皆然。是則，對明人而言，編纂明詩選本，詩家入明即當錄之，應是多數詩家的共識。另外，撇除詩歌是否合於選詩標準，以及詩歌蒐集難易等情況，張以寧在仕明之後，授侍講學士，又奉使安南〔註186〕，其「特被寵遇」，名位俱顯，

〔註184〕　〔明〕孫原理《元音》卷十二收楊維楨詩 27 首。孫原理：《元音》，收於《景印文淵閣四庫全書》（臺北：臺灣商務印書館，1986 年），第 1370 冊。

〔註185〕　論明初詩歌，盧純學〈明詩正聲序〉曾云：「我明興之初，高、楊、張、徐首倡國朝之音，聿變季元之陋。」（頁 2），顯示他對高、楊、張、徐的肯定，正在於能夠一改元末詩風之陋。

〔註186〕　《明史》：「張以寧，字志道。……明師取元都，與危素等皆赴京，

較之於顧瑛、錢惟善、楊維楨未仕明職〔註187〕，在選錄「明」詩上，自然更具代表性。況且錢惟善、楊維楨詩又已見《元音》，在選錄次數上難免有既收則不錄的可能，如前述徐泰對楊維楨詩的選錄說明〔註188〕。

　　此外，亦有未入明卻選錄的情況，如王冕（？～1359）、孫炎（1323～1362）、郭奎（？～1364）、鄭元佑（1292～1364）等，雖未見選者說明原由，然可以發現，除鄭元佑外，這些人與明朝都有著或多或少的聯繫〔註189〕，即便是追求詩家「無復故習」以為選錄

秦對稱旨，復授侍講學士，特被寵遇。帝嘗登鍾山，以寧與朱升、秦裕伯等扈從擁翠亭給筆札賦詩。洪武二年秋，奉使安南，封其主陳日煃為國王，御制詩一章遣之。」〔清〕張廷玉等：《明史》（臺北：藝文印書館，2010年，清乾隆武英殿原刊本），第6冊，列傳第173，卷285，頁3139。

〔註187〕《明史》：「顧德輝，字仲瑛，昆山人。……母喪歸絳溪，士誠再辟之，遂斷髮廬墓，自號金粟道人。及吳平，父子並徙濠梁。洪武二年卒。」、「惟善，字思復，錢塘人。……官副提舉。張士誠據吳，遂不仕。」、「楊維楨，字廉夫，山陰人。……洪武二年，太祖召諸儒纂禮樂書，以維楨前朝老文學，遣翰林詹同奉幣詣門，維楨謝曰：『豈有老婦將就木，而再理嫁者邪？』明年，復遣有司敦促，賦《老客婦謠》一章進御，曰『皇帝竭吾之能，不強吾所不能則可，否則有蹈海死耳』。帝許之，賜安車詣闕廷，留百有一十日，所纂敘例定，即乞骸骨。帝成其志，仍給安車還山。史館胄監之士祖帳西門外，宋濂贈之詩曰：「不受君王五色詔，白衣宣至白衣還」，蓋高之也。抵家卒，年七十五。」〔清〕張廷玉等：《明史》（臺北：藝文印書館，2010年，清乾隆武英殿原刊本），第6冊，列傳第173，卷285，頁3134、3136、3135。

〔註188〕《元音》收錢惟善詩，但徐泰《皇明風雅》仍有選錄，當是有見《元音》僅收3首，未如楊維楨詩選收完備之故。

〔註189〕如王冕為太祖授諮議參軍職。《明史》：「太祖下婺州，物色得之，置幕府，授諮議參軍，一夕病卒。」；郭奎曾為太祖幕府。《明史》：「奎，字子章，巢縣人。……太祖為吳國公，來歸，從事幕府。朱文正開大都督府於南昌，命奎參其軍事，文正得罪，奎坐誅。」；孫炎為太祖招天下賢豪，後為元帥脅降不屈。《明史》：「孫炎，字伯融，……太祖下集慶，召見，請招賢豪成大業。時方建行中書省，用為首掾。從征浙東，授池州同知，進華陽知府，攝行省都事。克處州，授總制。……時城外皆賊，城守無一兵。苗軍作亂，殺院判

的盧純學，亦收有王、孫、郭、鄭四人之詩。無論此中是否可能有
選者對詩家生卒的誤判，從四人皆有五本以上的選本錄之，孫炎詩
更高達十二本，可知縱然各選家自有其不同考量，但由總體呈現的
現象顯示，明代的選者正自覺或不自覺將明詩的範圍擴大，他們未
必沒有〔明〕胡應麟「明風當斷自高、楊作始」〔註190〕的想法，對
於明詩之興，他們亦能各抒其見〔註191〕，然而正如同詩歌發展不能
斷以朝代劃分，入明與否只是時間上的基本認定，如何從元、明易
代的接續中，看出明詩的承繼、演進、詩家的創作是否有以開創、
影響明詩精神〔註192〕，也許才是他們更想關心的地方。就像鄭元

耿再成，執炎及知府王道同、元帥朱文剛，幽空室，脅降，不屈。
賊帥賀仁德燖雁門酒啖炎，炎且飲且罵。賊怒，拔刀叱解衣，炎曰：
『此紫綺裘，主上所賜，吾當服以死。』遂與道同、文剛皆見害，
時年四十。」〔清〕張廷玉等：《明史》（臺北：藝文印書館，2010
年，清乾隆武英殿原刊本），第 6 冊，列傳第 173、177，卷 285、
289，頁 3137、3137、3183。

〔註190〕《詩藪》：「國初三張以寧、光弼、仲簡。以寧氣骨豪上。國初寒儉。
藻繪略讓耳。光弼、仲簡亦有佳處。然率與元人唱酬。故明風當斷
自高、楊作始。若廉夫、大樸輩。俱鼎盛前朝。無聞當代。掠其餘
剩。尤匪所宜。」〔明〕胡應麟：《詩藪》（臺北：正生書局，1973
年），續編卷一，國朝上，頁 328。

〔註191〕如盧純學〈明詩正聲敘〉：「我明興之初，高楊張徐首倡國朝之音，
聿變季元之陋」（頁 2）、穆光胤〈明詩正聲敘〉：「我朝自高、劉開
其源，李、何、邊、徐標其盛，而王、李諸君子，又人人赤幟，家
家牛耳，迄今猶方盛未艾。」（頁 4，總頁碼 5）、李騰鵬〈皇明詩
統序〉：「洪武之初，天造初闢，有若高、楊、張、徐，變胡元之體，
倡正始之音，稱爲四大家外，若袁景文、林子羽、孫仲衍、浦長源
等相與並驅齊轂，以及三百年之間，皆駸駸乎日益月盛，如春鳥秋
蟲，各應其氣候以鳴，雖和暢淒切之聲不同，均足以美聽聞而感人
心也。」（頁 3）、華淑〈明詩選序〉：「明興二百餘年來，詩道隆隆，
稱焉極盛，高、何、李、楊標勝於前，王、屠、湯、袁振響於後，
京山、雲間之典型尚在，宛溪、竟陵之赤幟方新。」（頁 3）

〔註192〕如李騰鵬謂元末詩家，以爲「及其季世，楊維楨、倪瓚、吳穎淵，
林林輩出，未易更僕，元不得而尊之。蓋天降時雨，山川出雲，蓋
天將開我皇明，一代昌明之運，諸君子得氣之先也。」李騰鵬：〈皇
明詩統序〉，頁 3。

佑雖未仕於太祖，但他曾參與玉山雅集，與顧瑛、楊維楨有所來往〔註193〕，選錄其詩或許正基於呈現當時文人唱和，以爲元、明之際詩歌銜接、影響的緣故。換言之，在明人選明詩中，選者所勾勒出的其實是一部動態的詩歌發展史，不夠嚴謹的朝代歸屬，適足以體現他們有見於明初詩歌與元末間的聯繫，透過選本以爲傳達，亟於爲明詩尋索淵源，從中確立定位的用心。

（三）評騭、圈點情形

1. 選本評騭情形

　　一般而言，明人選明詩以選而不評的形式居多，詩歌附有評點者僅有六部，且主要集中在萬曆以後。顯示在萬曆以後，有意藉選本以爲闡述己見，或者因應讀者之需，爲了增加選本的銷售，對詩家、詩歌加以品評、圈點的選本有增多的趨勢。是以，盧純學《明詩正聲》未有詩家之評，乃云：

> 諸名家不論列其始終，評騭其人品者，以名家輩眾多，不及細詳之也。（頁1～2）

認爲自己未及詳審諸名家，因此不予評騭其人。華淑《明詩選》徒有詩歌圈點，亦謂：

> 詩理深微，愛憎迥別，不敢妄自有評騭，止用圈點以著一時之雅尚。（頁1，總頁碼12）

以爲詩理幽微，人各有好，故而未敢隨意品評，但以圈點標明當時

〔註193〕 顧瑛《草堂雅集》卷三收有鄭元佑詩，《四庫全書總目·玉山紀遊》亦云：「游非一人，而瑛爲爲之主；游非一地，而往來聚會，悉歸玉山堂也。每遊必有詩，每詩必有小序，以志歲月所與遊者自華以外，爲會稽楊維楨、遂昌鄭元祐、吳興郯韶、沈明遠、南康于立、天台陳基、淮南張渥、嘉興瞿智、吳中周砥、釋良、崑山陸仁，皆一時風雅勝流。」顧瑛：《草堂雅集》，收於《景印文淵閣四庫全書》（臺北：臺灣商務印書館，1986年），第1369冊，卷3。〔清〕永瑢等撰：《四庫全書總目提要》，收於王雲五主編：《萬有文庫簡編》（上海：商務印書館，1940年），第5冊，總集類3，卷188，頁38～39。

好尙，有利於讀者參閱之想。可知，選本兼有品評、圈點的形式，在當時應爲普遍，所以選者方需於凡例中說明。

大抵而言，詩歌未有圈點，但有評騭之選本，其形式有三：

第一、評論另起一卷：

顧起綸《國雅》內文雖未見評，然附有《國雅品》一卷，就《國雅》數家，分士品、閨品、仙品、釋品、雜品以爲前賢評論。顧起綸云：

> 余作國雅既成，復就選中若干名家，遞自洪初以迄嘉末，憐高哲之既往，嘉英篇之絕倒，輒一賞譽之，偶有所得，僭附鄙見，秖從世代編次，非敢謬詮甲乙。(《國雅品》，頁1)

其間顧起綸每多援引詩句以明各家詩風，間採王世貞《藝苑厄言》論見以述〔註194〕。但亦有徒列其名而未見評者，則以「目」名之，如士品目（弘治迄今六十八人）、閨品目（自嘉中迄今凡三人）、仙品目（自嘉中迄今凡一人）、釋品目（自嘉中迄今凡一人）、雜品目（嘉隆間凡一人）。即顧起綸謂：「前無所考者，姑置闕文」（頁3），以「尙俟知言，爲之揚榷」（《國雅品》，頁1）。

第二、詩前附詩家小引、小傳：

曹學佺《石倉歷代詩選》明詩選，在部分詩家之卷前附有小引、小傳，於詩家生平外，有稍涉創作表現之敘述，如〈蘇平仲集・小引〉云蘇伯衡「文辭精博敷腴，而無苛縟澀縮之弊，不求其似古人，而未始不似云」（卷9，頁1）。另有卷前附錄之詩家原集之序跋，雖非選者所撰，亦有助於瞭解詩家創作。由此可知，在萬曆以後，選本所提供的訊息已然擴大，即便未附有詩歌評點，選者仍透過詩家名氏、引傳等方式，對詩家創作表達了自己的意見。

〔註194〕　《國雅品》中共計10處。雖多以稱引，亦藉紓己見，如汪朝宗，引《厄言》：「汪如胡琴羌管，雖非太常樂，琅琅有致。」，從而申述曰：「余謂較之朱弦路鼗故不足，蘆簀土鼓尙有餘耳。」（頁4～5）；謂楊慎、張含，引《厄言》：「楊乃銅山金埒，張乃拙匠斧鑿。」，以爲「是識其未融化也」。進一步引楊、張數佳句，謂「此例數篇，非雕飾曼語」（頁19～20）肯定之。

2. 選本評點形式

　　至於附有詩歌評點的七部明人選明詩，其評點情況可於下表見之：

表八：《皇明詩統》、《明詩正聲》、《明詩選》、《明詩選最》、《國朝名公詩選》、《皇明詩選》、《明詩歸》評點情況

		圈點	題下評	夾批	尾評	備　　註
1	李騰鵬《皇明詩統》	O	X	X	O	詩人名下附集評
2	穆光胤《明詩正聲》	O	X	X	X	
3	華淑《明詩選》	O	X	X	X	
4	華淑《明詩選最》	O	X	X	X	
5	署名陳繼儒《國朝名公詩選》	X	O	O	O	詩人名下附集評
6	陳子龍等《皇明詩選》	O	X	X	O	詩人名下附己評
7	署名鍾惺、譚元春《明詩歸》	O	O	O	O	詩題有圈點

　　可以發現評、點兼具的選本較多，且評語一般以尾評爲主，內容大多爲詩歌之總體評賞。其中，《國朝名公詩選》尾評以詮釋詩意爲多，《明詩歸》或論詩意，或敘筆法、詩風，又或比諸唐詩以論，如楊克明〈次韻漫興〉，有「譚曰：矯健直逼老杜」（卷2，頁583）、蔣立孝〈無題〉，有「鍾云：柔媚而有骨，在中晚之上」（卷2，頁603）等。而李騰鵬《皇明詩統》、陳子龍等《皇明詩選》則間有對前人意見之評述，如高啓〈王明君〉詩尾評，李騰鵬謂「顧玄言摘高詩之奇句而不及此，可謂具眼乎」（卷1，頁4），以顧起綸未視此佳句，不爲具眼；袁宏道〈古荊篇〉，李雯評曰：「中郎淺俗有元、白之風，此詩彷彿初唐，鍾、譚猶未望見」（卷6，頁31），以唐詩家爲比喻，謂此風鍾、譚竟未得見等等。

　　另外，在詩人名下附上己評或集評的部分，基本上與前述《國雅品》、《盛明百家詩選》的情形相類，只是加入集評的方式，臚列時人之見，更能增進對詩家的認識，利於讀者覽觀，有啟尚友之志〔註195〕。

　　至若考察各本圈點，主要為「○」、「、」形式，標註於詩歌旁，其中，僅有《明詩歸》另於詩題上方加有圈點，有「、」、「○」、「、、」、「、○」、「○○」五種之別，而以標「○○」者尤為選者所重。今就所採版本，試以高啟〈送沈左司徒汪參政分省陝西汪由御史中丞出〉為例：

> 重臣分陝去臺端，賓從威儀盡漢官。
> 四塞河山歸版籍，百年父老見衣冠。
> 函關月落聽難度，華嶽雲開立馬看。
> 知爾西行定回首，如今江左是長安。〔註196〕

除《國朝名公詩選》、《明詩正聲》未收此作，另五本選本之圈點，主要集中在頸聯與尾聯，如下表：

表九：《皇明詩統》、《明詩選》、《明詩選最》、《皇明詩選》、《明詩歸》圈點高啟〈送沈左司徒汪參政分省陝西汪由御史中丞出〉頸、尾聯比較表

	函關月落聽難度	華岳雲開立馬看
《皇明詩統》	○○○○○○○	○○○○○○○
《明詩選》	○○○○○○○	○　○○○
《明詩選最》	○○○○○○○	○○○○○○○
《皇明詩選》	○○○○○○○	○○○○○○○
《明詩歸》		

〔註195〕 李騰鵬〈皇明詩統序〉：「復稽群賢之集，考方國之志，著其邑里、姓名、爵諡及制行之大者，為小傳，以啟學者尚友之志。」（頁5）。

〔註196〕 見〔明〕高啟著；〔清〕金檀輯注；徐澄宇、沈北宗校點：《高青丘集》（上海：上海古籍出版社，1985年），下冊，卷14，頁577。

	知爾西行定回首	如今江左是長安
《皇明詩統》	、、、、、、、	、、、、、、、
《明詩選》		、、、、、、、
《明詩選最》		、、、、、、、
《皇明詩選》	、、、、、、	、、、、、、
《明詩歸》		○○○○○○○

由各本的圈點方式可知，頸聯二句尤爲選家所賞，固標有「○」，尾
聯則末句「如今江左是長安」爲詩意所歸，標以「、」明之，而《明
詩歸》著意突顯其「夷夏初變，詩多慶幸在內，不徒諷其戀君」（卷
2，頁 568）之意，故僅於此句標圈，透露出其不同於其他選家的評
詩觀點。易言之，除了入選與否，儘管未見詩家之評，藉由詩歌之
圈點，亦能間接表達選家對詩家的想法，提供讀者閱讀上的線索。
而透過各選本的參照，諸選家對詩人、詩歌的不同意見，亦也得到
了一定的顯現。

　　孫琴安曾稱，明代的評點文學至嘉靖、萬曆以後，出現了前所
未有的高峰〔註 197〕。就明人選明詩以觀，不管是詩家名氏下的評
論，或附有評點的選本，主要集中在萬曆以後，似也得到了驗證。
總的來說，這是明人選明詩體例的漸趨完備，當選者試圖以選本表
述詩觀，意識到選詩所能引發的效應、可能有的讀者群，在分卷形
式、詩家編次、詩歌評點方面，自然能在前人的基礎上，有更爲縝
密的考量，而這種編輯態度的謹慎，也就會不時地表現在選本當
中，包括詩家如何稱謂〔註 198〕、詩人名氏生卒若有錯誤，祈求指

〔註 197〕　孫琴安：「在弘治以前一百多年的整個明代的評點文學，都是比較
　　　　　冷清的，只有到了弘治年間，隨著明代文壇的漸漸活躍，流派增多，
　　　　　人們才開始有了對文學作品的評點，明代評點文學才開始逐漸地興
　　　　　盛起來，到了嘉靖、萬曆以後，更是出現了一個前所未有的高峰，
　　　　　產生了中國評點文學的全盛期。」孫琴安：《中國評點文學史》（上
　　　　　海：上海社會科學院出版社，1999 年），頁 88。
〔註 198〕　顧起綸《國雅》、盧純學《明詩正聲》皆於凡例中說明詩家稱謂之
　　　　　則。盧純學於詩家名氏，以爲：「姓氏下凡出仕者稱官；有諡者稱

正、諒解等語〔註 199〕。即使是更動詩家字句，亦表明其立場，如顧起綸《國雅·凡例》論更例，云「諸名家詩間有累字舛韻者，隨筆謬更一二輒附篇末，嗣知言者詮定」（頁 3），靜待就教，或陳子龍等《皇明詩選》謂：「濟南明詩選，於詩文原本，或易一二字，或刪去數語，頗有功作者。雯等間做其例，亦百中之一，覽者不必致疑」（頁 1），逕以更動字句於詩家有功，故從李攀龍之選明詩之例，略作詩句調整，祈請讀者不必有疑。

　　換言之，選本體例的詳備，主要的原因很可能來自於讀者，從只由序跋以述選詩緣由，到透過凡例以明全書體例，選者編輯概念的漸顯清晰，間接反映了讀者地位的提昇。而如何讓讀者更為具體掌握選本內涵，如何提供給讀者更為詳實的選詩內容，也就成為了選者在選詩時的延伸思考。是以，為求選詩完足，俟為續集的想法，亦就隨之產生，如徐泰《皇明風雅》、顧起綸《國雅》、盧純學《明詩正聲》、華淑《明詩選》等，皆於凡例中提及續集之意〔註 200〕。

諡：太學生稱太學生；諸生則諸生之；隱居高蹈之士則不稱，可以例見。」（頁 1）、「父子兄弟俱以詩名者，姓氏下即稱某人子、某人弟，以見家學，其里閈已著于前，茲不復稱」（頁 3），而顧起綸《國雅》於所收詩家，不稱字號，主以官職稱，於稱例則云：「稱以今官尚矣，其謫官猶故稱者何也？蓋稱所習聞。如省郎左遷於外，久而歷仕至大夫，則從大夫稱矣，不然且從故稱易識，抑又厚之道也。惟楊鐵崖仕元，國初應聘未授官而卒，既不可稱故官，又不可稱聘，君今稱字亦安。其嘗好薄游者，則稱山人，高尚者則稱隱君、稱居士、稱子、稱生之屬，並雅之也，庶乎不謬。」（頁 2～3）認為稱謂宜以今官稱之，不從習聞故稱，以避厚之之嫌。若楊維禎既應聘後，未授官而卒，則不稱元時故官職，亦不宜稱聘，而從其字稱之。其餘，嘗好以漫遊者，從山人稱，德行高尚者，則有隱君、居士、子、生之謂，以求不謬。

〔註 199〕 如，徐泰《皇明風雅·凡例》：「詩人有名相同而誤錄者，考之未詳也，同志之士幸為正也。」（頁 2）、盧純學《明詩正聲·凡例》：「疑者缺之，中稍有年分參差者，考之未當也」（頁 1）、華淑《明詩選·凡例》：「姓氏止就年齒死生之後先略為敘次，偶有顛倒總出無心，觀者諒不以是拘拘也。」（頁 1，總頁碼 12）

〔註 200〕 徐泰《皇明風雅·凡例》：「國朝詩人名家最多，未得而錄者，俟為續集。」（頁 2）、顧起綸《國雅·凡例》：「國朝之詩如墳林藻海，

而陳子龍等《皇明詩選》則藉凡例宣傳行將出版的唐詩選，云：「三唐詩選，或失之寬，或失之簡，謬爲折衷，庶幾不負作者，已有成書，行將繼出」（頁 2），雖非續集，然卻同樣著眼於讀者，而更有著明確的刺激選本傳播的想法。王兵論及清詩選本體例中的營銷策略，曾云：

> 清初詩選本中，選家就已經開始在選本中發布一些後續消息，……這些穿插于選本中的告示在清代選本中比較普遍，主要是告知讀者時刻關注其選本的出版情況，以此來引起讀者的購買興趣和欲望。〔註201〕

可知，清初詩選本中的營銷手法在晚明已露端倪，且它事實上是伴隨著對讀者的漸顯關注而來，在明人選明詩的發展中，其體例的更動、調整，則恰恰體現了這樣的過程。

綜言之，不難發現，明人選明詩的體例所顯現的，乃是一種承繼與開拓。在前人所輯的選本中，特別是唐詩選本，他們汲取選詩的形式與方向，在選本架構中有著類似的痕跡。然而不管是在詩體分卷的形式中，辨體意識的突顯，或者是選錄詩家範圍的擴大，對元末明初詩家的界定，甚至是藉由評騭、圈點，引領讀者，與讀者對話，期望選本的流布，都能看出他們對明詩的關心，期望有以發揚明詩。而這種對詩歌的投入，在選本體例上的努力，尤其是對讀者的留意，營銷、宣傳手段，自然也就爲後來的詩歌選本，奠定了相當的基礎〔註202〕。

非衰眊能窮編，中有一二首佳者，凡百餘家未輯，當續而廣之，作續國雅。」（頁 3）、盧純學《明詩正聲・凡例》：「我國朝之詩其蔚若林，其藻若海，足稱名家者不知凡幾，但一人之力有限，不能搜隱闡幽，其所遺失者又不知凡幾，故詩有未錄者，未得而錄也，錄之而少者，未得全集也，或得而擇之未精也，姑俟續集再爲之輯。」（頁 2）、華淑《明詩選・凡例》：「現在名公或雅負詩望而未有刻稿，及有刻稿而蒐獲無從者，軼漏尚多，統俟續刻。」（頁 2）

〔註201〕王兵：《清人選清詩與清代詩學》（北京：中國社會科學出版社，2011年），頁 61～62。

〔註202〕王兵云：「詩歌選本發展到清代，在體例上已經相當完備了。」其間自不乏明詩選本的促成、累積，所述清詩選本的體例革新，不管是營銷策略、選本中附有選家詩話，在明詩選本中實皆見端倪。王

　　大抵而言，這樣的發展進程，嘉靖年間，徐泰《皇明風雅》可謂首開其端，其兼有序跋，凡例、詩家名氏具足。萬曆以後，選本紛呈，其中顧起綸《國雅》附有《國雅品》，形式類近詩話，體例一新；盧純學《明詩正聲》於詩人名氏，明列閨秀、妓女、羽士、釋子、青衣爲類，分類詳實，又李騰鵬《皇明詩統》於詩人名下彙有諸家評，且兼有評點，爲選本兼有集評之例。其它如曹學佺《石倉歷代詩選》之將詩家作品集之序跋收入，或作小傳、小引，署名鍾惺、譚元春《明詩歸》之詩歌兼有圈點、題下評、夾批、尾評，其餘選本，或有評點，或詳詩家名氏，不一而足。總體而言，選本內容、體例上的是更顯完備、多樣，而明人選明詩在體例上的因革，亦由是可見。

第四節　結　語

　　總結上述，可以得到以下幾點：

　　第一、明人對詩歌的投入充分展現在選本中，選者身分下自布衣山人，上至名士顯宦，突顯出的不只是詩歌作爲知識養成教育的要件，更透露出選本作爲表彰自我的重要性，不管是出於愛好詩歌文化以爲傳播，或是作爲同伴間的唱和紀錄、心得分享，甚或是成爲結社群體的主張表述等，都已經預告著選本將在明代佔有的重要份量，以及明代選家是如何有意識地在編選選本。

　　第二、對於明人選明詩的編選，選者的動機、目的未必只有一個。他們也許是爲了對應時代之盛，編選詩歌以爲體現，又或者出於選本作爲詩歌範式的思考，有意嘉惠後學。他們在前選的基礎上進行發揮，是一種調整，從中成就一家之言，則是一種自我樹立。在種種的想法之間，背後帶出的實是他們對時代、對詩歌，以及讀者，包括自己的思考，而隨著想法的漸形具體，不僅促成了編選，

兵：《清人選清詩與清代詩學》（北京：中國社會科學出版社，2011年），頁61。

亦也構擬出他們對詩歌的編選方向。

第三、不管是著眼於古之雅頌，留意政教，或是針對詩歌體製、聲律，返求詩歌之正，又或重視詩家性情之眞，強調文學演進，選者對於詩歌的要求，實有著對既有詩歌傳統的回應與反撥，亦恰恰反映了明代詩壇復古、反復古的兩種思潮。呈顯在選本中，彼此未必壁壘分明，尤其隨著選本、明詩的發展，選者對詩歌的體察、想法，在編選標準上亦就更見融合、全面了。

第四、隨著明人選明詩的編纂、刊印，其體例亦見因革。總體而言，選者在前人詩選裡汲取經驗，無論是唐詩選本，或是當代的明詩選，他們在既有的範示裡進行開拓，相較以往大多以人繫詩的模式，以詩體分卷的情形更多，顯示他們對詩歌體製的留意、討論更盛，而這種辨體意識衍伸在詩體的編排、認定上，包括古詩→律詩→絕句的編排次第、樂府歸入各體詩內等等，無形中預告著他們將用更嚴謹的態度來看待詩體的創作。

呈現在詩家的次第編排，在依時間爲序的前提上，僧釋、閨秀之作，以及收有己作者，次第一般居末，看似承襲前人之選的編排裡，事實上是選錄詩家範圍已更形擴大，從詩家名氏標明詩家身分單獨爲類，僧釋、羽士、青衣、外族，甚至帝王藩屬等之作都漸有收錄，特別是閨秀之作選錄數量的增多，除顯示明代創作量的龐大、詩家身分不拘於文士外，亦也表示選者已能重視各種詩家的表現，並引爲明詩的表彰。包括面對元末明初的詩家，在已入明朝者大多予以選錄的大原則下，選者對於詩家表現是否「無復故習」，或元詩選中是否已見選錄，其實亦有留意，因此，那些未嘗仕明卻仍有選收的情況，恰足以突顯選者看重詩家與明詩間的聯繫，試圖架構明詩發展史的用心。緣此，未盡嚴謹的朝代歸屬，不必然是選者的疏忽，而有選者著眼於明詩承繼與開拓的特意安排。

而在選錄詩家、詩歌的評騭、圈點上，大抵而言，詩家之評語或附詩家名氏，或卷內詩家名下，己評或集評的情況皆有。而有詩

歌圈點者，一般亦附有詩歌評語，形式或有尾評、題下評、夾批等等，而以尾評爲多，著重在詩歌的總體評賞，至於圈點則見有「、」、「○」、「、、」、「、○」、「○○」等變化。唯總體來看，選本的評騭、圈點，在萬曆以後始見增多。這中間產生的斷層，除了早先明人選明詩未見發達，殆與明代刊刻印刷的發展有關，明代刻書工價低廉、民間書版之廣，至成化以後迄於嘉靖，乃見蓬勃。而詩歌選本既多，因應著讀者群的需求，思索著選詩可能引發的效應，選者勢必得在體例上進行調整，於是，如何提供給讀者更爲詳實的選詩內容，也就成爲了在選詩時的延伸思考，因此，評騭、圈點相對增多，更動詩家詩句的情形亦見，縱未有品評者，亦不乏在凡例中說明編選立場、態度，甚至是發出俟爲續集之語，又或如陳子龍等《皇明詩選》直接宣傳行將出版的其它詩選等等，明人選明詩的體例遂更顯詳備。相較於宋、元詩選，囊括評騭、圈點、摘句、詩話等形式的包容性，自嘉靖年間，徐泰《皇明風雅》之體例有開其端，迄至萬曆，明人選明詩實有了更多對讀者群的編選考量，可謂是明人選明詩在選本發展上的新開拓。

　　第五、在總合諸選本之編選特點後，不難發現明人選明詩之發展進程大抵可分爲三階段：洪武以迄正德、嘉靖至於萬曆中、萬曆中葉以降。第一階段的選本多半流露出對明朝盛治的肯定，選詩意在裒集、補遺。編選型態上較爲簡單，多半以人繫詩，如劉仔肩《雅頌正音》、沐昂《滄海遺珠》；第二階段的選本，選家編選意識漸顯，選本已然爲選家詩歌好惡之展現。編選型態上，序跋、凡例、詩家名氏等大多具備，且以詩體分卷的情況漸增，如徐泰《皇明風雅》、黃佐、黎民表《明音類選》；第三階段的選本，選家編選詩歌或著眼音律，或強調性情，不一而足。編選型態亦更顯紛呈，不乏加入圈點、評註文字等，體例更顯完備，如署名陳繼儒《國朝名公詩選》、華淑《明詩選最》、陳子龍、李雯、宋徵輿等《皇明詩選》等。